# GEKLEURDE littekens

## NEVA ALTAJ

# NOTITIE VAN DE AUTEUR

Beste lezer, er worden in het boek een paar Russische woorden genoemd, dus hier zijn de vertalingen en verduidelijkingen:

*Pakhan* – пахан is het hoofd van de Russische maffia.

*Bratva* – братва is de georganiseerde misdaad in Rusland of de Russische maffia.

*Malysh* – малыш (kleintje) wordt in de plaats van 'baby' als een vertedering gebruikt. Het woord is mannelijk, maar kan genderneutraal worden gebruikt. Er is ook een vrouwelijke versie – малышка (*malyshka*), en ook dat kan worden gebruikt om een (vrouwelijke) partner aan te spreken, maar de meeste mensen geven de voorkeur aan 'malysh'.

*Kukolka* – куколка (kleine pop) is een verkleinwoord van '*kukla*' wat 'pop' betekent.

*Milaya* – милая (liefje, geliefde) wordt als een vertedering gebruikt in plaats van 'lieveling of schat'.

*Piroshki* – пирожки (broodjes) zijn kleine gebakjes gevuld met fijngehakt vlees, groenten of fruit en ze kunnen worden gebakken of gefrituurd.

*Morozhenoe* – мороженое (ijs).

Een opmerking over Russische achternamen: de meeste achternamen van getrouwde Russische vrouwen worden gevormd
door aan het einde van de achternaam van hun man een 'a'
toe te voegen (bijv. Petrov, Petrova). Russen die in het buitenland wonen kunnen zich aan de lokale regels aanpassen en om
verwarring te voorkomen kunnen de man en de vrouw hetzelfde einde op hun rijbewijs en andere documenten hebben
(Roman Petrov en Nina Petrov). De vrouw zou door Russen
nog steeds als Nina Petrova worden aangesproken, ongeacht
in welk land ze wonen.

# Gekleurde littekens

# PROLOOG

P*IEP. PIEP.*
Een sterke ziekenhuisgeur. Het lijkt erop dat ik het heb overleefd.

Ik probeer mijn ogen open te doen. Het lukt niet. Het is waarschijnlijk de verdoving. Er is tenminste geen pijn meer. Links klinken er gedempte stemmen, maar ze zijn zwak, en hoewel ze bekend klinken, herken ik ze niet.

*Piep. Piep.*

'Kan hij ons horen?'

'Nee. Hij is zwaar verdoofd.'

*Piep.*

'Zal hij het overleven?'

'Ja. Helaas wel. De wonden aan zijn borst waren niet zo erg. Ze hebben hem weer opgelapt.'

'We kunnen het altijd opnieuw proberen. We kunnen de Italianen weer de schuld geven.'

'Te riskant. Mensen zijn loyaal aan de pakhan. Als iemand me verdenkt, dan eindig ik in een greppel.'

*Piep.*

'Nou, er kan een lichtpuntje zijn. De granaatscherf heeft zijn knie verbrijzeld.'

'Dus?'

'De dokter zei dat hij niet meer zal kunnen lopen. Als er iemand in beeld komt die bekwamer is... dan zullen mensen, hoe loyaal ook, nauwelijks achter een pakhan gaan staan die in een rolstoel zit, wanneer ze een betere optie hebben.'

'Nou, ik denk dat we het toch goed gedaan hebben.'

Er klinken twee paar voetstappen die vertrekken, en dan is er het geluid van een deur die dichtgaat.

# Hoofdstuk 1

## Roman

*3 maanden later:*

ER ZIJN NOOIT GENOEG DRUGS.

Ik leg mijn notities op de stapel papieren op mijn bureau en concentreer me op de getallen op het scherm van de laptop.

'Bel Sergei.' Ik leun achterover in mijn rolstoel en kijk naar Maxim, die aan de andere kant van mijn bureau zit. 'Ik wil dat hij deze maand twee extra zendingen regelt.'

'Hij heeft voor dit kwartaal al met Mendoza over de hoeveelheden onderhandeld. Ik weet niet zeker of de Mexicanen het op zo'n korte termijn kunnen verdubbelen.'

'Dat zullen ze. Vertel me nu wat er verdomme is gebeurd, want ik ken die blik en ik weet dat ik het antwoord niet leuk zal vinden.'

'Samuel Grey heeft drie miljoen dollar verduisterd. Van ons geld!'

Ik zucht en schud mijn hoofd. 'Wie is Samuel Grey, waarom had hij toegang tot ons geld en hoe heeft hij dat voor elkaar gekregen?'

'Onze vastgoedbemiddelaar. Het geld was bedoeld om in de buurt van de noordelijke loods nog twee kavels te kopen. Grey dacht dat hij ons geld voor een week kon lenen om een investering te doen wat uiteindelijk ponzifraude bleek te zijn.'

Hoe idioot moet iemand zijn om van de Bratva te stelen? Soms sta ik versteld van de domheid van mensen.

'Kan hij het terugbetalen?' vraag ik.

'Nee.'

'Vermoord hem. Laat hem als voorbeeld dienen.'

'Ik had iets anders in gedachten. Mensen... beginnen te praten, Roman. We hebben een afleiding nodig en snel. Ik denk dat Grey voor die afleiding kan zorgen.'

'Oh? En waar hebben ze het over gehad?' Ik ken Maxim al sinds hij twee decennia geleden als loopjongen voor mijn vader begon te werken. De oude pakhan kon nooit iemands potentie inzien. Het verspillen van een man die zo capabel is als Maxim door hem basis veldwerk toe te wijzen was een van de vele fouten die ik heb gecorrigeerd toen ik twaalf jaar geleden de pakhan werd. Vlak nadat ik die klootzak had vermoord.

'Over jou. Dat je nog steeds ongehuwd bent.'

Dat is oud nieuws. 'Maar dat is niet alles, of wel? Wat is er nog meer?' Ik vernauw mijn ogen wanneer ik naar Maxim kijk.

Hij kijkt me niet aan, zijn blik is op iets op de muur achter me gericht. 'Er gaan geruchten dat je niet veel langer de Bratva zult kunnen runnen en dat iemand anders je plaats in zal nemen. Iemand die er... lichamelijk beter toe in staat is.'

'En deel je hun mening?'

'Beledig me niet, Roman. Je weet dat ik je altijd heb

gesteund en dat zal ik blijven doen. Zelfs als ik niet denk dat je de meest capabele pakhan bent die de Bratva ooit heeft gehad. Maar je zit hier al drie maanden binnen. Je bent niet in een van onze clubs geweest om de operaties te controleren, zoals je voor de explosie minstens een keer per maand deed. En je bent niet met een vrouw gezien.'

'Dus de status van mijn seksleven is een betere indicatie van mijn vermogen om de Bratva te runnen dan het feit dat we onze winst de afgelopen twee maanden hebben verdubbeld?'

'Mensen hebben het gevoel van stabiliteit nodig, Roman. Ze herinneren zich nog steeds hoe je vader de plaats van de vorige pakhan over had genomen en de chaos die daarop volgde. We verloren toen meer dan vijftig mensen aan interne schermutselingen, wat het bedrijf verwoestte. Ze moeten weten dat dat niet meer zal gebeuren. Een vrouw betekent dat er een erfgenaam zal zijn die klaar zal staan om je plaats over te nemen wanneer de tijd daar is, zonder een interne oorlog te voeren of mensen die sterven.'

'Ik ga me niet voor het leven aan een of andere willekeurige vrouw binden om onze gelederen te kalmeren.'

'Ik zal je iets laten zien.' Maxim haalt zijn telefoon tevoorschijn en begint te scrollen. 'Mijn dochter heeft met Samuels dochter op school gezeten. Ze waren geen goede vriendinnen of zo, maar ze gingen vaak met elkaar om, en ik herinner me dat ze me wat video's heeft laten zien die ze had opgenomen. Ik heb haar gisteravond gevraagd om me er een van te sturen toen ik hoorde wat Samuel Grey had gedaan.'

'Wat hebben video's van tieners met mijn vermogen te maken om de Bratva te leiden?'

'Nou, ze is geen tiener meer. Nina Grey heeft hier aan het Art Institute in Chicago de kunstopleiding voltooid. Ze heeft er twee jaar in plaats van vier over gedaan, en ze is momenteel de meest gewilde jonge kunstenaar in het land. Haar schilderijen verkopen elk voor bedragen van vier cijfers.'

'Dus wat, we huren haar in om een familieportret van ons te schilderen?' Ik knijp in de brug van mijn neus. 'Je bent amper vijftig. Word je nu al seniel?'

'We gaan haar niet inhuren om een portret voor ons te maken. We gaan haar chanteren. Het leven van haar vader voor haar diensten.'

'Om wat te doen?'

'Om met je te trouwen, Roman. Nou ja, in ieder geval tijdelijk.'

Ik staar een paar seconden naar mijn onderbevelhebber en barst dan in lachen uit. 'Je bent gek geworden.'

'Is dat zo?' Hij kruist zijn handen en leunt achterover. 'En wat zegt de therapeut? Over je been.'

'Hij verwacht dat ik hem uiteindelijk tot 80 procent zal kunnen gebruiken.'

'Wat betekent dat?'

'Het betekent in het ergste geval dat ik met krukken moet lopen. En in het beste geval met een wandelstok.'

'Dat is goed. Over hoeveel tijd hebben we het? Een maand?

Ik kijk hem recht in de ogen en knars met mijn tanden. 'Minstens nog zes maanden fysiotherapie.'

'Shit, Roman.' Hij heft zijn handen omhoog en drukt tegen zijn slapen. 'Zo lang kunnen we niet wachten. We hebben nu iets nodig, of we zullen rellen krijgen.'

Ik kijk uit het raam en zucht. Maxim heeft meestal gelijk. 'Je zegt dat ik twee functionerende benen moet hebben of een vrouw? Ik zal niet snel kunnen lopen, Maxim.'

'Nou, in dat geval zullen we ervoor zorgen dat je een vrouw krijgt totdat je wel kunt lopen.'

'Dat is bespottelijk. Ik ga geen vrouw die ik niet ken chanteren om gedurende zes maanden te doen alsof ze mijn vrouw is, zeker niet iemand die geen connectie met onze wereld heeft. Ze zal waarschijnlijk doodsbang zijn. Niemand zal dat geloven.'

'Bekijk dit eens,' zegt Maxim en duwt zijn telefoon in mijn hand.

De video is korrelig, waarschijnlijk omdat het jaren geleden is gemaakt, maar de verlichting is goed en ik kan de binnenkant van een kamer zien met verschillende tieners die met hun rug naar de camera in een halve cirkel zitten. De enige persoon wiens gezicht zichtbaar is, is van een donkerharig meisje dat met gekruiste benen voor het publiek zit. De camera zoomt in en brengt haar elfachtige gelaatstrekken en donkere ogen in beeld. Ik vraag me af hoe ze er nu uitziet.

*'Kun je mevrouw Nolan doen?' vraagt iemand uit de halve cirkel. 'Als ze over haar katten praat?'*

*'Alweer?' kreunt de jonge Nina Grey. 'Wat dacht je van een nieuw iemand? Misschien een politicus?'*

Er is een collectief geluid van ongenoegen en verschillende tieners roepen, *'Mevrouw Nolan!'* De jonge Nina schudt haar hoofd, lacht en sluit haar ogen. Wanneer ze een paar seconden later haar ogen opent en begint te praten, merk ik dat ik vol bewondering de telefoon dichterbij haal.

Ze praat, maar ik let niet op de woorden. Ik ga helemaal op in de mimiek op haar gezicht, de manier waarop haar rechteroog trilt als ze spreekt, hoe ze de woorden accentueert. Plotseling is het alsof ze een compleet ander persoon is.

'Hoe oud is ze in deze video?' vraag ik zonder mijn ogen van het scherm te halen.

'Veertien. Ongelooflijk, hè?'

In de video roept iemand een andere naam en wijst naar een meisje dat aan het einde van de halve cirkel zit. Nina Grey lacht, sluit geconcentreerd haar ogen en begint dan aan een nieuwe act. Opnieuw neemt ze met haar houding en de manier waarop haar handen bewegen terwijl ze praat een compleet nieuwe persoonlijkheid aan. Het meisje dat aan de zijkant zit, kijkt naar haar, lacht en bedekt haar gezicht met haar hand. Nina doet de beweging tot in detail na, zelfs de manier waarop de schouders van het meisje een beetje omhoogkomen als ze lacht. Ik denk niet dat ik ooit zoiets heb gezien.

Ik kijk op en zie Maxim van voldoening glimlachen. 'Zoals je kunt zien, zou het geen probleem moeten zijn dat ze doet alsof ze wat dan ook is wat je wilt dat ze is.'

'Meen je dit nou serieus?' Ik vind zijn idee volslagen idioot.

'Wanhopige tijden vereisen wanhopige maatregelen, Roman. We moeten de geruchten stoppen en we moeten het nu doen.'

'In dit geval is dat dus via een vrouw.' Ik gooi de laptop dicht. 'Shit!'

## Nina

Ik leg mijn tas op de fauteuil en draai me in de woonkamer om. Het is maanden geleden dat ik hier ben geweest, maar het lijkt erop dat er niets veranderd is. Dezelfde witte gordijnen en tapijt, wit en beige meubilair, lege witte muren. Zoveel wit — het ziet er steriel uit. Ik heb het altijd veracht. Geen wonder dat ik de eerste aanzienlijke hoeveelheid geld die ik had verdiend, had gebruikt om een appartement te huren om van deze troosteloosheid weg te komen.

'Ik ben thuis!' roep ik.

Een paar seconden later komt er een geluid van klikkende hakken mijn kant op. Mijn moeder komt de keuken uit en loopt met haar handen op haar heupen naar me toe. Zara Grey is het volledige tegenovergestelde van mij — lang en blond, met volledige make-up op, en in een perfect geperste jurk. Een witte van zijde. Ik wil kreunen.

'Je bent drie uur te laat. Ik had tegen je gezegd—' ze stopt halverwege de zin. 'Lieve God, wat heb je met jezelf gedaan?'

'Kun je wat specifieker zijn?'

'Het metalen ding in je neus.'

'Dat wordt een piercing genoemd, mam.'

'Daar krijgen mensen ziektes van, Nina. Als je vader je ziet, dan zal hij een hartaanval krijgen.'

'Ik ben vierentwintig. Ik kan met mijn lichaam doen wat ik wil. En ik heb hem al jaren, ik doe hem alleen uit als ik hierheen kom om te voorkomen dat je gaat zeuren. Dat ben ik vandaag vergeten.'

'En waarom ben je helemaal in het zwart gekleed? Is er iemand doodgegaan?'

Een paar van mijn hersencellen, dat zeker.

'Ik zit deze maand in een donkere fase.' Ik haal mijn schouders op.

Mijn moeder houdt van de clichés. Ik denk dat ze zich daardoor meer op haar gemak voelt, vooral bij mij. Ze vindt mijn carrièrekeuze nog steeds moeilijk te verwerken. Misschien zou het makkelijker voor haar zijn als ik bloemstukken tekende of babyhertjes. Ik vraag me af wat ze over mijn laatste stuk zou zeggen. Het is nog een werk in uitvoering, maar er zitten geen bloemen of herten in.

'Waarom moet je de hele tijd zo vreemd doen?'

'Werkt geweldig bij de jongens,' zeg ik grijnzend. 'Mannen houden van vreemde vrouwen.'

'Daar ben ik niet zo zeker van, schat.'

God, ze snapt mijn sarcasme niet eens.

'Toen pap belde, zei hij dat het dringend was. Waar is hij?'

'In de studeerkamer. Hij is de laatste dagen niet zichzelf. Ik denk dat het iets met het werk te maken heeft, maar hij wil me niets vertellen. Het lijkt... alsof hij ergens bang voor is.'

Mijn vader zit in de makelaardij. Daar is niet veel om bang voor te zijn. Ik ga links de gang in en klop op de deur van mijn vaders werkkamer, niet wetende hoe drastisch mijn leven op het punt staat te veranderen.

Een half uur later zit ik in een fauteuil op de hoek van het kantoor en staar ik met open mond naar mijn vader. 'Is dit een grap?'

'Het is geen grap.' Hij laat zijn schouders hangen en haalt een hand door zijn grijzende haar.

'Oké, laat me dit even op een rijtje zetten. Je hebt geld van de Russen gestolen en bent het kwijtgeraakt, dus nu vraag je mij om met een Russische maffiabaas te trouwen.'

'Ik heb niets gestolen, Nina.' Hij gooit zijn handen in de lucht, staat op en begint achter zijn bureau te ijsberen.

'Ik heb het gewoon een paar dagen geleend, omdat ik het geld nodig had voor een deal. Ik had nooit gedacht dat de man een oplichter was of dat hij het geld zou pakken en zou verdwijnen.'

'Je hebt het geld gepakt en je kunt ze niet terugbetalen. Hoe ben je bij de Russische maffia betrokken geraakt? Wat dacht je in vredesnaam, pap?'

'Praat niet zo tegen me!' Hij wijst met een beschuldigende vinger naar me. 'Ik ben je vader!'

'Je vraagt me verdomme om met een crimineel te trouwen om je hachje te redden. Ik denk dat ik alles bij elkaar genomen op welke manier dan ook tegen je kan praten.'

'Nina...'

'Ze verwachten dat ik met hun baas trouw? In het echt?'

'Het is maar tijdelijk.' Hij zwaait met zijn hand in de lucht alsof het niet zo erg is.

'Maar waarom? Zijn er geen maffia-dochters die met hem willen trouwen? Het zou voor elk van hen een droom zijn die uitkomt, toch? Waarom ik?'

'Dat hebben ze niet gezegd. Deze mensen leggen zichzelf niet uit. Ze vertellen je wat je moet doen, en als je het niet doet, dan ben je dood.'

'Denk je echt dat ze je zullen vermoorden?'

'Ja. Het verbaast me dat ze dat nog niet hebben gedaan.' Hij stopt met ijsberen en draait zich naar me toe. 'Als je niet doet wat ze vragen, dan ben ik dood.'

Ik haal diep adem, steek mijn handen in mijn haar en knijp in mijn hoofd alsof het gaat helpen om voor deze puinhoop een oplossing te vinden. Omdat ik met niemand ga trouwen, of het nou wel of niet om een nep huwelijk gaat.

'Oké, laten we nadenken. Er moet een manier zijn om dit

op te lossen. Ik heb wat spaargeld, misschien vijftig duizend. Ik heb over een maand mijn volgende tentoonstelling, en ik zou in staat moeten zijn om er nog eens twintig voor te krijgen, als ik erin slaag om alle vijftien stukken af te maken en ze allemaal te verkopen. Hoeveel geld kun je voor het huis krijgen?'

'Misschien tachtigduizend. Of negentig, als we de meubels ook verkopen. Ik kan er nog tien voor de auto krijgen.'

'Goed. Dat brengt ons op ongeveer honderdzeventigduizend. Is dat genoeg? Hoeveel ben je ze schuldig?'

'Drie miljoen.'

Ik moet een lichte beroerte hebben gehad, want het is onmogelijk dat hij de woorden zei die ik hem net hoorde zeggen. 'Kun je dat alsjeblieft herhalen?'

'Ik ben ze drie miljoen dollar schuldig.'

Ik staar hem met mijn mond wijd open aan. 'Lieve God, pap!'

Ik buig me voorover en leg mijn voorhoofd op mijn knieën, in een poging om mijn ademhaling onder controle te krijgen. Ik ben absoluut ongeschikt als een bruid — niemand die bij zijn volle verstand is, zou in ruil voor zes maanden huwelijk drie miljoen dollar aanbieden. Er moet een addertje onder het gras zitten.

'Hij is negentig, nietwaar?' mompel ik tussen mijn knieën.

'Ik weet niet hoe oud hun pakhan is, maar ik denk niet dat hij negentig is.'

'Tachtig dan. Dat is een opluchting.' Ik moet overgeven.

'Ze zeiden dat het alleen in naam een huwelijk zou zijn. Je hoeft dus ook niet... je weet wel.'

'Met hem naar bed te gaan. Nou, als hij tachtig is, dan kan hij waarschijnlijk geen seks hebben. Dat is goed. Tachtig is goed.'

'Nina, h-het spijt me. Als je hier niet mee door wilt gaan, dan is dat goed. Ik vind er wel wat op.'

Ik ga rechtop zitten en kijk naar mijn vader die nu onderuitgezakt in zijn stoel zit, zijn haar is een puinhoop en zijn ogen zijn bloeddoorlopen. Hij ziet er ineens zo oud en broos uit.

'Tenzij je van plan bent om naar de politie te gaan, is er niets anders te doen, toch?' vraag ik.

'Je weet dat ik de politie niet over de Russische maffia kan vertellen. Ze zouden ons allemaal vermoorden.'

Natuurlijk zouden ze ons vermoorden. Ik sluit mijn ogen en zucht. 'Oké. Ik zal het doen.'

Mijn vader kijkt een paar seconden naar me, legt dan zijn handen op zijn gezicht en begint te huilen. Ik wil ook huilen, maar het heeft geen zin.

'Ik veronderstel dat ze een bespreking of iets dergelijks zullen organiseren, waar we de details zullen doornemen.'

'Dat hebben ze al gedaan. We ontmoeten de pakhan over een uur.'

Ik kijk naar mijn vader en begraaf mijn handen in mijn haar. 'Perfect. Ik ga even naar de badkamer om mijn lunch uit te kotsen en dan zie ik je over vijf minuten bij de voordeur.'

# Hoofdstuk
## 2

## Roman

EEN MEISJE BRENGT ME MIJN DRANKJE, ZET HET OP DE TAFEL voor me, en zonder op te kijken draait ze zich om en rent ze terug naar de keuken. Ik kijk om me heen en zie de saaie tafelkleden en de niet bij elkaar passende stoelen. De tent is een bouwval en is vorige maand gesloten. Dat is precies de reden waarom ik hem voor deze bespreking heb gekozen. Een rinkelende telefoon doorboort de stilte.

'Ze zijn er,' zegt Maxim vanaf zijn plek achter me. 'Ze is met haar vader meegekomen.'

'Laat het meisje binnen. De vader moet buiten blijven.'

Ik neem een slok whisky en concentreer me op de glazen deur aan de andere kant van de kamer. Er wordt geklopt en mijn mannetje bij de deur opent hem en laat het meisje binnen.

Om de een of andere reden had ik verwacht dat ze langer zou zijn. Ze is een klein ding, niet veel langer dan een meter vijfenvijftig. Haar lange, zwarte haar zit in twee dikke vlechten aan weerszijden van haar gezicht, en als je geen acht op haar borsten zou slaan, dan zou ze voor een tiener door kunnen gaan. Ze is er zelfs als een gekleed — in een zwarte spijkerbroek, een zwarte hoodie, en van die zwarte laarzen die ik emo kinderen heb zien dragen.

Ik sluit even mijn ogen en schud mijn hoofd. Dit zal nooit lukken. Ik ben van plan Maxim te zeggen dat hij haar weg moet sturen als ze haar hoofd naar me toe draait en de woorden op mijn lippen sterven. Ze heeft dezelfde gelaatstrekken die ik in de video heb gezien, maar haar gezicht heeft met de ronde wangen zijn kinderlijke uiterlijk verloren. In plaats van een schattig tienermeisje staat daar een ongelofelijk mooie vrouw met iets dat erg op woede lijkt naar me te kijken. Haar blik verbindt zich met de mijne en een perfecte zwarte wenkbrauw komt in een vraag omhoog.

'Mevrouw Grey,' zeg ik en wijs naar de lege stoel aan de andere kant van de tafel. 'Alsjeblieft, kom bij ons zitten.'

Ik wacht tot ze ineenkrimpt, misschien terugdeinst, maar ze lijkt niet eens een beetje verontrust te zijn door de situatie. Ze nadert ons en houdt haar blik met de mijne verbonden. Ze neemt niet de stoel zoals geïnstrueerd, maar ze gaat recht voor me staan en kijkt me aan. Ik concentreer me op haar gezicht, wachtend op haar reactie als ze de rolstoel opmerkt. Maar die reactie is er niet.

'U bent niet wat ik had verwacht, meneer Petrov,' zegt ze, en ik moet het haar nageven — het meisje heeft ballen.

'Hoezo, juffrouw Grey?'

'Ik had verwacht dat u tachtig zou zijn.' Ze tuit haar lippen.

Ik vraag me af of ze echt zo beheerst en onverstoord is, of dat dit weer een van haar acts is. Als het een act is, dan is ze echt goed.

'Ik ben vijfendertig.' Ik neem een slok van mijn glas. 'Nu we dat hebben opgehelderd, kunnen we het over zaken hebben. Heeft je vader uitgelegd wat er van je wordt verwacht?'

'Dat heeft hij gedaan. En ik heb een paar vragen.' Ze pakt het einde van een van haar vlechten en begint het om haar vinger te winden. Niet zo ontspannen als ze zich probeert voor te doen. 'En aangezien we dit een zakelijke transactie zullen noemen, heb ik één voorwaarde.'

'Een voorwaarde? Je bent niet in de positie om over de voorwaarden te onderhandelen, mevrouw Grey, maar laat maar horen.'

'Je laat mijn vader gaan. Deze... transactie blijft tussen ons beiden. Hij is uit beeld.'

'Ik zal erover nadenken. Laat nu de vragen maar horen.'

'Waarom heb je een nepvrouw nodig?'

'Gaat je niets aan. En het huwelijk zal niet nep zijn. Volgende vraag.'

Ze knijpt haar oogleden tot spleetjes. 'Wat gebeurt er na zes maanden?'

'Je krijgt de scheidingspapieren en kunt weer je eigen weg gaan.'

'Hoe gaan we met het huwelijk gebeuren om? Gewoon erheen gaan en de papieren ondertekenen?'

Ik leun achterover in mijn stoel en kijk naar haar. 'We moeten een aantal dingen duidelijk maken, mevrouw Grey. Ik heb niet alleen op papier een vrouw nodig. Als iemand vermoedt dat we niet verliefd zijn, en dit huwelijk een schijnvertoning is, dan is je vader dood. En jij zult je bij hem voegen.'

Ze knippert en kijkt me verward aan. Het is duidelijk

zichtbaar op haar gezicht. 'Verwacht je dat we zes maanden samenwonen?'

'Natuurlijk. Hoe zouden mensen anders in het huwelijk geloven?'

Het lijkt erop dat iets haar eindelijk van slag brengt, omdat ze daar alleen met grote ogen naar me staat te staren en niets zegt. Ik heb het gevoel dat er niet veel dingen zijn die Nina Grey met een mond vol tanden laten staan.

'Zaterdag is er een feestje,' ga ik verder. 'Je zult samen met je vader aanwezig zijn. We ontmoeten elkaar en worden verliefd op elkaar. Ik zal je die avond mee naar huis nemen en we zullen mijn kamer gedurende twee dagen niet verlaten.'

'Wordt er van me verwacht dat ik seks met je heb?'

Ze zegt het met een gelijkmatige stem alsof ze naar het weer vraagt, maar ik zie het in haar ogen — een ingehouden afschuw. Ik ben er vrij zeker van dat niemand anders het zou merken, omdat ze er aan de buitenkant zo perfect beheerst uitziet. Maar het toebrengen van angst aan mensen is iets wat ik regelmatig doe, en ik zie het zo duidelijk als maar kan. Ze is geschokt.

'Nee,' zeg ik en besluit dan om haar een beetje te stangen. 'Tenzij je dat wilt, natuurlijk.'

'Bedankt voor het aanbod, meneer Petrov, maar ik zal het moeten weigeren.' Ze laat haar vlecht los en steekt haar handen in de achterzakken van haar jeans.

Hoewel ik had verwacht dat ze nee zou zeggen, steekt haar antwoord om de een of andere reden.

'En wat gaan we gedurende die twee dagen in je kamer doen, meneer Petrov?'

'Voor zover het iemand anders aangaat, zullen we heel

veel seks hebben. In werkelijkheid kun je doen wat je wilt.' Ik beweeg met mijn hand door de lucht. 'Naar Netflix kijken. Kruiswoordraadsels oplossen. Het maakt mij niet uit. Ik zal toch de hele tijd aan het werk zijn.'

'Enig. En wat gebeurt er na die twee dagen van marathonseks?'

'Dan zal ik stapelgek op je worden. We zullen binnen een paar weken trouwen. Daarna speel je je rol van een waanzinnig verliefde vrouw.' Ik haal mijn schouders op. 'Wat je met je vrije tijd doet, is aan jou, zolang je je rol maar speelt.'

'En? Dat is het?'

'Dat is het.'

'Denk je echt dat iemand in deze... poppenkast zal geloven?'

'Nou, dat is aan jou, juffrouw Grey. Het leven van je vader staat op het spel.'

'En jij? Kun jij jouw deel doen?'

'Welk deel?'

'Dat van een man die stapelverliefd is op zijn vrouw. Daar lijk je namelijk het type niet voor.'

'Ik denk dat je het zult moeten afwachten en het zelf zal zien,' zeg ik en glimlach. 'Hebben we een deal, mevrouw Grey?'

Ik kan de radartjes in haar hoofd bijna zien draaien — als ze de opties, voors en tegens afweegt — op zoek naar een uitweg. Maar er is geen uitweg en dat weten we allebei. Ik zie het exacte moment dat ze de situatie accepteert — het is slechts een lichte aanspanning van haar kaak terwijl ze met haar tanden knarst.

'We hebben een deal, meneer Petrov.'

 Nina

De avond is ongewoon warm, maar ik heb het nog steeds koud als ik het restaurant uitstap. Mijn vader pakt mijn arm en leidt me haastig naar de auto en stelt me onderweg vragen, maar ik kan me niet op zijn woorden concentreren. Ik doe de passagiersdeur open en ga zitten. Mijn benen trillen. Het lijkt erop dat de adrenaline op is en ik de uitwerking voel.

Ik ben nog nooit zo bang geweest als toen ik dat restaurant binnenging, me afvragend of ze van gedachten waren veranderd en besloten hadden om ons te vermoorden. Om bij die haai van een man kalm en koel te kunnen blijven, was enorme zelfbeheersing nodig. Ik was de controle een paar keer bijna kwijt. Maar als hij zelfs maar voor een moment zou denken, dat ik zijn spel niet kon spelen, dan zouden mijn vader en ik zo goed als dood zijn. De rolstoel hield me niet voor de gek, op het moment dat onze blikken elkaar kruisten wist ik wie ik zag — een ijskoude moordenaar.

Roman Petrov. Ik had aangenomen dat hij een oudere man zou zijn met een bierbuik en een terugwijkende haarlijn. Waarom zou hij anders een vrouw chanteren om met hem te trouwen? Ik had er niet verder naast kunnen zitten.

Tijdens ons gesprek heb ik mijn best gedaan om mijn blik gefixeerd in de zijne te houden, maar het is me toch gelukt om een paar keer om me heen te kijken. De man is ongelooflijk knap. Dat was zelfs in het schaarse licht duidelijk te zien. Ik kon zijn lengte niet bepalen, aangezien hij in een zittende positie zat en ik stond, maar onze hoofden waren op dezelfde hoogte. Hij is zeker meer dan een kop langer dan ik. Het is niet aardig om te zeggen, maar ik was opgelucht dat hij in een rolstoel zat. Bij lange mannen in de buurt zijn, is voor mij een serieus probleem, en het idee om zes maanden aan elkaar vast te zitten heeft voor een shitstorm aan paniek gezorgd.

'Nina!' roept mijn vader. 'Hoor je me wel? Wat is er daarbinnen in godsnaam gebeurd? Ik heb geprobeerd om naar binnen te komen, maar die schurken lieten me niet binnen.'

Ik haal diep adem en, naar de auto's kijkend die ons passeren, geef ik hem de korte versie van de deal die ik met het hoofd van de Russische onderwereld heb gemaakt. Ik deel alleen de basis van de huwelijksovereenkomst. Hoe minder hij weet, hoe beter.

'Geen woord hierover tegen mam,' zeg ik als we voor het huis aankomen. 'En zorg ervoor dat je zaterdag doet alsof je Petrov nog nooit hebt ontmoet. Hij zei dat als er iets misgaat, de deal niet doorgaat.'

'Hoe bedoel je?'

'Het betekent dat als iemand, inclusief mam, vermoedt dat ik niet waanzinnig verliefd op die klootzak ben, we dood zijn.'

# Hoofdstuk 3

## Nina

IK KIJK NAAR DE STAPEL JURKEN DIE IK NET HEB GEPAST EN voel de vreemde behoefte om op de kleine kruk in de kleedkamer te gaan zitten en te huilen. Ze zijn allemaal ontworpen voor vrouwen die groter zijn dan ik en die met enorme borsten gezegend zijn. Tot nu toe heeft elke jurk me er komisch uit laten zien, als een meisje dat met de kledingkast van haar moeder zit te spelen.

Ik heb de hele week aan het feest gedacht, me verschillende scenario's ingebeeld, die kunnen gebeuren nadat ik aankom. Het heeft mijn gedachten volledig in beslag genomen, en toen ben ik helemaal vergeten om een jurk te kopen. Het besef kwam pas vanmorgen toen ik mijn ontbijt zat te eten, en ik bijna flauw viel. Ik heb altijd moeite om jurken die passen te vinden, dus in een paar uur een jurk vinden zou een onmogelijke prestatie zijn.

En hier ben ik dan — aan het vijfde uur van mijn vruchteloze winkeluitje begonnen, en ik heb nog steeds niets gevonden dat in de buurt komt van geschikt zijn voor een chic evenement. Ik hou ervan om elegante kleren te dragen, maar elke keer als ik probeerde om iets te kopen raakte ik zo gefrustreerd, dat ik stopte met zoeken en me op mijn casual garderobe begon te concentreren. Ik zou het nooit aan iemand vertellen, maar meestal winkel ik op de tienerafdeling. Op basis van de labels, ben ik veertien jaar oud. En ik ga vanavond liever in mijn spijkerbroek dan in een jurk die voor tieners voor het schoolfeest bedoeld is.

Mijn telefoon gaat. Ik haal hem uit de zak van mijn spijkerbroek die op de stoel ligt en kijk naar de onbekende beller op het scherm. Waarschijnlijk een verkeerd nummer. Ik leg de telefoon terug op mijn gevouwen jeans, laat hem rinkelen en pak de laatste jurk om te passen. Het is een prachtig zijdezacht groen ding, en het zou er... op iemand anders geweldig uitzien. Er alleen naar kijken is al genoeg om te zien dat de taille onder mijn middel zou vallen, bijna op mijn heupen. De telefoon gaat weer, en het is hetzelfde nummer. Ik wijs de oproep af en vervolgens bellen ze een minuut later nog eens. Nou, er is iemand nogal volhardend, nietwaar? Ze zullen waarschijnlijk blijven bellen, dus het is beter om er meteen een eind aan te maken.

'Ja?' blaf ik terwijl ik de telefoon tussen mijn oor en schouder houd en de groene jurk losmaak. Misschien is het niet zo erg.

'Mevrouw Grey,' antwoordt een diepe stem en de jurk glijdt uit mijn vingers. 'Ik wilde even controleren of aan jouw kant alles volgens schema verloopt.'

'Absoluut, meneer Petrov. Waarom vraagt u dat?'

'Omdat Maxim net heeft gebeld om me te vertellen dat je al bijna een uur in een kleedkamer in een of andere winkel zit.'

*Wat?* Ik pak het zware gordijn om de kleedkamer uit te

marcheren als ik me herinner dat ik in mijn ondergoed zit. Verdomme!

'Volg je me?' zeg ik terwijl ik half fluister en half schreeuw.

'Technisch gezien doet Maxim dat. Ik wil niet het risico lopen dat je verdwijnt zonder onze overeenkomst na te komen.'

Ik pak de groene jurk van de vloer en begin hem aan te trekken. 'Ik ga nergens heen. Ik probeer een jurk te vinden voor je verdomde feestje. Roep uw stalker terug, meneer Petrov.'

Ik draai me naar de spiegel, kijk naar mijn spiegelbeeld en kreun. Een grote *nee* voor de groene jurk.

'Heb je nog steeds geen jurk? Het feest is over vier uur.'

'Dat weet ik! Maar er is hier niets dat ik pas.'

Er is aan zijn kant een pauze — 'Blijf daar.' De verbinding wordt verbroken.

Wat is er verdomme net gebeurd? 'Whatever,' mompel ik, naar de telefoon starend. Daarna verzamel ik de jurken en laat ze achter bij de verkoopster. Er is in dit deel van het winkelcentrum nog een winkel waar ik kan gaan kijken, maar als ik daar niets vind, dan heb ik geen idee wat ik moet doen. Ik zou naar de bovenste verdieping kunnen gaan. Er zijn daar een paar chique boetiekjes. Daar kan ik misschien iets vinden, en er is meestal een naaister aanwezig die de jurk meteen kan inkorten. Maar die winkels zijn prijzig. Ik ga echt geen tweeduizend dollar aan een jurk uitgeven.

Ik ga naar de uitgang als ik de man van het restaurant zie. Ik herinner me dat hij de hele tijd een paar stappen achter Petrov had gestaan. Hij is achter in de veertig en heeft licht overgewicht, maar het staat hem goed. Het donkere pak en de stropdas die hij draagt zijn onberispelijk en zeker duur. Hij lijkt eerder op iemand van het hogere management van een bank in plaats van op een crimineel. Als ik uit de winkel stap, kijkt hij me over zijn bril aan en schudt zijn hoofd. Hij vindt me waarschijnlijk tekortschieten. Alsof het mij wat kan schelen.

'Kom op.' Hij beweegt met zijn hoofd naar de lift. 'Ze wachten op je om te komen passen.'

'Wie zijn 'ze'?'

'Het personeel van de boetiek.'

'Welke boetiek?' vraag ik, terwijl ik de lift instap.

'Roman heeft gezegd de duurste. Ik heb niet op de naam gelet.'

'Ik heb een budget.'

'Roman betaalt.'

Ik open mijn mond om nee te zeggen, en dan denk ik erover na. De man chanteert me om te trouwen door het leven van mijn vader voor mijn neus te laten bungelen. Hij *zou* voor de jurk moeten betalen.

Anderhalf uur later verlaat ik de boetiek met een enorme kledingzak die mijn nieuwe, professioneel ingekorte jurk bevat, en nog twee dozen met hakken met bandjes en een clutch handtas. Ik vraag me af wat mijn toekomstige man van mijn jurk zal denken. Eén ding is zeker, hij zal het niet leuk vinden als hij de bon ziet.

## Roman

Ze is te laat.

Ik keer terug naar het gesprek aan tafel en doe mijn best om interesse te veinzen. Ik ben nooit een fan van grote bijeenkomsten geweest. Fake mensen met een fake glimlach die doen alsof ze enorm blij zijn om je te zien terwijl ze je stiekem dood wensen. Ik kijk de tafel rond en vraag me af wie van hen de bom heeft geplaatst die mijn leven heeft verkloot. Het waren niet de Italianen. Daar ben ik zeker van. Dit apparaat was onder mijn auto geplaatst, en als het de Italianen waren, dan hadden ze het hele magazijn opgeblazen. Ik had geluk dat de klootzak iets te vroeg op de afstandsbediening had gedrukt toen ik er nog niet in zat. Slechts een handvol mensen wisten mijn schema voor die dag, en een aantal van hen zitten aan deze tafel.

Ik reik naar de whiskyfles om mijn glas bij te vullen als mijn oom, als het onbeschaafde varken dat hij is, begint te fluiten, en met zijn sigaar naar de ingang wijst.

'Lekkere kont,' zegt hij.

Ik volg zijn blik en mijn ogen landen op een vrouw in een lange smaragdgroene jurk. Zwarte geborduurde decoraties accentueren de halslijn en haar smalle taille, en stromen dan langs de randen van een hoge split, die een slank been onthult. Mijn ogen volgen de split naar boven tot ze bij haar gezicht stoppen, en ik herken haar bijna niet. Ze heeft de neusring uitgedaan. Haar haar is ook anders en zit bovenop haar hoofd in een ingewikkeld ontwerp. Ik kan nauwelijks geloven dat dit dezelfde vrouw is die ik een paar dagen eerder heb ontmoet. De mannen aan tafel mompelen tegen elkaar en ik wou dat ze hun mond hielden, zodat ik in alle rust van het uitzicht kan genieten.

'Is dat Samuels vrouw?' vraagt iemand.

'Ja tuurlijk.'

'Wie is die Samuel gast?'

'Hij doet de aankopen van onroerend goed voor Mikhail. Het moet zijn dochter zijn.'

'Nou, ik zou het niet erg vinden om die voor een nachtje te lenen.'

Ze blijven om hun stomme grappen lachen, en het maakt me zo boos dat ik hun nek wil breken.

'Hou jullie mond,' blaf ik en kijk ze één voor één strak aan.

Ze staren me allemaal even aan en het volgende moment gaat het gesprek over op een ander onderwerp. Ik ga weer verder met naar Nina kijken. Ze staat samen met haar vader en een paar andere mannen. Ze glimlacht om iets wat een van hen zegt, en ik voel een vreemde drang om de man die aan de ontvangende kant van haar glimlach staat, neer te schieten.

'Zie je iets wat je leuk vindt, Roman?' Mijn oom duwt me met zijn schouder.

'Misschien.'

'Ze is een schattig klein ding. Niet echt jouw type.'

'Ga.' Ik pak mijn drankje. 'En neem de jongens met je mee.'

'Wat?'

'Ga een andere tafel zoeken, Leonid. Nu.'

Hij mompelt iets maar gaat staan, en even later is er het geschuif van de andere drie stoelen. Ik leun achterover in mijn rolstoel en laat mijn blik naar het kleine duveltje teruggaan, dat aan de andere kant van de kamer staat.

## Nina

Ik heb een prikkelend gevoel achter in mijn nek. Het begon op het moment dat we naar binnen gingen en ik kan het niet van me afschudden. Midden in een wolvenhol, omringd door mannen en vrouwen in dure outfits, is dat ook niet vreemd. Ze glimlachen en kletsen, en ik vraag me af hoeveel van hen, bloed aan hun handen hebben.

Ik draai me om, om een glas wijn van een ober te pakken als mijn blik op de man landt die alleen aan de tafel in de hoek zit en mijn hartslag gaat omhoog.

Terloops achteroverleunend in zijn rolstoel, zit Petrov me met toegeknepen oogleden aan te kijken, en het ijdele deel van me verheugt zich om zijn aandacht. Ja, meneer Petrov, ik droog goed op. De avond dat we elkaar hadden ontmoet, stond de duisternis in het restaurant me niet toe om hem duidelijk te zien, maar hier, met alle grote kroonluchters die de kamer verlichten, kan ik hem eindelijk in al zijn glorie zien.

Hij draagt een zwarte pantalon en een donkergrijs shirt met de twee bovenste knopen los, waardoor de uiteinden van een zwarte tatoeage op zijn borst wordt onthuld. De mouwen van zijn shirt zijn tot aan zijn ellebogen opgestroopt, waar een vergelijkbaar patroon rond zijn rechteronderarm te zien is. Ik weet niet waarom, maar hij leek me niet het type man dat zijn huid zou laten tatoeëren.

Ik heb veel mooie mannen ontmoet. Er waren zelfs een paar catwalkmodellen die tijdens mijn schilderles kwamen poseren. Het was altijd een uitdaging om hun perfecte gelaatstrekken te vangen op papier. Roman Petrov lijkt helemaal niet op die mannen, en ze met elkaar vergelijken zou hetzelfde zijn als een gazelle met een hondsdolle tijger vergelijken. Ze zijn een compleet andere soort. Als ik één woord moest kiezen om de Russische pakhan te beschrijven, dan zou dat verwoestend zijn. Zwart haar dat bovenop iets langer is, scherpe jukbeenderen, en een neus die net te groot is om perfect te zijn. Niets dat uit zichzelf opvalt, maar alles samen is zijn gezicht er een dat ik nooit zou vergeten. Misschien zijn het zijn donkere en doordringende ogen, die nog steeds op mij gericht zijn, die zo'n duivelse vibe uitstralen of zijn blik waardoor ik me om wil draaien en ervandoor wil gaan. Het moet een oerinstinct zijn: de onbewuste wetenschap van de prooi dat het roofdier hem in het vizier heeft.

Zonder het oogcontact te verbreken, reikt hij naar de lege stoel aan zijn zijde, beweegt deze dichter naar zich toe en knikt er naar. Ik zou er waarschijnlijk heen moeten gaan, maar het is alsof ik aan de grond genageld ben.

'Mevrouw Grey, Roman Petrov nodigt je uit om bij hem te komen zitten,' zegt de man aan mijn linkerkant. 'Het is niet verstandig om de pakhan te laten wachten.'

Het lijkt erop dat de show begonnen is. Diep inademend, plak ik een verleidelijke glimlach op mijn gezicht en begin naar waarschijnlijk de gevaarlijkste man in de kamer te lopen. Ik vraag me af of ik mijn ondergang tegemoet ga.

Ik stop voor hem en bied hem mijn hand aan. 'Meneer Petrov, u riep.'

In plaats van mijn hand te schudden, pakt hij zachtjes mijn vingers en tilt mijn hand naar zijn lippen, en plaatst dan een zachte kus op mijn knokkels. Het voelt alsof vuur mijn vlees heeft verschroeid. Hij laat niet meteen los, en ik kan mijn blik niet wegrukken, en zie hoe hilarisch klein mijn hand er in vergelijking met de zijne uitziet.

'Roman, alsjeblieft,' zegt hij met zijn diepe bariton, en een groep gestoorde vlinders valt mijn ingewanden aan.

Ik ga naast hem zitten en trek snel de stof van mijn jurk recht om mijn trillende benen te bedekken. Als ik naar mijn vader kijk, staat hij nog steeds met dezelfde groep mensen, en ieder van hen kijkt in onze richting.

'Werkt het altijd op deze manier voor jou?' vraag ik, met een neppe glimlach. 'Je kiest een vrouw, knikt en ze komt aangerend?'

'Meestal wel, ja.'

'Dat moet leuk zijn.'

'Niet echt.' Hij neemt een slokje van zijn drankje en kijkt naar de menigte. De meesten kijken stiekem naar ons, maar als ze Roman zien kijken, draaien ze snel hun hoofd om.

'Vertel me eens, Nina, als er geen deal tussen ons was geweest, zou je dan zijn gekomen toen ik knikte?' vraagt hij.

'Nee.'

Ik verwacht niet dat hij me vraagt om het uit te leggen, maar dat doet hij wel, en zijn vraag verbaast me. 'Waarom niet? Komt het door de rolstoel?'

Hij zegt het terloops, maar er is een verborgen ondertoon die ik niet goed kan definiëren. Ik kijk niet meer naar de menigte en kijk hem recht in de ogen. 'Het is omdat ik geen poedel ben, meneer Petrov.'

Hij lacht en neemt nog een slok van zijn drankje, terwijl hij zijn hoofd schudt.

'Wat is er gebeurd?' Ik knik naar zijn benen.

'Je draait er niet omheen, hè, Nina?'

'Wil je dat ik dat doe?'

'Het was een autobom. Mijn rechterknie werd door scherven van de bom geraakt en is daardoor verbrijzeld.'

'Doet het pijn?'

'Gruwelijk veel,' zegt hij kortaf en slaat de rest van zijn drankje achterover.

'Je hebt geld, er is vast wel een operatie die zou kunnen helpen.'

'Nou, het lijkt erop dat er dingen zijn die niet te koop zijn.'

'Ja. Dat is balen. Je kunt in ieder geval een vrouw kopen.' Ik haal mijn schouders op. 'Voor drie miljoen had je een hele harem kunnen krijgen, niet slechts één.'

Roman kantelt zijn hoofd, observeert me met interesse en leunt dan naar voren om in mijn oor te fluisteren. 'Jij, Nina Grey, bent een vreemde vrouw.'

Zelfs zijn stem is sexy, verdomme.

'Dat vindt mijn moeder ook. Ze zegt dat ik nooit een man zal vinden die op de lange termijn met mijn soort gekte om zou willen gaan.'

'Wat een optimistische, ondersteunende ouder.' Hij komt met zijn hand naar voren en trekt een lijn aan de binnenkant van mijn onderarm, beginnend bij de elleboog tot aan de basis van mijn handpalm. 'Is er een vriendje in beeld?'

Het is bijna onmogelijk om me te concentreren terwijl zijn vinger de lijn langs mijn onderarm blijft volgen. Zijn aanraking is vederlicht, maar toch voelt het alsof hij me brandmerkt. 'Waarom vraag je dat? Zou je overwegen om me van ons contract te ontslaan als er een was?'

'Nee.'

'Dan maakt het denk ik niet uit.'

Hij houdt zijn ogen op de mijne gericht, neemt mijn hand in de zijne en tilt hem op naar zijn lippen, waarbij een hoek van zijn mond zich in een glimlach vormt.

'Ik heb je gisteren gegoogled,' zegt hij, terwijl hij mijn vingers op slechts een centimeter van zijn lippen nog steeds in zijn hand houdt. 'Wie had gedacht dat zo'n delicaat handje zulke... verontrustende kunst zou kunnen creëren.'

Ik glimlach en probeer te verbergen hoeveel zijn aanraking en nabijheid me beïnvloeden. Ik realiseer me dat Roman Petrov onmogelijk te negeren is, vooral als hij zijn charme gebruikt. 'Vind je het niet mooi?'

'Oh, integendeel, mevrouw Grey. Ik vind het geweldig.'

Zijn lippen strelen langs de toppen van mijn vingers en blijven daar een paar seconden hangen voordat hij mijn hand laat zakken, maar hij houdt hem in de zijne vast. Deze sluwe, gevaarlijke man speelt zijn rol zo goed.

'Zou je iets voor me willen schilderen?'

Ik kijk naar hem op, verrast door zijn vraag. 'Ik doe geen opdrachten.'

'Heeft dat een specifieke reden?'

'Ik wil niet onder druk worden gezet om dingen te doen die ik niet wil doen.'

Romans lippen verbreden zich in een glimlach. Ja, hij begreep de dubbele betekenis.

'Wat dacht je van een ruil? Jij schildert iets voor me en ik geef je iets wat jij wilt.'

'Wat dan ook?'

'Geld, sieraden, wat je maar wilt.'

Verleidelijk. Het is echter geen *ding* wat ik van hem wil. 'Ik wil een antwoord op een vraag,' zeg ik. 'Is dat ook een optie?'

Mijn keuze verrast hem. Ik zie het in de manier waarop zijn ogen iets groter worden. En hij is niet blij. 'Hangt van de vraag af.'

'In dat geval zal ik moeten weigeren, meneer Petrov.'

Hij kijkt me aan en barst dan in lachen uit, waardoor

verschillende hoofden in onze richting draaien. 'Je bent een harde onderhandelaar, mevrouw Grey.' Hij buigt zijn hoofd en fluistert in mijn oor, 'Vraag.'

Ik vind het moeilijk te geloven dat hij het heeft geaccepteerd. Petrov lijkt me niet iemand die met iemands voorwaarden akkoord gaat. Hij moet dat schilderij echt willen. Ik til mijn hoofd op en kijk in zijn berekenende donkere ogen, terwijl verschillende mogelijkheden door mijn hoofd gaan.

'Waarom heb je een tijdelijke vrouw nodig, Roman? Je bent knap, rijk, machtig. Ik weet zeker dat er tientallen vrouwen zullen zijn die graag met je willen trouwen. Waarom zou je drie miljoen dollar verspillen als je gratis een vrouw kunt krijgen?'

'Omdat ik geen permanente vrouw wil en de huidige bedrijfssituatie vereist dat ik gedurende de komende zes maanden een vrouw moet hebben.'

'Waarom zes maanden?'

'Nou, dat is een tweede vraag.' Hij lacht. 'En je hebt er voor slechts één onderhandeld.'

Touché.

Hij antwoordde zonder iets te onthullen. Ik had het moeten verwachten en mijn vraag anders moeten formuleren, maar er is nu geen weg terug.

'Dus, wat wil je dat ik voor je schilder? Een landschap? Je hond? Appels, kaas en dode bloemen op een tafel?' Dat zijn de gebruikelijke verzoeken als het om persoonlijke opdrachten gaat, en de belangrijkste reden waarom ik het haat om ze te doen.

'Nee. Ik had iets anders in gedachten.' Daar is het weer, die sluwe berekenende halve glimlach. 'Ik wil je zelfportret.'

'Een zelfportret?' Ik trek mijn wenkbrauwen op. Wat

moet hij in vredesnaam met een zelfportret van mij? Waarom geen landschap?

'Ja. Is dat een probleem?'

'Nee. Nog speciale verzoeken? Pose? Achtergrond?'

Hij leunt naar voren tot zijn gezicht recht voor de mijne hangt, pakt met twee vingers mijn kin en kantelt mijn hoofd een beetje omhoog.

'Slechts één,' zegt hij en richt zijn blik op mijn lippen. 'Ik wil dat je naakt bent.'

Mijn ogen worden groter bij het besef van wat hij net heeft gezegd, en ik ben zo verbaasd dat ik geen zinvolle reactie kan bedenken.

'Het lijkt erop dat we in de kamer een hoofdattractie zijn geworden,' mompelt hij, nog steeds op mijn lippen gefocust. 'Ben je er klaar voor, Nina?'

Zijn nabijheid doet grappige dingen met mijn toch al onrustige geest, en lieve God, hij ruikt geweldig. In een poging om terug op de aarde te komen, begin ik een nieuwe mantra in mijn hoofd op te dreunen: *hij is een crimineel. Hij is een crimineel.*

'Klaar? Voor... wat?' mompel ik.

'Om me te laten zien of je echt een goede actrice bent.' Hij lacht en plaatst zijn lippen op de mijne.

Uitgewist. Elke samenhangende gedachte is verdampt. Het ene moment ben ik een rationeel denkend wezen. Het volgende moment, is elke logische gedachte verdwenen, om door een gekmakende behoefte te worden vervangen — een behoefte naar meer. Meer van zijn lippen, meer van zijn geur, meer van alles.

Er is het geluid van een glas dat stuk valt. Er spettert iets nats op mijn voeten. Ik open mijn ogen en begin de realiteit stukje bij beetje te registreren. Romans gezicht bevindt zich op slechts een centimeter van de mijne, zijn hand ligt op de achterkant van mijn nek. Mijn vingers zitten in zijn haar en houden de zijdezachte zwarte lokken vast.

'Dat was een uitstekende prestatie,' zegt hij met lage stem. 'Het glas was een meesterlijk detail.'

Ik haal mijn handen uit Romans haar en kijk naar beneden waar mijn wijnglas verbrijzeld op de grond ligt. Rode vloeistof bevlekt de ongerepte witte marmeren vloer, en een deel ervan is op mijn rechtervoet en schoen gespetterd.

Roman pakt de wielen van zijn stoel en zet zichzelf in twee snelle bewegingen terug naar zijn eerdere positie zodat hij voor me staat. 'Wissel je benen, mevrouw Grey. De rechter omhoog.'

Hem met samengeknepen ogen aankijkend, haal ik mijn benen van elkaar, sla ze dan weer over elkaar, zodat mijn rechterbeen over mijn linkerbeen ligt.

Hij bukt, slaat zijn hand om mijn rechterenkel, maakt de sluiting los en trekt het bandje van mijn hak los. Hij trekt de schoen uit en ik staar naar zijn handen terwijl hij met een wit servet dat hij van de tafel heeft gepakt de wijn van mijn voet veegt. Als hij klaar is, doet hij mijn schoen weer aan en sluit hij de sluiting. Terwijl hij mijn enkel vasthoudt, laat hij langzaam mijn been zakken.

Ik ben me slechts gedeeltelijk bewust van de mensen in de kamer, die ongewoon stil zijn geworden — een ieder van hen staart naar ons. Ik probeer maar slaag er niet in om te verwerken wat er net is gebeurd. Het is de meest erotische niet-seksuele handeling dat ik ooit heb meegemaakt.

'Ik denk dat het tijd is om te gaan,' zegt Roman en beweegt met zijn hand naar Maxim die niet ver bij ons vandaan tegen de muur leunt. 'Ga naar je vader, vertel hem dat je met mij mee gaat en zorg ervoor dat een paar mensen je het horen zeggen. We zullen aan de voorkant in de auto wachten.'

Hij pakt de wielen van zijn stoel vast en rijdt deze naar de uitgang, terwijl Maxim hem op een afstand van een paar passen volgt. Mensen kijken toe hoe ze vertrekken, en dan richten ze hun ogen op mij. Ik heb het gevoel alsof ik te kijk sta terwijl ik naar mijn vader loop en hem op de wang kus.

'Roman heeft me gevraagd om met hem mee te gaan om privé een drankje te drinken.'

Er is meteen een hoop gefluister om ons heen te horen. Vader lacht, maar het is geforceerd, dus ik klop hem op zijn arm voordat ik de hal oversteek naar de uitgang. De ogen van de menigte boren zich in mijn rug. Ze denken waarschijnlijk dat ik een slet ben, maar het kan me geen reet schelen. Met opgeheven hoofd en een onechte glimlach op mijn lippen, verlaat ik de kamer.

Er staat zoals beloofd aan de voorkant een grote witte auto te wachten. Maxim staat bij de achterdeur en opent hem voor me als ik dichterbij kom. Als ik instap, vraag ik me af waar ik mee bezig ben.

Ik wist dat Roman rijk was. Dat moest wel, want hij is het hoofd van de Bratva, dus ik had aangenomen dat hij in een groot huis zou wonen. Waar ik momenteel naar kijk, is echter geen huis. Het is een verdomd fort, en het heeft een eigen klein leger.

Hoge betonnen muren omringen aan alle vier de zijden een enorm landgoed, en op elke tien meter zijn er bovenop camera's gemonteerd. De auto rijdt door een grote automatische poort met een wachthuisje aan de zijkant en volgt een brede grindweg naar een monsterlijk landhuis. Een perfect onderhouden gazon strekt zich rondom uit, en er zijn slechts hier en daar bomen geplaatst, zodat ze het uitzicht niet belemmeren. Waarschijnlijk een beveiligingsmaatregel.

Twee mannen in een zwarte uitrusting met geweren aan hun riemen staan voor het huis en op het terrein patrouilleren er nog een paar. Er zijn er vast meer die ik niet kan zien.

'Heb je binnen ook camera's?' vraag ik.

'Als je wilt dat mensen je vertrouwen en loyaal blijven, dan moet je ze iets geven,' zegt Roman van naast me. 'Binnen camera's plaatsen zou betekenen dat ik mijn mannen niet vertrouw.'

De auto stopt aan de voorkant van het huis en Maxim opent de deur voor me terwijl de chauffeur naar de kofferbak gaat om de rolstoel van Roman eruit te halen. Ik stap uit de auto en kijk naar het gebouw. Het is slechts twee verdiepingen hoog, maar het loopt aan elke kant minstens vijftig meter door. Het ding is gigantisch.

Roman rolt naast me. 'Vind je het mooi?'

'Nee.'

'Waarom niet?'

'Ik ben geen fan van grote dingen,' mompel ik.

Drie stenen treden leiden naar de hoofdingang, en ik vraag me af hoe Roman ze zal beklimmen, maar dan zie ik aan de andere kant een smalle helling. Hij rijdt zichzelf met gemak omhoog. Terwijl ik naar hem kijk, voel ik een steek van verdriet. Het moet voor een man als hij moeilijk zijn om zijn leven zo drastisch op z'n kop te hebben staan. Ik neem de tredes om hem bij de ingang te ontmoeten en een bewaker staat op Romans komst te wachten en opent de grote eiken deur voor ons.

Roman leidt me door de grote hal naar de lift onder een enorme dubbele trap. Een man in dezelfde zwarte kleding als die van buiten, komt vanuit de gang aan de linkerkant naar binnen. Als hij ons ziet, stopt hij en knikt met zijn hoofd naar Roman.

'Pakhan,' zegt hij.

'Is Varya nog wakker?'

'Ja. Volgens mij is ze in de keuken.'

'Zeg haar dat ik terug ben. Laat haar een van de meisjes instrueren om een snel diner te bereiden en dan kan ze naar bed gaan,' zegt Roman en hij staart me aan. 'En zeg tegen het personeel dat ze uit de oostvleugel moeten blijven. Ik wil daar niemand hebben, tenzij ik ze daarheen roep.'

'Voor vanavond?'

Ik zie een mysterieuze glimlach op Romans lippen verschijnen. 'Nee. Zeg ze dat het tot nader order is, Vova. Ik zal de keuken bellen als we klaar zijn voor het diner.'

'Natuurlijk.' De man knikt en draait zich om om te vertrekken, maar niet voordat hij met belangstelling in mijn richting kijkt.

Te oordelen naar zijn gezichtsuitdrukking en de manier waarop zijn ogen na Romans opmerking groter werden, staat de roddel op het punt te beginnen.

Wanneer we de lift verlaten, leidt Roman me door een deur aan de linkerkant van de gang. Een enorme ruimte, waarvan het midden ingericht is als woonkamer, strekt zich voor me uit. Het linker gedeelte doet dienst als bibliotheek, terwijl zich rechts een eetkamer en keuken bevinden. Het meubilair is schaars, waarschijnlijk om het voor hem gemakkelijker te maken om zich te verplaatsen. Aardetinten domineren het kleurenpalet, voornamelijk met bruin en beige, met veel natuurlijk materiaal — met name hout. Het is modern, maar niet koud. Ik vind het mooi.

'We moeten een aantal basisafspraken doornemen,' zegt hij en wijst met zijn hoofd naar de woonkamer waar een lange bank staat die waarschijnlijk plaats biedt aan vijf personen. Het meubelstuk neemt de centrale plaats in voor de grote tv die aan de muur is gemonteerd.

'Jij slaapt in de kamer daar.' Hij wijst naar rechts. 'Mijn slaapkamer is aan de andere kant.'

De ruimte is zo groot dat het een paar seconden duurt om de deuren te vinden waar hij het over heeft. Het kan me niet schelen hoe de kamer eruitziet, zolang er maar een zacht bed staat en er een slot op de deur zit. Mijn voeten doen pijn, dus ga ik naar de bank, doe mijn hakken uit en plof neer op de zachte kussens.

Het voelt vreemd om hier in zijn ruimte te zijn. Ik ga hier de komende zes maanden wonen. Met hem. Op de een of andere manier leek het tot op dit moment allemaal onwerkelijk, alsof alles met iemand anders gebeurde. Maar nu, terwijl ik in zijn huis op zijn bank zit, besef ik het eindelijk. Dit gebeurt echt.

Ik zou bang moeten zijn. Er moet iets heel erg mis met me zijn, want ja, ik voel de onrust en ik ben nerveus, maar er is geen angst. Ik kijk op, om in de ogen van het hoofd van de Russische criminele onderwereld te kijken — de man die mij beloofde, me te zullen vermoorden als ik mijn rol niet speel in zijn vreemde plan — en de groep vlinders ontploft weer in mijn buik. Lieve God, ik moet mijn hoofd na laten kijken, want in plaats van, net als een normaal persoon, bang te zijn, voel ik me tot hem aangetrokken.

## Roman

'Het is laat, dus ik zal je morgen pas een rondleiding geven.' Ik rol mezelf naar de bank. 'Het zou het beste zijn als je niet in je eentje rond gaat dwalen totdat ik je aan iedereen heb voorgesteld.'

'Oké.' Nina knikt. 'Dus, wat nu?'

'Ik zal de keuken bellen om te vragen hoe het met het eten staat, aangezien we niets hebben gegeten. Wil je iets specifieks?'

'Ik heb geen honger, maar het kan geen kwaad om het personeel bij ons binnen te laten. Het zal ervoor zorgen dat de roddels sneller gaan.'

Het opvoeren van een show voor het personeel zat voor vanavond niet in mijn planning. Ik had aangenomen dat ze, zodra we aankwamen, naar bed zou willen om bij me vandaan te komen, maar nu ben ik benieuwd wat ze in gedachten heeft. Het is een beetje verontrustend — de manier waarop ze zich gedraagt is zo casual, alsof deze hele situatie volkomen normaal is. Er is niets normaals aan om onder druk gezet te worden, om bij een vreemde te gaan wonen en je als zijn vrouw voor te doen. Ze moet echt van haar vader houden om met deze schijnvertoning in te stemmen en zo haar best te doen.

Terwijl ik de keuken bel, begint Nina de spelden uit haar haren te halen, en ik zie de lange zwarte lokken, als een waterval van inktachtige zijde, één voor één op haar rug vallen. Ik vraag me af of dat haar net zo zacht is als het eruitziet.

'Wanneer verwacht je dat het dienstmeisje aankomt?' vraagt Nina terwijl ze de laatste speld eruit haalt.

'Elk moment.'

'Oké dan, laten we beginnen.' Ze staat op van de bank en komt voor me staan.

Ze leunt naar voren en begint de knopen van mijn shirt los te maken, haar gezicht de belichaming van rust, maar ik merk dat haar handen een beetje trillen. Eindelijk een normale reactie. Als ze klaar is met mijn shirt, houdt ze haar hoofd schuin alsof ze aan iets denkt en kijkt me dan in de ogen.

'Mag ik erop springen?'

Ik vernauw mijn ogen tot spleetjes. 'Waarop?'

'Op je schoot? Zal het je been pijn doen?'

Wil ze op mijn schoot zitten? Ik kan niet stoppen met naar haar te staren. 'Het zal mijn been geen pijn doen.'

Nina knikt, trekt haar jurk met één hand omhoog en legt de andere op mijn schouder. Dan bijt ze op haar onderlip, duidelijk verward over wat ze nu moet doen. Ik leun naar voren, pak haar bij de taille en til haar op om haar op mijn dijen te zetten. Ze slaakt een kreet, slaat haar armen om mijn nek en haar ogen worden groter.

'En nu?' vraag ik, terwijl ik een lach probeer te onderdrukken.

'Nu wachten we tot de dienstmeid ons ziet knuffelen.'

'Maar dat zijn we niet aan het doen, of wel? Je zit alleen

op mijn schoot.' Ik veeg met mijn hand een lange zwarte lok weg die voor haar gezicht is gevallen, pak haar dan bij de nek vast, leun naar voren en plaats een kus op haar slanke hals. Met mijn andere hand vind ik de split van haar jurk en hoor ik haar scherpe ademhaling als ik mijn vingers over haar blote dij begin te bewegen.

Er klinkt een klop op de deur.

'Binnen!' blaf ik over Nina's schouder en dan hervat ik mijn gekus langs haar hals.

'Pakhan, Varya heeft me gezegd om —' Valentina's stem stopt in het midden van de zin.

'Zet het dienblad in de keuken en ga weg.' Mijn woorden zijn scherp, alsof Valentina echt iets onderbreekt. Mijn lichaam lijkt dat te denken.

Het meisje haast zich om het eten achter te laten, rent dan letterlijk weg, en slaat de deur achter zich dicht.

Zodra Valentina weg is, laat Nina mijn nek los en springt ze haastig van mijn schoot. Mooi. Als ze daar nog langer was blijven zitten, dan zou ze waarschijnlijk merken dat mijn harde pik het materiaal van mijn broek aan had gespannen.

'Dat ging geloof ik wel goed,' zegt ze en ze haalt haar handen door haar haren, waardoor het alleen maar meer in de war raakt.

'Inderdaad een prachtig optreden.'

'Nou, ik kan nu maar beter naar bed gaan.' Ze begint naar de deur van haar kamer te lopen, maar stopt halverwege. 'Kan ik een shirt of zoiets lenen?' Ze stelt de vraag over haar schouder. 'Ik wil niet in Oscar de la Renta slapen.'

Het idee van haar in mijn kleren doet iets met me en ik stel me voor dat ik haar optil en naar mijn bed breng. Ik vind het vervelend dat er zulke gedachten in me opkomen. Dit is een zakelijke deal en niets anders. 'Ik zal iets voor je pakken. We kunnen morgen iemand sturen om je spullen op te halen, laat je sleutels in de keuken liggen.'

Nina

Na een snelle douche doe ik het grijze T-shirt aan wat Roman aan de deurklink heeft achtergelaten, kruip in het grote hemelbed en ga lekker onder het dekbed liggen. Voordat ik naar bed ging, heb ik gekeken hoe laat het was. Het is al lang na middernacht, maar ik kan niet slapen. In een vreemd huis zijn is slechts een deel van de reden. Een veel groter deel slaapt een paar meter verderop. Alleen al aan hem denken rommelt al met mijn gedachten.

Romans borst is volledig bedekt met tatoeages. Ik zag het toen ik zijn shirt losknoopte, maar er was niet genoeg tijd om veel aandacht aan de ontwerpen te besteden. Ik wou dat ik dat had gedaan, want deze behoefte om tenminste een aantal van zijn geheimen te onthullen, vreet van binnenuit aan me. De Russische pakhan is een raadsel, en het volledige tegenovergestelde van de rechttoe rechtaan grappige jongens — degenen die me aan het lachen kunnen maken — waar ik me meestal tot aangetrokken voel. Ik hou van een zorgeloze geest, iemand met wie ik makkelijk kan praten en die ik nog makkelijker kan verlaten — een man die niet van me verlangt dat ik me openstel. Het is niet verstandig om me meer met de pakhan in te laten dan strikt noodzakelijk is om dit plan te laten werken.

Ik sluit mijn ogen en het beeld van Roman die mijn dij

vastpakt terwijl zijn zondige lippen een lijn van kussen langs mijn hals volgen, vervult mijn geest. Alsof het vanzelf gebeurt, glijdt mijn hand langs mijn buik naar beneden en stopt tussen mijn benen. Ik leg een vinger op mijn kern, druk lichtjes en kreun. Nee. Ik zou mezelf niet moeten bevredigen, terwijl ik aan een man denk die heeft gedreigd om me te vermoorden. Het is zo verkeerd. Snel haal ik mijn hand weg, stop beide onder het kussen en probeer de zoete pijn tussen mijn benen te negeren. Ik ga dit niet doen.

Ik lig urenlang wakker in bed, terwijl ik me met mijn vingers vastklamp aan het kussen. Ondertussen wacht ik af, of mijn verraderlijke lichaam zich kalmeert. Dat gebeurt niet. Het wordt zelfs alleen maar erger totdat ik het niet meer aankan, dus geef ik eindelijk toe aan mijn behoefte en schuif mijn hand weer tussen mijn benen. Ik kom binnen een paar seconden klaar, met mijn gezicht in het kussen begraven en met de naam van een moordenaar op mijn lippen.

*Hoofdstuk*
## 4

Terwijl ik mijn overhemd dichtknoop, gaat mijn telefoon. In het display laat het de naam van mijn oom zien. Het oude zwijn slaapt op zondag normaal gesproken graag tot de middag. Ik weet maar één reden waarom hij zo vroeg zou bellen.

'Wat is er, Leonid?' blaf ik in de telefoon.

'Ik heb gehoord dat je een vrouw hebt meegenomen. Is ze nog steeds in het huis?'

'Dit is mijn huis, dus het gaat je niets aan.'

'Dat betekent dat ze daar is. Je neemt je sletten nooit mee naar huis,' zegt hij, en mijn lichaam verstijft.

'Als ik je haar nog een keer zo hoor noemen, waar ik of iemand anders bij is, dan snij ik je keel door. Is dat duidelijk?'

'Wat is er in godsnaam met je aan de hand, Roman?'

'Ben ik duidelijk geweest, Leonid?'

Er valt een stilte aan de andere kant van de lijn voordat hij antwoordt, 'Ja.'

'Goed.' Ik verbreek de verbinding.

Ik haat die man, maar ik kan het niet riskeren om hem eruit te gooien, hoe graag ik dat ook wil. Leonid weet te veel, en ik heb hem hier nodig, waar ik hem de hele tijd in de gaten kan houden.

Ik reik naar de krukken die tegen het nachtkastje aan staan, zet ze aan weerszijden van me neer en hijs mezelf omhoog. Terwijl ik de krukken onder mijn oksels plaats, haal ik diep adem en zet de eerste paar pijnlijk trage stappen. Mijn knie is 's ochtend meestal stijf, maar het is al veel beter dan een maand geleden. Al die uren fysiotherapie beginnen eindelijk hun vruchten af te werpen, maar het gaat nog wel even duren voordat ik van die verdomde rolstoel af ben. Ik haat dat vervloekte ding, maar er zijn nog steeds dagen dat de pijn te hevig is, en ik het niet kan verdragen om mijn rechterbeen überhaupt te bewegen.

Als ik de klootzakken vind die die bom hebben geplaatst, dan zal ik van hun dood genieten. Ik was misschien verdoofd, maar ik herinner me twee mensen die in mijn ziekenhuiskamer stonden te praten. Ik heb de stemmen niet kunnen herkennen en ik begreep ook niet de hele betekenis van wat er werd gezegd, maar ik begreep genoeg om te weten dat ze erbij betrokken waren.

Een van hen is waarschijnlijk mijn eigen vlees en bloed, iemand die onder mijn dak leeft. Ik heb geen bewijs, maar ik weet bijna zeker dat Leonid er een rol in heeft gespeeld. Wie is die andere? Ik moet het nog uitzoeken.

Als ik mijn kamer verlaat, hoor ik een geluid van enigszins vals gezang uit de keuken komen. Ik draai me om en zie Nina in de koelkast rommelen. Ik wist dat ze klein was, maar ik kon gisteravond vanuit mijn zittende positie niet haar exacte lengte bepalen. Ze is nog kleiner dan ik dacht, iets langer dan anderhalve meter. De zoom van mijn T-shirt reikt tot aan haar knieën en daardoor ziet ze er komisch uit. Blootsvoets zou de bovenkant van haar hoofd niet eens tot mijn borstbeen komen.

Ze staat met haar rug naar me toe, dus ze ziet me niet als ik dichter bij haar kom en een paar passen achter haar bij de eettafel ga staan.

'Is er in die koelkast iets interessants te vinden?' vraag ik.

Nina springt met een geschrokken gil omhoog en sluit de koelkast met een knal. 'Shit, je gaf me bijna een hartaanv—'

Ze stopt halverwege de zin en staat daar naar me te staren, haar ogen zijn enorm. Ik had verwacht dat ze verrast zou zijn om me uit de rolstoel te zien, maar de emotie op haar gezicht is geen verrassing. Het is angst.

'Nina?' Ik zet een stap naar haar toe.

Ze krimpt ineen, doet een stap achteruit en botst tegen de koelkast. Haar ademhaling versnelt, wordt oppervlakkig alsof ze niet genoeg lucht kan inademen en haar handen trillen een beetje. Ze heeft een paniekaanval. Ik heb geen idee wat daar de oorzaak van is, maar ze is ergens doodsbang voor en ik ben er vrij zeker van dat ik de *reden* ben. Het slaat nergens op. Een paar uur eerder zat ze op mijn schoot, en leek ze helemaal niet bang te zijn.

'Roman,' zegt ze uiteindelijk, haar stem is nauwelijks meer dan een gefluister, 'ik wil dat je gaat zitten. Alsjeblieft.'

Ik zie het nut niet in van haar verzoek, maar ik zet twee stappen naar de eettafel, trek de stoel naar achteren en ga zitten. Nina blijft staan waar ze staat, op de plek voor de koelkast, maar haar ademhaling lijkt in ieder geval onder controle te komen.

Er schiet me een verdwaalde gedachte te binnen, iets wat

ze zei toen we aankwamen. Ik herinner het me nu duidelijk en het bevalt me niet wat het betekent. 'Je zei gisteravond iets. Ik wil dat je uitlegt wat je daarmee bedoelde.'

Ze knippert met haar ogen en schudt haar hoofd. 'Wat bedoel je precies?'

Haar stem is nu sterker, bijna normaal, maar toch beweegt ze niet. Haar rug zit tegen de koelkast aangeplakt alsof ze erin wil smelten.

Ik focus mijn ogen op haar gezicht en zorg ervoor dat ik haar reactie zie. 'Wat bedoelde je met 'ik ben geen fan van grote dingen?''

Ze knippert met haar ogen en in plaats van te antwoorden draait ze zich om en rent ze haar kamer in. De deur sluit met een knal en op hetzelfde moment weet ik het en begin ik te koken van woede. Iemand heeft haar pijn gedaan, en als ze zo reageert, dan moet het heel erg zijn geweest.

## Nina

De klok op het nachtkastje laat zien dat het twee uur is. Ik kan niet de hele dag in de kamer opgesloten blijven zitten, dat weet ik. Maar toch, ik kan niet naar buiten gaan en na die toestand van vanmorgen Roman onder ogen komen. Hij denkt waarschijnlijk dat ik gek ben. God, zelfs na twee jaar ben ik nog steeds niet goed bij mijn hoofd.

Het ging al beter. Ik was op een punt gekomen dat ik zonder te flippen in het gezelschap van enorme mannen kon zijn. Ik kan zelfs een normaal gesprek voeren, zolang ze me maar niet aanraken. Ja, de meeste mensen, vooral mannen, zijn groter dan ik. Maar de meeste van hen leiden niet tot een paniekaanval. Ik reageer alleen op mannen die zo lang zijn als Brian en die een aanzienlijke spiermassa hebben.

Roman lijkt helemaal niet op Brian, die blond was en op een surfer leek, maar ze hebben dezelfde lengte en bouw. Als ik op de een of andere manier gewaarschuwd was, of als ik wist wat ik kon verwachten, dan zou ik misschien niet zo extreem hebben gereageerd. Maar ik was nog steeds slaperig, en door Roman die plotseling boven me uit torende, flipte ik gewoon.

Ik moet uit deze kamer komen. Er is nog werk te doen, mensen om te misleiden. Ik kan dit.

Aangemoedigd door mijn peptalk, sta ik op uit het bed, en marcheer met mijn hoofd omhoog de kamer uit.

Roman zit aan tafel, met een vork in de ene hand en met de andere houdt hij zijn telefoon tegen zijn oor. Te oordelen naar de donkere blik op zijn gezicht, is het geen goed nieuws. Ik doe mijn best om mijn gelaatstrekken in de plooi te houden en bij hem te gaan zitten, waarbij ik opzettelijk de stoel naast hem kies. Mijn actie zegt, 'Ik ben niet bang voor je. Dat hele gedoe in de keuken was gewoon een misverstand. Laten we doen alsof het nooit is gebeurd.'

Hij zit nog steeds aan de telefoon als ik ga zitten, maar hij volgt met zijn ogen elke stap die ik zet. Om ervoor te zorgen dat mijn bewegingen perfect kalm zijn, vul ik een glas met water en concentreer ik me op het eten in het midden van de tafel. Er staat een schaal aardappelpuree, een assortiment vis, en wat salades, dus pak ik een bord en schep op. Ik pak ook een sneetje brood en begin te eten.

'Ik ben over twintig minuten beneden,' zegt Roman in de telefoon, legt het op de tafel en eet verder.

We eten in stilte, het enige geluid komt van het bestek en het is vreemd genoeg... huiselijk. Ik verwacht dat hij vragen over vanmorgen gaat stellen, maar hij zegt er niets over, en ik ben opgelucht.

'Ik heb Valentina eropuit gestuurd om wat van je kleren op te halen,' zegt hij ten slotte. 'Ze zitten in een tas in de woonkamer.'

'Helemaal perfect.' Ik pak een cherrytomaat van mijn bord en gooi het in mijn mond.

Roman leunt achterover en slaat zijn armen over elkaar en bekijkt me een paar seconden. Ik probeer me op mijn eten te concentreren in plaats van op zijn gespierde armen die het materiaal van zijn shirt uitrekken. Ik faal jammerlijk.

Hij kantelt zijn hoofd naar de zijkant en vernauwt zijn oogleden naar me. 'Weet je, ik vind het erg interessant dat je veel beter met deze situatie omgaat dan ik had gehoopt.'

'Welke situatie?' Ik pak de saladekom en vul mijn bord met sla en meer cherrytomaten.

'Dit. Gechanteerd te worden om met iemand zoals ik te trouwen. Je moet je leven zes maanden in de wacht zetten. Ik had verwacht dat je op je hoede zou zijn. Terughoudend. Bang. Je lijkt... onnatuurlijk nonchalant te zijn.'

'Denk je dat ik geestelijk instabiel ben?' Ik pak een blaadje sla, wikkel het rond een cherrytomaat en doop het in de mayonaise terwijl Roman me met interesse aankijkt.

'Ben je dat?' vraagt hij. 'Geestelijk instabiel?'

'Natuurlijk niet. Ik ben de belichaming van geestelijke stabiliteit. Vraag het aan wie je wil.' Ik wijs naar mijn sla-tomaat-mayobal. 'Wil je er een?'

Gebaseerd op de blik op zijn gezicht, is hij niet geamuseerd. Ik zucht en kijk hem recht in de ogen. 'Ja, ik vind deze situatie verontrustend, maar het is wat het is. Heb ik er iets over te zeggen? Nee. Kan ik er iets aan veranderen? Weer nee. Of ik er nu wel of niet tegen vecht, het resultaat zal hetzelfde zijn. Zoals ik het zie, is het beter om het verdomde gebeuren gewoon te accepteren en erin mee te gaan.'

'Je bent een beetje gek, dat weet je toch?'

'Het leven is gek. Je moet het omarmen.' Ik haal mijn schouders op en wijs met mijn hoofd naar de krukken die naast hem tegen de tafel leunen. 'Waarom de rolstoel als je kunt lopen?'

'Ik noem het liever slepen. En ik kan nog steeds niet de hele dag op krukken lopen. Ik ben van plan om de rolstoel op een gegeven moment te dumpen, maar totdat ik het een hele dag vol kan houden, wil ik niet dat iemand het weet.'

'Waarom niet?'

'Ik heb zo mijn redenen. Alleen Maxim, Varya en mijn fysiotherapeut weten het. En nu jij. Ik wil dat zo houden, Nina.'

'Heeft niemand je zien lopen? Een dienstmeisje? Iemand die onaangekondigd je suite binnen is gekomen?'

'Alleen Varya mag hier binnenkomen. Zij regelt de schoonmaak. Iedereen weet dat ze uit mijn suite moeten blijven, tenzij ze specifiek worden uitgenodigd.'

'En wat zou er gebeuren als iemand je zou betrappen? Zou dat een probleem zijn?'

'Niet echt. Omdat ik ze ter plekke zou vermoorden.'

Eerst denk ik dat hij een grapje maakt, maar dan kijkt hij me aan en zie ik het in zijn ogen. Hij is bloedserieus.

'U bent een enge man, meneer Petrov.'

'Het past bij de taakomschrijving, Nina,' zegt hij. 'Er zijn maar drie dingen die mensen in mijn wereld begrijpen: loyaliteit, geld en de dood. Vergeet dat niet.' Hij reikt naar de krukken. 'Ik moet iets met Maxim bespreken. Ik ben over een uurtje terug.'

Ik sta snel op, haal diep adem en beveel mijn benen om niet van deze plek te bewegen. Ik ga het absoluut niet laten gebeuren dat de toestand van vanmorgen zich herhaalt. Hij is Brian niet. Ik laat mijn onredelijke angst niet over me heersen.

Roman zet zijn krukken aan weerszijden van hem en gaat rechtop voor me staan. Lieve God, hij is enorm. Mijn hartslag versnelt, maar het lukt me om niet ineen te krimpen. Ik kan dit aan. Ik zal de komende zes maanden bij hem wonen, dus ik moet me vermannen. Heel langzaam til ik mijn hoofd op en kijk hem in de ogen zonder met mijn wimpers te knipperen. Maar ik zorg er wel voor dat mijn trillende handen achter mijn rug verborgen zijn.

'Ik vraag me af wat ze je te eten hebben gegeven toen je opgroeide,' zeg ik en het lukt me zelfs om een beetje te grijnzen.

Hij kijkt een paar seconden naar me en reikt dan met zijn hand naar me toe en streelt met zijn duim langs mijn wang.

'Je bent een uitzonderlijke actrice, malysh.'

Zijn hand verdwijnt van mijn wang en hij gaat langzaam richting zijn slaapkamer. Ik vraag me af wat hij daarmee bedoelde.

*Hoofdstuk*

5

Roman

IK KIJK MAXIM EMOTIELOOS AAN. HIJ STAAT MET ZIJN ARMEN over elkaar voor mijn bureau en ik vraag me af waar hij opeens zijn stomme ideeën vandaan haalt.

'Nee,' zeg ik.

'Waarom niet? Het is een perfecte kans. Ze kan zeggen dat ze verdwaald is of dat ze het huis aan het verkennen is.'

'Omdat ze in haar leven waarschijnlijk nog nooit een afluisterapparaat heeft gezien en niet zou weten hoe of waar ze het moest plaatsen. En twee, niemand zal geloven dat ze per ongeluk Leonids kamer of zijn kantoor in is gelopen. We weten niet wie er nog meer bij betrokken is. Het kan iemand van het personeel zijn of van de beveiliging. Ik wil niet dat ze Leonid of zijn partner eerder dan gepland een waarschuwing geeft.'

'Weet je zeker dat het Leonid was?'

'Heel erg zeker.'

'Laten we hem dan meteen inpakken. Laat Mikhail aan hem werken. Dan zal hij tegen de ochtend wel anders piepen.'

'En als hij het niet was?' vraag ik. 'Heb je enig idee hoe dit het moreel en het vertrouwen van mijn mannen zou beïnvloeden als ik een van mijn eigen mensen zonder bewijs zou martelen, om er vervolgens achter te komen dat hij onschuldig is?'

'Nou, dan zitten we op een dood spoor, Roman.' Hij zet zijn bril af en zucht, 'Ik luister al maanden naar de opnames en heb niets anders dan standaard roddels gevonden. Wist je dat Kostya met zowel Valentina als met Olga naar bed gaat?'

'Het kan me niet schelen wie met wie naar bed gaat. In welke kamers heb je tot nu toe afluisterapparatuur geplaatst?'

'De bibliotheek, de lounge, eetkamer, beide badkamers beneden, de kelder en ook de wapenkamer. Varya heeft in de keuken en de voorraadkast afluisterapparatuur geplaatst. Dat was het.'

'De auto's?'

'Allemaal behalve die van Leonid, Mikhail en Sergei.'

'Je hoeft in Sergei's auto niks te plaatsen. Als hij die bom had geplaatst, dan was ik nu dood. Waarschijnlijk samen met het hele verdomde blok. Het is ook niet Mikhail.' Ik tik nadenkend met mijn vinger op het bureau. 'Laat Valentina een afluisterapparaat in Leonids kamer en zijn kantoor plaatsen.'

'Valentina?'

'Waarom niet? Ze is te vertrouwen.'

Hij schudt zijn hoofd. 'Nou, laat ik het zo zeggen. Gisteravond zat Nina op je schoot, met haar haren in de war, blootsvoets, arm om je nek terwijl je het been onder haar jurk betastte. Je shirt was losgeknoopt en je hebt haar als een bezetene gekust,' zegt Maxim en hij trekt zijn wenkbrauwen naar me op. 'Het hele personeel wist elk detail op het moment dat Valentina terug naar de keuken was gerend, evenals haar conclusie dat jullie twee zielsverwanten zijn en binnenkort prachtige baby's zullen krijgen. Ze is loyaal, maar haar tong is anderhalve kilometer lang. Het is onmogelijk dat ze haar mond kan houden, zelfs niet als haar leven ervan afhangt.'

'Verdomd geweldig.' Ik haal diep adem en kijk naar het plafond. Is er iemand in dit huishouden die ook maar enigszins gezond verstand heeft?

'We moeten Nina zover krijgen om het te doen. Het personeel en de mannen hebben haar nog steeds niet ontmoet en als je haar instrueert om zich als een giechelende, onnozele idioot te gedragen, dan zal niemand aandacht besteden aan wat ze doet.'

'Ik zou nooit met een 'giechelende, onnozele idioot' trouwen, Maxim. Dat weet iedereen.'

'Natuurlijk zou je dat wel doen. Je bent een bezeten man, weet je nog?'

Ik sluit mijn ogen en schud geïrriteerd mijn hoofd. Een dezer dagen ga ik Valentina wurgen.

'Dat is dan geregeld.' Maxim trekt zijn jas recht, zet zijn bril op en draait zich om, klaar voor vertrek. 'Laat me weten wanneer je wilt dat ik langskom om de procedure aan Nina uit te leggen.'

Als ik terugkom in mijn suite in de oostelijke vleugel, kan ik Nina nergens vinden — niet in de keuken of de woonkamer — dus ga ik naar haar slaapkamer, maar die is ook leeg. Even denk ik dat ze van gedachten is veranderd en op de een of andere manier is ontsnapt. Ik draai mijn rolstoel om, van plan om alarm te slaan, als ik haar zie, en de druk die zich onbewust in mijn borstkas had opgebouwd, verdwijnt.

Ze zit in de verste hoek van de bibliotheek met haar rug naar de boekenkast in de kleermakerszit. Verspreid over de vloer om haar heen liggen een heleboel keukenrollen. Ik rol mezelf door de woonkamer, stop een paar passen bij haar vandaan en kijk toe. Ze schetst iets op een stuk keukenrol. Het is heel simpel, maar ik zie de vorm van een vrouw die iets voor haar houdt. De meeste van de andere stukken keukenrollen die verspreid liggen bevatten soortgelijke composities; een aantal van hen zijn gewoon onherkenbare lijnen, anderen zijn meer gedetailleerd. Ik kan niet langer dan een uur weg zijn geweest. Hoe heeft ze dat in zo'n korte tijd allemaal kunnen doen?

'Kun je iemand naar mijn huis sturen om mijn spullen te halen?' vraagt Nina zonder haar ogen van de tekening te halen. 'Er staan in de woonkamer drie grote dozen. Zeg dat ze voorzichtig moeten zijn, mijn doeken en verf zitten erin.'

'Wanneer heb je ze nodig?'

'Gisteren. Aangezien ik hier vastzit, kan ik maar beter iets nuttigs doen met mijn tijd. Ik heb over drie weken de tentoonstelling, en ik heb maar zes stukken af. Ik heb er nog negen nodig, evenals de grote jongen.'

'De 'grote jongen'?'

'Mijn belangrijkste stuk. Ik heb daar canvas voor besteld. Het zal volgende week geleverd worden.'

Ik kijk nog een paar minuten toe hoe ze werkt en zie hoe ze af en toe haar oogleden vernauwt voor een detail, of hoe ze haar hoofd opzij kantelt en op haar lip bijt als ze nadenkt. Haar haren zijn een puinhoop van verwarde lokken die ze aan de bovenkant van haar hoofd heeft verzameld en met een potlood heeft vastgezet. Ze is zo'n vreemd wezen. Zo anders dan de vrouwen waar ik normaal gesproken mijn tijd mee doorbreng. Het is verfrissend en gevaarlijk verleidelijk.

'Als je klaar bent, moet ik even met je praten,' zeg ik als ik erin slaag om mijn ogen van haar af te wenden. 'Ik ben in de woonkamer.'

'Yep.' Ze legt de afgewerkte schets opzij, neemt het laatste stuk ongebruikte keukenrol en begint erop te tekenen.

Het lijkt erop dat ik weg kan gaan.

Na een tripje naar mijn slaapkamer om de laptop te pakken die ik daar bewaar, installeer ik mezelf op de bank en zet het nieuws aan. Ik leg mijn rechterbeen op de tafel voor me, open de laptop en begin de e-mails door te nemen. Ik ben bijna klaar als Nina naast me neer ploft en geeuwt.

'Sorry, ik liet me meeslepen. Waar wil je over praten?'

Ik sluit de laptop en draai me naar haar toe. 'Ik wil dat je iets voor me doet terwijl je hier bent.'

'Zoals stofzuigen en afstoffen?' Ze trekt haar neus op. 'Ik kan me niet herinneren dat ik daarmee heb ingestemd. Strijken is oké, afstoffen ook wel, maar ik haat stofzuigen.'

'Om hier in huis wat bugs te plaatsen, zonder dat iemand het merkt.'

Ze kijkt me met een mix van verwarring en walging op haar gezicht aan, dus het lijkt erop dat ik het moet verduidelijken. 'Afluisterapparatuur. Geen insecten.'

'Dat is een heel vreemd verzoek, meneer Petrov. Wil je het me uitleggen?'

'Vanaf nu is het Roman. Zorg ervoor dat je geen fout maakt als er iemand in de buurt is.'

'Ik zal geen fout maken, Roman.' Ze lacht en knipoogt naar me. Ze *knipoogt* verdomme naar me.

Ik zucht. 'Ik heb redenen om aan te nemen dat tenminste

één van de mensen die zich hier in huis bevindt, de bom heeft geregeld die was bedoeld om me te doden. Maxim heeft de meeste kamers twee maanden geleden van afluisterapparatuur voorzien, maar hij kan ze niet in de laatste paar kamers installeren zonder het risico te lopen dat iemand hem ziet.'

'Nou, je vertrouwen in mijn capaciteiten ontroert me, maar ik zie echt niet in hoe ik dat voor elkaar moet krijgen als hij dat niet kan.'

'Als iemand Maxim een van die kamers binnen ziet gaan, dan weten ze dat er iets niet klopt. Maar als iemand jou betrapt, dan kun je altijd zeggen dat je verdwaald bent.'

'Je huis is enorm, maar ik denk niet dat ik zo verdwaald zou raken dat ik de verkeerde kamer binnen zou gaan.' Ze ziet er beledigd uit. 'Ik ben geen idioot.'

'Dat brengt ons bij het tweede punt dat we moeten bespreken, en het gaat erom hoe mensen die hier wonen en werken je waarnemen. Ik wil dat je... laten we zeggen oppervlakkig overkomt.'

'Bedoel je dom?'

'Niet helemaal. Wat ik wil is dat als mensen je de kamer binnen zien gaan, ze niet op hun hoede zijn of achterdochtig worden. Ik wil dat ze stiekem met hun ogen rollen en niet merken wat je doet, omdat ze aannemen dat je... onschadelijk bent.'

Ze kijkt me verbaasd aan en lacht dan. Het is een onbewaakte en oprechte lach die haar ogen bereikt. 'Oké, je bedoelt zeker dom. Oké. Ik heb een paar minuten nodig.'

Ze leunt achterover in de kussens, gooit haar hoofd achterover met haar gezicht omhoog naar het plafond, en sluit haar ogen. Ze blijft even zo liggen en begint dan te praten.

'Oppervlakkig. Onschadelijk. Een beetje dom. Natuurlijk

waanzinnig verliefd op jou. Heeft toegang nodig tot elk deel van het huis. Laten we eens kijken... Wie ben ik? Nou, Romans trofeevrouw, natuurlijk. Ik ben mooi, elegant en een extreme snob. Ik hou ervan om dure kleren te dragen, alleen de beste merken. Ik hou niet echt van jurken, tenzij de gelegenheid dat vereist. Ik geef veel meer de voorkeur aan designer jeans, gecombineerd met zijde blouses. Hoge hakken zijn een must.'

Ze wacht even, opent haar ogen en draait zich naar me toe.

'Zijn hakken een must, denk je?' Ze trekt haar kleine neus op. 'Natuurlijk zijn ze dat. Verdomme. Ik haat het om hakken te dragen.'

Ze sluit haar ogen weer en gaat verder.

'De hakken zijn een must, en ik heb er tientallen. Roman houdt ervan als ik ze draag, hij zegt dat ze mijn kont er geweldig uit laten zien. Ik ben ook erg zelfbewust over mijn lengte en de hele tijd hakken dragen, zorgt ervoor dat ik vergeet hoe klein ik ben. Mijn favoriete tijdverdrijf is winkelen, en ik koop een heleboel kleren. Mijn man moet één chauffeur specifiek aan mij en mijn koopwoede toewijzen.'

Nog een pauze en ze draait zich weer naar mij toe.

'Roman, ik heb geld nodig om haar verslaving met kleding te ondersteunen. Ze is een impulskoper.'

'Je krijgt alles wat je nodig hebt,' lach ik. Ze is compleet gestoord.

'Mijn man is gek op me en hij staat me toe om alles te doen wat ik wil met het huis, zoals meubels herschikken, zodat de sfeer van het huis beter met de aardse vibraties werkt. Het huis voelt vreselijk koud aan, dus koop ik een heleboel kamerplanten en zet ze overal neer. Ik bezoek ook elke kamer, omdat ik er zeker van wil zijn dat de energie onbelemmerd stroomt, dus ik hang schilderijen en spiegels ergens anders op. Ik haat ook de eettafel, het is zo overdreven en ik besluit om het in te wisselen voor een strakke glazen tafel die ik in een tijdschrift voor interieur design heb gevonden.'

Weer een stilte.

'Deze vrouw is duur, Roman. Ik hoop dat je weet waar je aan begint.'

'Ik red me wel.'

'Wat jij wil.' Ze haalt haar schouders op en gaat door. 'Mijn man vindt het niet leuk als hij wordt gestoord, maar dat geldt natuurlijk niet voor mij. Ik kom vaak naar zijn kantoor om te kijken hoe het met hem gaat en om een paar kusjes te geven. Het irriteert zijn mannen heel erg. Ze vragen zich af wat hij in me ziet en waarom hij me zoveel vrijheid geeft, en dan bedenken ze dat hij met zijn pik denkt. Ik ben altijd in de buurt en ze haten het.'

Ik ben gefascineerd door de manier waarop ze deze nieuwe persoon creëert. Het is zowel krankzinnig als briljant. 'Ze moet geweldig zijn in bed, om haar man op dic manier om haar vinger te kunnen winden,' merk ik op.

'Natuurlijk is ze dat. Hoe zou ze hem anders zijn verstand laten verliezen? Ze is niet erg slim, maar ze geeft de beste pijpbeurten.'

Ik stel me voor dat Nina dat doet, en mijn pik wordt meteen hard.

Ze opent haar ogen en kijkt me aan. 'Ik denk dat dat genoeg is om mee te beginnen, ik zal haar gaandeweg verder ontwikkelen. Wat denk je ervan? Is ze goed genoeg?'

'Doe je dit vaak? Verschillende persoonlijkheden creëren en ze zelf worden,' vraag ik, terwijl ik de behoefte probeer te onderdrukken om haar te grijpen en haar als een gek te kussen.

'Dat deed ik toen ik een kind was. Het was een spelletje.

Mijn moeder haatte het. Stel je voor dat je dochter op een ochtend naar beneden komt en het ontbijt afwijst, en verklaart dat ze al jaren vegetariër is, terwijl ze de vorige dag nog gewoon ham en eieren als avondeten at.' Ze geeuwt weer. 'Vind je het erg als ik een dutje ga doen? Ik heb vannacht niet goed geslapen.'

'Waarom niet?'

Nina knippert met haar ogen, kijkt de andere kant op en springt van de bank. 'Het bed was te zacht.'

Ik kijk naar haar terwijl ze naar haar slaapkamer rent en vraag me af waarom haar wangen rood werden.

Nina

Als ik na mijn dutje mijn kamer verlaat, zie ik een oudere vrouw in Romans keuken staan die boodschappen in de koelkast zet. Ze is klein met grijs haar en ze draagt een stijlvolle gele jurk. Als ze me hoort, draait ze zich om en lacht breed, waardoor de rimpels bij haar ooghoeken opvallen.

'Ik vroeg me al af waar je was,' zegt ze met een zwaar accent. 'De keuken barst sinds gisteravond van de roddels.'

'Nina, dit is Varya,' zegt Roman die de keuken binnenkomt. 'Varya weet van onze overeenkomst.'

De oudere vrouw bekijkt me, van top tot teen, waardoor ik me zestien en alsof ik voor de eerste keer de moeder van mijn vriendje ga ontmoeten, voel. Deze vrouw is belangrijk voor Roman, dat blijkt uit de toon van zijn stem als hij met haar praat. Hij lijkt op de een of andere manier minder waakzaam te zijn bij haar. Als hij haar de waarheid over onze deal heeft verteld, dan betekent het dat hij haar vertrouwt, en ik denk niet dat Roman veel mensen vertrouwt.

'Dus, voor wanneer is de bruiloft gepland?' vraagt ze.

'Over een paar weken.' Ik haal mijn schouders op.

'Ik denk niet dat dat een goed idee is, Roman.' Varya wendt zich tot hem. 'Als je Nina zo lang hier houdt, dan zul je haar aan je mannen moeten voorstellen. Ik weet niet of het een goed idee is om haar als je... geliefde voor te stellen.'

'Denk je dat we het eerder moeten doen?' vraagt hij.

'Ja. Als je haar meeneemt naar je mannen, dan moet het als je vrouw zijn. Anders zal niemand haar respecteren.'

Roman kijkt even naar Varya, pakt dan zijn telefoon en pleegt een telefoontje.

'Maxim, verandering van plannen. Verplaats de afspraak met de huwelijksambtenaar. Naar morgenmiddag.'

Hé hallo, wat?

'Dat is veel beter.' Varya lacht. 'Wanneer moet ik het avondeten sturen?'

'Over een uur.'

'Perfect. Ik zal ervoor zorgen dat Valentina het brengt, ze omschreef de scène waar ze gisteren bij binnenliep met zoveel details. Ze is een zeer getalenteerde roddeltante. Het hele keukenpersoneel en enkele mannen die aanwezig waren, hebben met grote ogen naar haar staan luisteren en ze gaven aan dat je nooit vrouwen mee naar huis neemt en hoe speciaal deze moet zijn.' Varya maakt aanstalten om te vertrekken, maar stopt bij de deur. 'Zorg ervoor dat ze je deze keer iets intiemer ziet doen. Je wilt niet dat mensen achterdochtig worden als je aankondigt dat jullie twee zo plotseling zijn getrouwd, Roman.'

Ik staar naar de deur waar Varya net doorheen is gegaan, verward en een beetje in paniek, en wend me dan tot Roman. 'We gaan geen seks hebben zodat je dienstmeid ons kan betrappen.'

Hij lacht en gaat naar zijn slaapkamer. 'Ik ga douchen en me omkleden. Als je van plan bent hetzelfde te doen, wees dan snel en trek iets met kant aan.'

'Pardon?'

'Er zal geen seks bij betrokken zijn, maar Valentina zal het eten naar mijn kamer brengen en jij zult er zijn.' Hij zegt de woorden over zijn schouder.

'In jouw kamer?'

'In mijn bed, Nina.'

## Roman

Ik rommel door de keukenlade, op zoek naar een kurkentrekker als ik de deur van Nina's kamer open hoor gaan. Ik til mijn hoofd op en staar naar haar. Nina staat in de deuropening en ze lijkt op een of andere donkere prinses in een korte kanten nachtjapon, met haar pikzwarte haar dat aan weerszijden van haar gezicht valt.

Ze komt op blote voeten de keuken binnen en gaat recht voor me staan, maar ze houdt haar blik naar beneden gericht en kijkt naar mijn voeten. Van buiten lijkt ze ontspannen te zijn, maar dan kijkt ze op en verstijft haar rug. Dus, het is zoals ik dacht, het is niet het feit dicht bij mij te zijn wat haar stoort. Het is mijn lengte.

Ik haal de linker kruk onder mijn oksel vandaan om hem tegen het kookeiland aan te zetten, buk om Nina om haar middel beet te pakken en til haar op om op het aanrecht voor me te zitten.

'Zo. Beter?' vraag ik, maar ze staart me alleen met grote ogen aan.

Ik draai me om en pak de linkerkruk achter me vandaan en als ik haar weer aankijk, zie ik een verdwaalde traan langs haar gezicht lopen. De aanblik raakt me hard.

'Het spijt me,' fluistert ze. 'Het ligt niet aan jou, Roman.'

'Ik weet het.' Ik strek mijn hand uit om mijn handpalm op haar wang te leggen en veeg de traan weg. 'Ik ga hem vermoorden, malysh. Het zal langzaam gaan, en het zal pijnlijk zijn. Geef me alleen zijn naam.'

'Nee.'

'Het was geen vraag. Geef me zijn verdomde naam.'

'Ik zei nee! Ik maak van niemand een moordenaar.'

'Daar is het te laat voor, Nina. Zijn naam.'

'Laat het los. Ik vertel het je niet. Laat het... verdomme gewoon gaan.'

Ik haal diep adem en probeer de behoefte om mijn hand ergens tegen aan te slaan, te negeren.

'Oké. Ik zal het voor nu laten gaan. Maar je vertraagt alleen maar het onvermijdelijke.'

In mijn slaapkamer begint de telefoon te rinkelen. Het is waarschijnlijk Varya die kijkt of we klaar zijn voor het avondeten, maar ik ben niet meer in de stemming om spelletjes te spelen.

'Ik moet opnemen.' Ik draai me om en loop naar de slaapkamer en hoor Nina van het aanrecht af komen.

Ze volgt me, blijft een paar stappen achter me, zich aanpassend aan mijn trage tempo. Net op het moment dat ik het nachtkastje bereik stopt de telefoon met rinkelen.

'Ik zal tegen Varya zeggen dat het dienblad voor de deur achtergelaten moet worden,' zeg ik terwijl ik mezelf op de rand van het bed laat zakken om te gaan zitten. 'Je kunt teruggaan naar je kamer of in de keuken wachten.'

'Nee.' Ze reikt naar de krukken die ik naast me heb staan en schuift ze onder het bed. Ik kijk toe hoe ze de deken wegtrekt en onder de deken kruipt.

'Kom op,' zegt ze en tilt de hoek van de deken op.

Om er zeker van te zijn dat er genoeg ruimte tussen ons is, ga ik liggen en verwacht dat ze aan haar kant blijft. In plaats daarvan gooit ze haar been over me heen en klimt bovenop me, waarbij ze haar hoofd laat zakken om hem op mijn borst te laten rusten. Ik adem amper, doe mijn best om niet eens een spier te bewegen, te bang om haar te laten schrikken. We blijven een paar ogenblikken zo liggen, ik lig stil met haar over mijn borst uitgestrekt.

'Sla je armen om me heen.'

Ik doe wat ze zegt en let op of ik een teken van onrust zie. Die is er niet. Wat is ze toch een ongewoon wezen. Het voelt zo goed om haar zo in mijn armen te houden. Ik wou dat het niet alleen voor de show was.

'Is dit goed?' zeg ik hees.

'Ja,' zegt ze en ze sluit haar ogen. 'Ik moet je wel een paar tips geven.'

'Oké.'

'Niet mijn polsen vasthouden of in mijn nek knijpen,'

zegt ze, en ik voel de kou mijn rug in stromen. 'En je kunt me ook niet met je lichaam vastpinnen.'

Op het moment dat de woorden mijn mond verlaten, wordt Roman stil onder me. Ik haat het om hierover te praten, maar ik moest het hem vertellen. Ik wil niet het risico lopen dat ik ga flippen als hij onbewust een van die dingen doet. Hij ligt daar maar, en ik hoor zijn hartslag sneller gaan onder mijn oor. Opeens haalt hij zijn armen van mijn rug.

'Ga terug naar je kamer, malysh. We gaan dit niet doen,' zegt hij kortaf.

Shit. Ik wist dat hij zo zou reageren.

'Het is goed, Roman.'

'Nee. Je bent niet op je gemak. Ik ga je niet dwingen om —'

'Je dwingt me niet om iets te doen.' Ik til mijn hoofd op om naar hem te kijken en kruip dan omhoog tot mijn gezicht recht voor de zijne hangt.

'Nina—' begint hij, maar ik leg snel mijn vinger op zijn lippen.

'Ik heb daarna nog... seks gehad. Ik heb er geen probleem mee om in hetzelfde bed als jij te liggen. Ik zal niet flippen als je me vasthoudt, of omdat ik dicht bij je ben.'

Zijn lippen zijn zo zacht, en voor een moment ben ik afgeleid door hem met zo'n intensiteit naar me te zien kijken. Hij is zo knap.

'Zover is het nooit gekomen,' ga ik verder. 'Hij... heeft me nooit op die manier pijn kunnen doen. Ik heb zijn laptop tegen zijn hoofd gemept voordat hij de kans kreeg om iets te doen.'

'Je hebt met een laptop tegen zijn hoofd gemept.'

'Twee keer. Ik heb met de tweede klap zijn neus gebroken en ben weggerend.' Ik haal mijn schouders op en streel met mijn vinger over Romans wenkbrauw. 'Het kloot nog steeds met mijn hoofd. Ik heb soms geen controle over mijn reacties, maar het heeft niets met jou te maken.'

'Weet je het zeker? Ik wil dat je het zeker weet, Nina.'

'Ik weet het zeker.'

Ik hoor voetstappen naderen samen met het zachte gerinkel van borden en bestek. Het is een perfect excuus, dus ik laat mijn hoofd zakken en kus hem. Het is als een snelle kus bedoeld, maar op het moment dat ik zijn lippen op de mijne voel, vliegen alle rationele gedachten de deur uit, en het volgende moment grijpen mijn handen hem met al mijn kracht vast. In mij, ontstaat de onstilbare behoefte om dichter bij hem te zijn, wat dwaas lijkt omdat ik al uitgestrekt over zijn borst lig met mijn benen aan weerszijden van hem.

Ergens achter me, klinkt een snak naar adem. Ik verbreek de kus en kijk over mijn schouder naar het meisje van gisteren dat met een bord eten in haar handen in de deuropening staat, haar mond is half open en haar ogen staan wijd open. Ik slaak een kreet en pak snel de zoom van mijn kanten nachtjapon die over mijn rug omhoog is gekropen en trek het over Romans handen heen die momenteel mijn kont vasthouden. Hopelijk vergeet ze om iedereen in de keuken over mijn zwarte kanten string te vertellen.

'Pakhan, ik... het spijt me, ik wist niet —'

'Zet het daar maar neer en ga weg,' snauwt Roman van

onder me. Hij klinkt alsof hij echt kwaad op haar is omdat ze binnen is gekomen, wat niet logisch is. We doen dit toch allemaal juist zodat ze denkt dat onze relatie echt is. Nou, dat geldt in ieder geval voor hem. Wat mij betreft, weet ik niet zeker of ik nog doe alsof. En dat maakt me doodsbang.

Ik wacht tot het meisje vertrekt en kijk dan naar Roman. 'Ik zal nu gewoon maar... gaan,' zeg ik, maar ik doe niets om van hem af te gaan.

Hij staart me met samengeknepen ogen aan en hij heeft nog steeds zijn handen op mijn kont. De huid op zijn borst is zo warm onder mijn handpalmen en zijn lippen zijn zo dichtbij. Ik hoef maar een beetje naar voren te leunen om ze weer te proeven. Zou het zo erg zijn als ik hier bij hem zou blijven? Ja, waarschijnlijk wel. Ik duw mezelf omhoog om van hem af te gaan en zijn handen verdwijnen onmiddellijk van mijn achterwerk.

'Ik moet wat kleren kopen,' zeg ik terwijl ik uit het bed stap. Ik pak een broodje van het dienblad dat de dienstmeid achter heeft gelaten en loop naar de deur. 'Je snobistische vrouw zou niet in een van mijn hoodies rond willen lopen.'

'Ik zal je morgenochtend meenemen. Zorg dat je om negen uur klaarstaat.'

Ik kijk naar hem en zie hem uitgestrekt in het bed liggen, zijn handen achter zijn hoofd gekruist, waardoor zijn toch al enorme gestalte er nog groter uitziet. Niemand zou er zo goed uit moeten zien. En ik heb ook de kans gemist om zijn tatoeages nog eens goed te bekijken. Verdorie.

'Oké. Welterusten dan,' zeg ik en ren de kamer uit.

Roman

ALS IK ROND HALF NEGEN IN DE KEUKEN KOM, IS NINA al aan het ontbijten. In plaats van bij haar te gaan zitten, schenk ik voor mezelf een glas sinaasappelsap in en drink het bij het aanrecht op, omdat ik niet zeker weet of ik weer op kan staan als ik nu ga zitten. Warren heeft me tijdens mijn fysiotherapiesessie van vanmorgen bijna twee uur lang gekweld en daarna was ik amper in staat om te douchen en me aan te kleden. Ik had meteen de rolstoel moeten pakken in plaats van de krukken.

'We moeten een kleine omweg maken voordat ik je mee-neem om te winkelen.' Ik zet mijn lege glas in de gootsteen. 'Een van mijn mannen heeft over een probleem gebeld dat ik op moet lossen. Het zal niet lang duren.'

'Is het goed als we ook bij een hobbywinkel met schilder-spullen langsgaan? Varya is vanmorgen langsgekomen om te zeggen dat mijn verfspullen er zijn, maar ik heb meer verf nodig.'

'Natuurlijk. Ik zal een van de mannen vragen om de dozen naar boven te brengen. Waar wil je ze hebben?'

'Voor het raam bij de boekenkast. Als je het tenminste goed vindt dat ik mijn werkruimte daar inricht? Ik zal de vloer afdekken en geen rotzooi maken, dat beloof ik.'

'Tuurlijk.' Ik knik en loop mijn slaapkamer binnen om mijn rolstoel te halen wanneer er een doordringende pijn door de hele lengte van mijn rechterbeen snijdt. Fuck. Ik knijp even mijn ogen dicht, haal diep adem en doe een kleine stap naar voren. Het lukt me om er nog twee te zetten voordat ik moet stoppen en een korte pauze moet nemen.

'Roman?'

Ik kijk over mijn schouder en zie Nina vanaf haar plek aan de tafel naar me kijken. 'Is alles goed?'

'Ja.' Ik knik en blijf mezelf naar de slaapkamer voortslepen, in een poging om niet te veel gewicht op mijn rechterbeen te zetten.

Ik pak de deurklink vast en wend me tot Nina. 'Blijf in de auto. Ik ben zo terug.'

'Tuurlijk, schat.' Ze lacht en opent haar mond een beetje. Ik schud mijn hoofd en verplaats mezelf van de auto naar de rolstoel die Dimitri, mijn hoofd beveiliging, voor me vasthoudt.

De loods ligt ten zuiden van de stad, op een grasveld tussen twee verlaten fabrieken. De grond is ruw, wat het moeilijker maakt om de wielen voort te duwen, maar Dimitri weet verdomd goed dat hij niet moet proberen om me te helpen. We gaan door een grote deur die voor voertuigen wordt gebruikt en stoppen in het midden van de enorme hal waar twee van mijn mannen staan te wachten.

'Wie heeft het verkloot?' blaf ik als ik binnenkom, terwijl Dimitri me volgt.

'De chauffeur,' antwoordt Mikhail. 'Hij werd tijdens een routinecontrole aangehouden voor te hard rijden. Hij was ook dronken. De goederen werden in beslag genomen.'

'Hij reed te hard en was dronken tijdens het vervoeren van mijn drugs,' zeg ik vol ongeloof. 'Waar is die idioot?'

'Hij is erin geslaagd om aan de politie te ontsnappen. Hij zit in de achterkamer.'

'Dood hem,' zeg ik tegen Mikhail en wend me tot Anton. 'Zorg ervoor dat de anderen gewaarschuwd zijn, zodat dit soort shit niet meer gebeurt.'

'Ja, Pakhan.'

'Laat me de kaart zien. We moeten de route voor de volgende paar zendingen veranderen.'

Het kost ons ongeveer twintig minuten om de alternatieve route op te zetten en we besteden bijna een uur aan het doornemen van de geplande zendingen voor de volgende twee weken en het aanbrengen van de nodige aanpassingen. Misschien had ik Nina niet mee moeten nemen, ze wordt waarschijnlijk rusteloos in de auto, als ze zo lang moet wachten.

Wanneer we eindelijk bij de auto zijn, doet Dimitri de deur voor me open. Zodra ik Nina zie, blijf ik staan waar ik ben. Ze zit met gekruiste benen op de achterbank, met haar ogen dicht. Op de telefoon in haar schoot wordt een video afgespeeld, het toont een vrouw in dezelfde houding, die een of andere New Age onzin zit te mompelen terwijl Nina met haar meepraat. Ze ziet er belachelijk uit. 'Wat ben je aan het doen?'

'Negatieve trillingen zuiveren en positieve energie naar

mijn chakra-punten kanaliseren. Vova, hier, zei dat hij het niet erg vond.'

Ik draai mijn hoofd, om naar onze chauffeur te kijken. Hij staart recht voor zich uit en veinst kalmte, maar ik zie het aan zijn gezicht, hij slaagt er nauwelijks in om niet te lachen.

'Wil je het ook proberen, schat? Het doet wonderen voor het loslaten van stress,' zegt Nina, die volkomen serieus klinkt, maar ik zie een vleugje ondeugendheid in haar ogen.

'We zullen als we thuiskomen wel zoiets proberen.'

## Nina

Er liggen drie stapels kleren op de bank in de kleedkamer. De grootste stapel bevat dingen die niet passen en niet aangepast kunnen worden. De middelste bestaat uit kleding die niet de beste pasvorm hebben — voornamelijk jeans en twee jurken — maar die ingekort kunnen worden. De assistent van de boetiek heeft eerder mijn maten opgenomen en ze heeft beloofd om ze door hun naaister aan te laten passen en binnen twee dagen te laten bezorgen. Deze chique boetieks hebben absoluut een uitstekende klantenservice. Ik geef de kleding die ingekort moet worden aan de assistent die voor de kleedkamer staat te wachten en neem de derde en kleinste stapel met me mee naar de kassa. Ik kan niet geloven dat ik iets heb gevonden dat past.

Roman betaalt mijn aankopen met zijn kaart, slaat dan zijn arm om mijn middel en leunt naar me toe. 'Ik vind die roze string erg mooi. Je zult het vanavond voor me dragen,' zegt hij en kust me.

Ik weet dat hij het alleen doet omdat zijn mannetje, Dimitri, voor ons staat om de tassen op te halen, maar ik voel nog steeds de vlinders in mijn buik fladderen. Dimitri geeft geen commentaar, doet alsof er niets ongewoons gebeurt, maar ik zag dat zijn ogen groter werden toen hij ons zag kussen. Hij is iets ouder dan Roman — misschien eind dertig — en knap, met wat extra kilo's rond zijn middel.

Romans hand ligt op mijn kont en hij knijpt er lichtjes in.

'Stop met naar mijn hoofd beveiliging te kijken, Nina,' zegt hij in mijn oor.

Ik trek een wenkbrauw op en glimlach. 'Tuurlijk, schat.'

We gaan naar de schoenenwinkel naast de boetiek, en een kwartier later zit ik op een stoel met minstens een dozijn dozen die verspreid over de vloer om me heen liggen. Als ik de prijzen zie die erop staan, val ik bijna flauw en wil ik naar een andere winkel gaan, maar Roman wil het niet horen. Dus hier ben ik dan, met een paar hakken die een klein fortuin kosten, als ik Roman hoor naderen. Hij rolt zichzelf zodat hij voor me staat, leunt naar voren, pakt de schoenen uit mijn handen en legt ze op zijn schoot.

'Links,' instrueert hij en steekt zijn hand uit.

Ik kruis mijn benen en til mijn linkervoet op en leg mijn hiel op zijn handpalm. Hij pakt een schoen van zijn schoot, houdt mijn been bij mijn enkel vast en schuift hem om mijn voet.

'Heb je een voetenfetisj, Roman?'

'Nee. Maar het lijkt erop dat ik er een aan het ontwikkelen ben,' zegt hij met zijn kin op zijn borst en laat vervolgens mijn been los. 'Rechts.'

Hij doet hetzelfde met elk paar, en tegen de tijd dat we klaar zijn, ben ik serieus opgewonden. Ik had geen idee dat mijn voeten een erogene zone waren, of misschien komt het door de manier waarop hij elke keer opzettelijk de huid rond mijn enkel streelt. Ik heb het gevoel dat elk deel van mijn lichaam een erogene zone zou worden als Roman het aan zou raken. Natuurlijk zal ik nooit toestaan dat het zover komt.

'We nemen ze allemaal mee,' zegt hij en hij roept Dimitri die bij de ingang staat.

'Ben je gek geworden?' fluister ik en zorg ervoor dat Dimitri het niet hoort. 'We nemen maar één paar.'

'Nee.'

'Roman!'

'Allemaal, Nina. Nu, glimlachen.'

'Dank je, schat, ik ben dol op ze!' Ik kijk hem stralend aan en leun naar voren om een snelle kus op zijn wang te geven.

'Dimitri zal je meenemen naar de hobbywinkel voor je schilderspullen en je vervolgens naar de auto brengen. Wacht daar op me. Ik moet naar een andere winkel, en ik zal er zo weer zijn.'

'Oh, dat zou perfect zijn. Ik ben niet goed in het oriënteren op onbekende plekken.'

'Ik weet het, liefje. Maak je geen zorgen, het kan iedereen overkomen.' Hij geeft me een snelle kus op mijn lippen en verlaat de winkel. Ik zie Dimitri verbaasd naar hem kijken.

'Hij is zo lief, nietwaar?' Ik glimlach naar Dimitri die alleen maar met zijn ogen knippert. Ik draai me snel om en loop de winkel uit, zodat hij me niet hoort gnuiven.

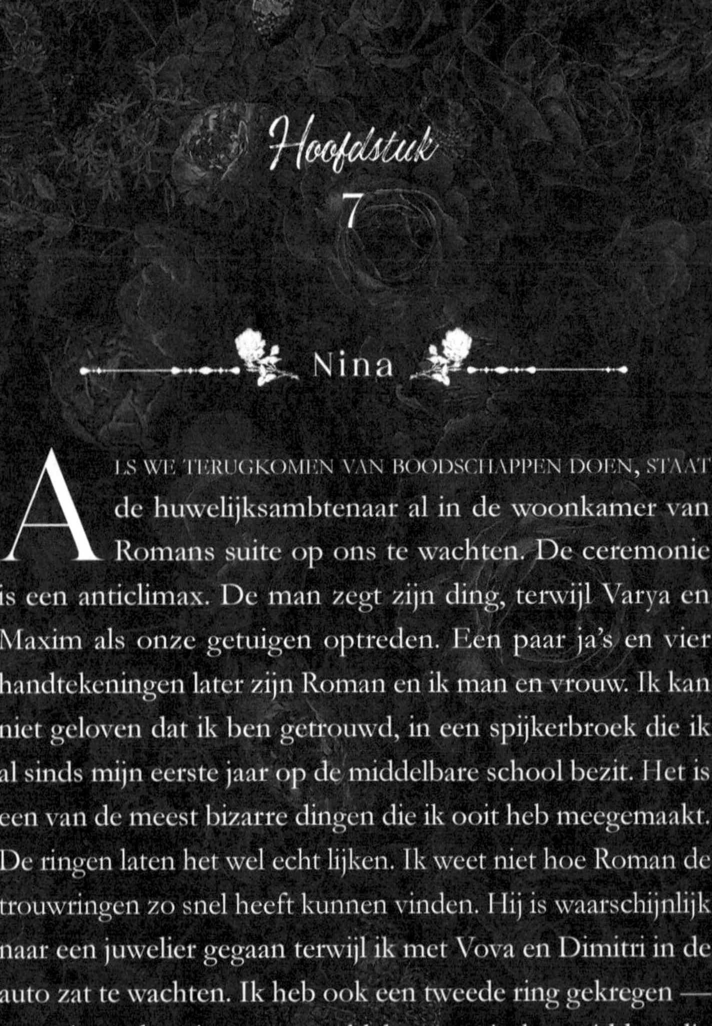



ALS WE TERUGKOMEN VAN BOODSCHAPPEN DOEN, STAAT de huwelijksambtenaar al in de woonkamer van Romans suite op ons te wachten. De ceremonie is een anticlimax. De man zegt zijn ding, terwijl Varya en Maxim als onze getuigen optreden. Een paar ja's en vier handtekeningen later zijn Roman en ik man en vrouw. Ik kan niet geloven dat ik ben getrouwd, in een spijkerbroek die ik al sinds mijn eerste jaar op de middelbare school bezit. Het is een van de meest bizarre dingen die ik ooit heb meegemaakt. De ringen laten het wel echt lijken. Ik weet niet hoe Roman de trouwringen zo snel heeft kunnen vinden. Hij is waarschijnlijk naar een juwelier gegaan terwijl ik met Vova en Dimitri in de auto zat te wachten. Ik heb ook een tweede ring gekregen — een witgouden ring met een bleke steen in het midden, die waarschijnlijk dienst zal doen als een verlovingsring. Het is waarschijnlijk nep, want het echte ding zou een fortuin kosten. Toch vind ik de ringen leuk.

Na hun vertrek pakt Roman zijn laptop, zegt dat hij werk te doen heeft en sluit zichzelf op in zijn kamer. Hij komt niet eens naar buiten om de lunch te eten die Varya heeft gebracht.

Ik berg mijn nieuwe kleren op in de kast en maak een schilderij af voordat mijn inspiratie opdroogt. Nu begin ik me te vervelen. Misschien moet ik wat spullen bestellen en het huis opnieuw inrichten zoals gepland. Misschien wat lampen. Ik ga languit op de bank liggen en sluit mijn ogen.

'Lampen. Ik hou van lampen. Hoe groter hoe beter. Goud, met grote zwarte lampenkappen. En kwastjes,' mompel ik tegen mezelf. 'Ze zullen de verfijnde look naar binnen halen, dus zal ik ze overal neerzetten. Het personeel zal die dingen haten. Ze zijn een hel om af te stoffen en —'

'Geen lampen.' Ik hoor Romans diepe stem rechtstreeks van boven me komen, maar ik glimlach alleen en ga verder, terwijl ik mijn ogen dicht houd.

'En mijn echtgenoot haat mijn lampen. Maar hij weet dat hij geen kennis van interieur heeft, en omdat hij zo gek op me is, besluit hij mijn lampen met rust te laten. Alle veertien.'

Ik open mijn ogen en zie Roman over me heen hangen, zijn ogen zijn samengeknepen. Hij zit weer in zijn rolstoel. Raar. Hij gebruikt meestal krukken als hij in zijn suite is.

'Ik zie dat je hebt besloten om eindelijk uit je grot te komen.' Ik trek een wenkbrauw op.

'Je moet je aankleden. We gaan over dertig minuten naar beneden om te eten.'

'Sletterig, serieus, of iets ertussenin?'

'Ertussenin is goed.'

'Verdomme, ik wou dat je sletterig had gekozen.'

 Roman

Mijn verdomde knie speelt weer op. Het gebeurt zo af en toe. Ik heb vanmiddag wat pijnstillers genomen en heb de rest van de dag doorgebracht met werken vanuit mijn bed, in de hoop dat het zou helpen. Het heeft iets geholpen, maar niet veel. Ik haat deze stoel, maar wat me meer stoort dan de stoel zelf is dat Nina me erin ziet. Ze betekent niets voor me. We hebben een tijdelijke deal en dan is ze weg. Toch zit het me dwars.

De deur van haar kamer gaat open en als Nina naar buitenkomt, begint de kamer te pulseren van energie. Ze draagt strakke zwarte jeans en een gele zijdezachte blouse, gecombineerd met hakken in dezelfde kleur. Haar haar zit achterover in een hoge paardenstaart die op haar rug valt. Normaal draagt Nina geen make-up, en dat vind ik leuk. Dat heeft ze ook niet nodig. Maar vanavond moet ze hebben besloten dat dit een speciale gelegenheid is, omdat ze haar lippen diep rood gestift heeft, en ze heeft iets met haar ogen gedaan om hun vorm en kleur te accentueren. Grappig, ik mis haar neusring.

'Klaar?' vraag ik.

'Zo klaar als ik ooit zal zijn. Leid de weg, echtgenoot.'

Wanneer we de grote eetkamer op de eerste verdieping binnengaan, zit iedereen al en zijn ze aan het kletsen. Op het moment dat ze ons zien, valt het geroezemoes weg, en staan ze allemaal op. De spanning is zo zwaar, dat je er met een mes doorheen kunt snijden, dus ik beslis om meteen ter zake te komen.

'Dit is mijn vrouw, Nina Petrova,' verklaar ik.

Iedereen staart me aan en dan gaat hun blik naar Nina.

'Hoi!' Ze lacht en zwaait.

Niemand zegt iets. Mooi.

'We hebben vanmiddag een burgerlijk huwelijk voltrokken, maar we hebben besloten om de kerkelijke bruiloft tot de zomer uit te stellen. Nina wil een buitenceremonie houden.'

'Ja. Het zal bij het meer worden gehouden.' Ze kust me op de wang. 'Bedankt dat je me dat plezier doet, schat.'

'Ik weet dat dit een beetje plotseling is, maar het verandert de dingen niet. Als iemand mijn vrouw niet respecteert, dan zullen ze de gevolgen niet prettig vinden.' Ik zorg ervoor dat elke man die aan tafel zit met mijn blik wordt vastgepind totdat ik bij mijn oom kom. 'Het maakt niet uit wie ze zijn. Is dat duidelijk?'

'Ja, Pakhan,' zegt iedereen eensgezind.

'Nina, je kent Maxim en Dimitri al,' zeg ik en ze knikken. Ik kijk nu naar de andere kant van de tafel.

'Dit is Leonid, mijn oom.'

Ik kijk naar zijn reactie, maar Leonid is verre van dom. Hij knikt, zijn gezicht is een perfect masker van beleefdheid, maar de kwade glinstering in zijn ogen is niet te missen.

'Links van Leonid staan Mikhail, de broers Ivan en Kostya, en Sergei. Rechts van Dimitri staan Yuri, Pavel en Anton. Dit zijn mijn naaste mannen, en ik vertrouw ze met mijn leven. En vanaf nu ook met die van jou.'

Nina draait zich naar de mannen aan tafel. Ze maken allemaal met hun rechterhand een vuist, stoten eendrachtig op hun borst en knikken terwijl ze hen met grote ogen bekijkt.

Haar gezicht is beheerst, maar door haar houding en de manier waarop ze in mijn onderarm knijpt, weet ik dat ze een beetje in shock is. Het lijkt erop dat mijn kleine bloem niet precies begreep waar ze vanavond in terecht zou komen.

'Laten we eten,' zeg ik en knik naar Varya die bij de deur wacht. Ze beweegt met haar hand naar Olga, Valentina en Galina om het eten te brengen.

Het diner gaat zoals ik verwacht, voornamelijk in stilte. Om de paar minuten werpt iemand een snelle blik in Nina's richting, wat ze vast opmerkt, maar ze doet alsof ze niets in de gaten heeft. En Nina is erg goed in doen alsof, bijna verontrustend goed. Ik had verwacht dat ze het zou overdrijven, te veel zou doen, giechelen. Er is niets van dat alles te zien. Tussen het eten door leunt ze dichter naar me toe om iets te vragen en raakt ze zo nu en dan mijn hand aan. Alles lijkt zo oprecht dat zelfs ik, wetende dat het allemaal voor de show is, het moeilijk vind om niet in haar act te geloven.

'Ik ben van gedachten veranderd,' fluistert ze in mijn oor en breekt mijn gedachtegang. 'We houden deze tafel. Het is monumentaal.'

'Ik ben blij dat je er zo over denkt.'

'Maar de gordijnen zullen moeten verdwijnen, schat. Die bruine kleur is zo deprimerend. Mijn feng shui goeroe zegt dat we altijd de dingen moeten weggooien die ons deprimeren.'

Het geluid van haar stem is volkomen serieus, haar gezicht een beeld van perfecte oprechtheid, maar haar ogen lachen naar me. Ik leun naar haar toe.

'Dan zullen we ze verbranden,' zeg ik en kus haar.

## Nina

Er klopt iets niet. Ik herinner me dat Roman het over een belangrijke vergadering had gehad die voor vanmorgen gepland was. Het is al na negenen, en hij is nog steeds niet zijn kamer uit gekomen. Om acht uur ging zijn telefoon over en daarna hoorde ik hem met iemand praten. Een kwartier later had Valentina ontbijt gebracht, en had ze gezegd dat Roman haar had opgedragen om het bij mij achter te laten.

Misschien moet ik even bij hem gaan kijken. Ik leg de verfkwast op het kleine bordje dat ik naast mijn canvas heb staan, veeg mijn handen af en draai me in de richting van Romans kamer. Plotseling gaat zijn deur open, en rolt hij zichzelf naar de keuken. Hij draagt alleen een joggingbroek, zijn bovenlichaam is volledig naakt, en ik kan niet stoppen met staren.

Roman ziet me niet eens naderen. In plaats daarvan gaat hij naar de laden bij de gootsteen en begint hij door de bovenste la te rommelen. Als hij niet vindt wat hij zoekt, mompelt hij iets in het Russisch, sluit met een knal de lade en gaat naar de volgende.

'Heb je hulp nodig?'

'Nee,' snauwt hij.

Ik zie hem een witte pot uit de la vissen, er twee pillen uitnemen en ze innemen. Hij kijkt weer naar de pot, haalt er nog een pil uit en gooit de pot terug in de lade. Terwijl hij een fles water uit de koelkast pakt, maak ik van de gelegenheid gebruik om even op het etiket te kijken om te zien wat hij in heeft genomen. Het zijn pijnstillers. Uiteindelijk draait hij zijn stoel naar me toe en ik snak naar adem.

'Je ziet er niet uit.' Zijn gezicht is bleek en zijn ogen zijn bloeddoorlopen. 'Heb je überhaupt wel geslapen?'

'Niet echt.'

Ik volg hem naar zijn kamer en kijk toe hoe hij de inloopkast binnengaat en terugkomt met een broek en een shirt op zijn schoot.

'Wat ga je doen?'

'Ik heb over twintig minuten een vergadering. Ga alsjeblieft weg, ik moet me omkleden.'

'Je bent niet in staat om ergens heen te gaan, Roman.'

Hij negeert me, legt zijn kleren op het bed naast hem, en begint uit de rolstoel op te staan, maar op het moment dat hij de poging waagt, ontsnapt er een sissend geluid uit zijn mond, en valt hij weer terug in zijn stoel. 'Fuck.'

'Nou, ik denk dat dit betekent dat er geen sprake zal zijn van je omkleden,' zeg ik. 'Kom op, laten we je in bed leggen.'

'Het bed zal niet helpen. Mijn knie is stijf, ik kan mijn been niet strekken.'

'Wat dacht je van de bank? We kunnen iets onder je been leggen en een film kijken.'

Roman kijkt me aan alsof ik gek ben. 'Ik kan niet de hele dag films gaan kijken. Ik heb een crimineel imperium te leiden.'

'Ja, je zult vandaag niks runnen. Je hebt net een driedubbele dosis pijnstillers ingenomen, dus je bent waarschijnlijk binnen een uur buiten westen en dan lig je als een roos te slapen.'

'Shit,' vloekt hij, mompelt dan iets in het Russisch en schudt zijn hoofd.

'Ik heb geen idee wat je net hebt gezegd, maar ik ben het ermee eens.' Ik knik. 'Moet je ze bellen om te annuleren?'

'Ja. Geef me de telefoon.'

Als we in de woonkamer zijn, slaagt Roman er op de een of andere manier in om zichzelf naar de bank te verplaatsen. Ik pak een van de grote kussens om onder zijn been te leggen, ga dan naar zijn kamer en neem een deken mee, die ik over hem heen leg. Roman volgt elke beweging die ik maak, maar geeft geen commentaar. Ik denk niet dat hij gewend is dat iemand zich om hem bekommert. Ik kan het mis hebben, maar hij lijkt er stiekem van te genieten. Ik ga naar de keuken en bekijk het ontbijt op het dienblad. Het is een taart met fruitvulling. Ik neem een hap. Het is nog warm, dus het kan ermee door.

'Ik ben gisteravond begonnen aan een film, wil je meekijken? Ik heb maar iets van een kwartiertje gekeken. Ik zal je bijpraten,' roep ik terwijl ik een karaf sinaasappelsap uit de koelkast haal.

'Klinkt goed.'

'Is er toevallig ergens popcorn?' vraag ik terwijl ik de kast open.

'Dat betwijfel ik.'

'En in de keuken beneden? We kunnen geen film kijken zonder popcorn.'

'Ik heb geen idee. Bel Varya en vraag het haar.'

Ik breng hem het dienblad met het ontbijt en zet het op de lage tafel voor de bank, dan draai ik me om naar Roman. 'Je neemt heel veel ruimte in beslag. Hoofd omhoog, alsjeblieft.'

'En jij bent bazig vandaag,' zegt hij, maar duwt zich op zijn ellebogen omhoog.

Ik ga op de plek zitten waar zijn hoofd net lag, leg mijn benen op de tafel en klop op mijn dij. Roman laat zich langzaam weer zakken en legt zijn hoofd op mijn schoot. Hij geeft me zijn telefoon, waar Varya's nummer al geselecteerd is.

## Roman

Ik kan niet wachten om dit te horen.

'Varya, het spijt me dat ik je stoor,' tjirpt Nina in de telefoon. 'Heb je misschien ergens popcorn?'

Ik hoor het antwoord niet, maar ik kan me Varya's gezicht voorstellen. Ik ben er vrij zeker van dat niemand ooit popcorn in dit huis heeft gezien. We hebben bommen, een paar kratten met granaten en een ton munitie in de garage. Maar geen popcorn.

'Ja, popcorn... Nou, om te eten. We kijken naar een film.' Ze luistert naar Varya's antwoord. 'Wat bedoel je met 'wie is wij'? Ik en Roman.' Nog een pauze en dan, 'Ja, Varya, ik meen het serieus... Nee, dat is niet nodig... Ik... Oké, dank je.'

Ze legt de telefoon op de tafel, kijkt op me neer en trekt

een walgend gezicht. 'Er is geen popcorn, maar ze komt ons pinda's brengen. Ik haat die dingen, maar ze staat te popelen om hierheen te komen.'

Natuurlijk staat ze dat.

De klop op de deur komt minder dan vijf minuten later. Varya opent de deur en loopt naar de woonkamer, maar ze blijft halverwege staan om naar ons te staren. Haar ogen glijden over me heen terwijl ik op de bank onder de deken lig, en als ze bij mijn hoofd komt die op Nina's schoot rust, komen haar wenkbrauwen zover omhoog dat ze bijna in haar haargrens belanden. Dan komt ze dichterbij, zet een schaaltje pinda's op tafel en kijkt dan nog een keer naar me. Haar blik gaat naar Nina's hand die in mijn haar is begraven, waar haar vingers met een van de lokken spelen.

'Ik had naar beneden kunnen komen,' zegt Nina.

'Onzin, kind. Hebben jullie nog iets nodig?'

'Kunnen we de lunch hier krijgen, later bedoel ik? Ik denk niet dat Roman deze bank snel zal verlaten.'

Varya kijkt me aan en grijnst. 'Oh, dat zal hij vast niet doen.'

Als Varya vertrekt, leunt Nina achterover en begint de film. Ze brengt me op de hoogte van wat er tot nu toe is gebeurd, maar ik let niet echt op wat ze zegt, en in plaats daarvan sluit ik mijn ogen en geniet van het gevoel van haar hand die door mijn haar gaat. De pijnstillers beginnen te werken, en ik kan waarschijnlijk opstaan en teruggaan naar mijn kamer of op zijn minst rechtop zitten, maar in plaats daarvan blijf ik in dezelfde positie liggen en luister naar Nina's stem die heel gedetailleerd beschrijft hoe de moord in de film plaatsvond en ik zweef weg.

'Ik breng je de krukken niet, Roman.'

Ik staar Nina aan vanuit mijn zitpositie op de bank en knars met mijn tanden. We hebben de hele ochtend en een groot deel van de middag hangend in de woonkamer doorgebracht. Ik heb zelfs bijna twee uur geslapen en mijn knie voelt veel beter aan.

'Nina!'

'Roman.'

'Geef me de verdomde krukken. Alsjeblieft.'

'Vandaag geen krukken voor jou,' zegt ze en ze duwt de rolstoel naar me toe.

'Je gaat over de schreef,' snauw ik.

'Klaag me maar aan.'

Ik vloek, ga in de verdomde stoel zitten en rol mezelf mijn slaapkamer in. Nadat ik me gedoucht en omgekleed heb, pak ik mijn laptop en ga ik terug naar de woonkamer. Ik geef het niet graag toe, maar ik heb nog steeds een doordringende pijn in mijn knie. Het is niet zo erg, maar het is nog steeds makkelijker om te zitten dan om te staan. Aangezien ik toch in de stoel zit, besluit ik om wat werk te doen.

'Ik ga naar het kantoor,' zeg ik en knik naar de deur. 'Kom mee, dan zal ik je onderweg een rondleiding geven.'

Ze volgt me door de oostelijke gang, en ik wijs naar elke deur die we passeren. 'Het tweede kantoor, dat ik niet gebruik. Twee gastenkamers, afgesloten. De fitnessruimte. Ik train daar elke ochtend en drie keer per week komt er een fysiotherapeut.'

'Waarom zitten de gastenkamers op slot? Wat doe je als er mensen overnachten?'

'Ik nodig mensen niet uit om in mijn huis te blijven slapen. Het is een veiligheidsrisico.'

We komen aan de bovenkant van de trap tot stilstand, en ik knik naar de gang die zich in de westelijke vleugel uitstrekt. 'Mijn mannen hebben daar hun kamers. Het zal moeilijk zijn om die van afluisterapparatuur te voorzien zonder dat iemand achterdochtig wordt.'

De lift brengt ons naar de begane grond en ik sla rechtsaf naar het "zakelijke" deel van het huis.

'De lounge.' Ik wijs naar wijd geopende dubbele deuren, die een grote, door mijn mannen gebruikte, leefruimte onthullen. 'Rechts, is het kantoor van Leonid.'

'Wat doet hij?'

'Leonid is officieel gezien verantwoordelijk voor de financiën, maar in werkelijkheid doen Kostya en Ivan al het werk. Mikhail regelt de distributie en nog wat andere dingen. Hij heeft zijn kantoren thuis en in een van de magazijnen, dus hij is hier zelden.'

'Mikhail is de grote man met de ooglap?'

Ik stop even, pak Nina's onderarm vast en draai haar naar me toe. 'Wat er met Mikhail is gebeurd, is persoonlijk, vraag er alsjeblieft niet naar.'

'Oké.'

'Nog even iets anders. Als Mikhail in de buurt is, probeer hem dan niet per ongeluk aan te raken. Hij... kan niet goed tegen huid-op-huidcontact.'

Nina's ogen worden groot, maar ze vraagt niets, ze knikt alleen maar.

'Goed. Deze deur leidt naar de kelder. Je gaat er onder geen beding heen,' zeg ik.

'Waarom niet?'

Haar vertellen dat we daar gewoonlijk mensen martelen is uit den boze. 'Daar ga je gewoon niet heen.'

'Heb je al... je weet wel?' Ze wijst naar haar oor.

'Maxim heeft dat al afgehandeld.'

'Wat is zijn positie?'

'Hij is mijn onderbevelhebber. Dimitri werkt met hem, maar hij regelt vooral de beveiliging.'

'En de rest?'

'Pavel is verantwoordelijk voor de clubzaken. Anton en Yuri regelen alles wat met de loopjongens te maken heeft. Sergei, de lange blonde man, handelt onderhandelingen af evenals al onze legitieme deals, zoals onroerend goed en huur. Hij komt hier zelden, maar als hij er is, probeer hem dan te ontwijken. Hij heeft issues.'

'Iedereen heeft issues, Roman.'

'Niet zoals die van Sergei. Geloof me. Blijf uit zijn buurt.'

'En ze wonen allemaal hier?'

'Alle mannen die je gisteravond hebt ontmoet, hebben boven kamers, maar alleen Leonid, Pavel, Kostya en Ivan wonen hier.'

'En hoe zit het met het personeel? De dienstmeisjes?'

'Valentina en Olga hebben ook kamers aan de oostkant, waar de keuken is. Varya heeft er ook een klein appartement. De rest gaat elke avond naar huis.'

'Is Varya je huishoudster?'

'Ze was de huishoudster van de oude pakhan. Toen ik het overnam, heb ik haar voor het leven een regeling gegeven, zodat ze niet meer hoefde te werken. Ze wilde niet weg. Nog steeds niet. Dus laat ik haar het huis runnen; het maakt haar gelukkig.'

'Ze wil jou niet verlaten, bedoel je.'

'Ja.'

Ik zie het in haar ogen, ze wil meer vragen, maar dat doet ze niet, en ik bied het niet aan. Sommige dingen kun je beter niet hardop zeggen.

'Dit is Maxims kantoor, dan komt het kantoor van Dimitri.' Ik wijs naar de deuren aan de rechterkant. 'Kostya en Ivan delen een kantoor, het is de deur naast die van Leonid. De mijne is de laatste in de gang. Als ik niet boven ben, dan ben ik waarschijnlijk hier. Ik zal je later de nummers van Maxim en Dimitri geven, voor het geval dat.'

'Mag ik de keuken zien?'

'Als je erop staat.'

'Je klinkt terughoudend. Is er iets mis met de keuken?'

Er is van alles mis met de verdomde keuken. 'Dat zie je vanzelf wel.'

Nina

We staan voor de open keukendeuren als er iets groots en metaalachtigs met een knal op de grond valt. Een fractie van een seconde heerst er een absolute stilte, dan volgt een geschreeuw dat zo luid is dat ik terugdeins. Als we naar binnen gaan, kijk ik om me heen en heb ik het gevoel dat ik net een gekkenhuis ben binnengelopen.

Een grote man van in de zestig met een baard, en een witte koksschort en een bandana over zijn hoofd, staat met zijn handen op zijn heupen en schreeuwt, naar wat ik veronderstel, Russische obsceniteiten. Hij is niet erg lang, maar hij is net zo breed als een vrachtwagen. Een grote pan met iets wat op soep lijkt, ligt op zijn kop op de vloer bij zijn voeten. Valentina en twee andere vrouwen, waarvan ik aanneem dat ze Olga en Galina zijn, rennen door de keuken. Ze pakken oude doeken en knielen dan om de vloer schoon te maken. Ondertussen staat de kok stil in het midden van een grote plas soep. Varya staat aan de andere kant van de keuken, in de buurt van de grote koelkast. Ze wijst naar de kok en schreeuwt ook in het Russisch.

Helemaal rechts is er een kleine eettafel te zien waar Kostya en Dimitri zitten; ze drinken koffie en bespreken iets. Ze kijken niet eens een beetje verontrust door de schreeuwwedstrijd die achter hen plaatsvindt.

Niemand merkt ons op.

'Is het hier altijd zo?' mompel ik.

'Meestal wel.'

De twee vrouwen die de vloer schoonmaken beginnen ruzie te maken. Een van hen gooit de doek naar de andere en loopt naar de gootsteen.

'Dit bevindt zich onder jouw suite. Hoe komt het dat ik ze nog nooit heb gehoord,' vraag ik vol ontzag.

'Ik heb de keuken geluiddicht gemaakt.'

'Goed bedacht.' Ik knik en staar nog steeds verbaasd naar de chaos. 'Zullen we ze maar hun ding laten doen?'

Roman kijkt om zich heen, reikt naar een dikke snijplank en slaat die op het metalen aanrecht naast hem. Het geluid weerklinkt door de ruimte, waardoor ik opspring. Iedereen wordt stil.

'Dit is Nina,' zegt Roman. 'Mijn vrouw.'

Ik glimlach breed en zwaai naar ze.

'Nina Petrova!' roepen en knikken ze allemaal tegelijk.

'Oh, jullie mogen me gewoon Nina noemen.'

'Nee, dat mogen ze niet!' blaft Roman.

'Schatje!'

'Einde discussie.'

'Je bent zo streng, Roman.' Ik pruil een beetje en draai me dan naar het keukenpersoneel. 'Dat is hij, hè?'

Ze kijken naar me alsof ik een zwakzinnige ben. Perfect. Ik wend me tot Roman. 'Kan ik hier blijven?'

'Weet je dat zeker?'

'Yep.'

'Goed dan. Ik ben in mijn kantoor.'

'Ik kom straks wel even langs.' Ik geef een snelle kus op zijn wang.

Tien minuten later zit ik in de hoek aan tafel om met Igor, de kok, het ontbijt te bespreken. Hij spreekt alleen Russisch, dus Varya is mijn vertaler. Het gaat niet goed.

'Igor denkt dat je zijn piroshki van vanmorgen niet lekker vond,' zegt Varya. 'Hij is bang dat de pakhan hem zal ontslaan of nog erger, als hij hoort dat je zijn eten niet lekker vindt.'

Oh, in hemelsnaam. Ik heb de neiging om mijn voorhoofd op het tafelblad te slaan. In plaats daarvan glimlach ik liefjes. 'Ik was dol op de taart. Het was heerlijk, en ik zal ervoor zorgen dat Roman het weet. Ik zou zelfs graag willen leren hoe ik het moet maken. Kan ik alsjeblieft ook wat ontbijtgranen krijgen?'

Varya vertaalt het voor me, en Igor straalt. Hij springt uit zijn stoel, babbelt iets en beweegt met zijn hand. Ik volg hem naar het kookeiland waar hij een schort over mijn hoofd doet en wat ingrediënten uit de kast haalt. Ik draai me om en kijk over mijn schouder naar Varya, in de hoop dat ze me vertelt wat er aan de hand is, maar ze lacht en schudt haar hoofd.

# Roman

Ik heb de cijfers met Leonid en Kostya doorgenomen, en kijk naar mijn horloge. Het is bijna zeven uur in de avond; de hele middag is voorbij gevlogen door alle vergaderingen en papierwerk waar ik mee achter liep. Ik vraag me af wat Nina aan het doen is. Ze zei dat ze langs zou komen, maar dat heeft ze niet gedaan, en ik weet niet waarom, maar het zit me niet lekker.

'Hoe lang ben je van plan om hiermee door te gaan, Roman?'

Ik kijk naar Leonid die aan de andere kant van mijn bureau in een stoel zit. Kostya is al weg, dus we zijn maar met z'n tweeën. 'Waarmee?'

'Het huwelijk. Je hebt niet eens een kerkelijke bruiloft gehad. Mensen zullen praten.'

'Nee, dat zullen ze niet.'

'Hoe weet je dat?'

'Omdat ik ze het zwijgen op zal leggen, Leonid. Op dezelfde manier als ik mijn vader het zwijgen op heb gelegd.' Ik hou mijn hoofd schuin. 'Herinner je je die avond?'

Hij raakt gespannen en zegt niets, maar ik zie de ader in zijn nek pulseren. Ja, hij herinnert zich die avond heel goed.

'Als je geen andere vragen hebt, dan kun je gaan.' Ik knik naar de deur.

Hij staat op en marcheert mijn kantoor uit.

Leonid gedraagt zich de laatste maanden vreemd. Hij is altijd al een lui stuk stront geweest die liever andere mensen voor hem laat werken terwijl hij zelf alle eer opstrijkt. Maar hij probeert de laatste tijd meer verantwoordelijkheden over te nemen van Kostya, wat de belangrijkste reden is dat ik vermoed, dat hij iets met die bom te maken heeft. Ik zal iets met hem moeten — met of zonder bewijs — en snel. Maar nu wil ik graag weten wat m'n eigenaardige vrouwtje de hele middag heeft gedaan. Dus bel ik Varya.

'Waar is ze?'

'Nog steeds hier in de keuken,' zegt Varya op geamuseerde toon.

'Wat heeft ze daar de hele tijd gedaan?'

'Kom zelf maar kijken.'

Ik rol mezelf door de lange gang en de keuken in. Nina staat bij het werkoppervlak en plaatst ronde stukjes deeg in een grote pan terwijl Igor achter haar staat en toezicht houdt. Hoewel ze een schort draagt, zijn haar roze kanten blouse en jeans bedekt met bloem. Haar paardenstaart zit scheef en ze heeft iets dat op jam lijkt op haar linkerwang zitten.

'Igor leert haar hoe ze piroshki moet maken,' zegt Varya terwijl ze naast me komt staan. 'Ze zijn met hun derde partij bezig.'

'Igor spreekt alleen Russisch. Hoe kan hij haar iets leren?'

'Ik heb geen idee. Hij vertelt haar wat ze moet doen en als ze het verkeerd doet, schreeuwt hij.'

Mijn hoofd schiet opzij om Varya aan te kijken. 'Hij schreeuwde tegen mijn vrouw?'

'Zij schreeuwde nog meer tegen hem.'

'Waarvoor?'

'Nou, hij schreeuwde, omdat ze de eerste partij had laten aanbranden. Zij schreeuwde, omdat hij niet had gezegd hoe lang ze in de oven moesten staan. Geen van hen wist waar de ander over schreeuwde. Het was hilarisch.'

We staan bij de deur en kijken naar ze.

'Wat is er met de tweede partij gebeurd?' vraag ik. 'Ook aangebrand?'

'De tweede was goed. Ze had het net uit de oven gehaald toen mannen binnenkwamen voor de lunch. Iedereen die voorbij liep, nam er een of twee, en in vijf minuten waren ze allemaal weg.' Ze lacht. 'Oh, ze was zo boos.'

'Waarom? Wilde ze die allemaal zelf opeten?'

Varya draait zich naar me toe en er is een ondeugende en tevreden blik in haar ogen te zien, als een kat die de room heeft gekregen. 'Nee, Roman. Ze was boos, omdat ze niets voor jou hadden laten liggen.'

Op dat moment komt Nina's hoofd omhoog, onze blikken kruisen elkaar en ze lacht naar me. Het is alsof de zon plotseling door de donkere wolken is gebroken, me met zijn warmte raakt, en ik merk dat ik wens dat dit echt was en niet alleen maar een act. Haar hakken echoën door de grote ruimte terwijl ze dichterbij komt.

'Ze hebben je piroshki opgegeten,' zegt ze en ze zet haar handen op haar heupen.

Ze is zo verdomd schattig als ze boos is. Ik leun naar voren en pak haar met één arm om haar middel en met de andere onder haar knieën. Ik til haar op en zet haar op mijn schoot.

Ze slaakt een kreet en slaat haar armen om mijn nek. 'Ik heb meel op je shirt gemorst.'

'Het kan me niet schelen,' zeg ik en pak de wielen. 'Hou je vast.'

Haar ogen worden groot, maar ze verstevigd haar armen om mijn nek.

'Doe de deur voor ons open, Varya,' roep ik over mijn schouder, draai de stoel om en rol ons de gang in.

Met Nina's benen die over de zijkant van de stoel bungelen, vereist het iets meer manoeuvreren om het rechter wiel te hanteren, maar het lukt me, en ik breng haar naar de andere kant van de gang en de lift in. Ze lacht onderweg als een gek, met haar gezicht in mijn nek, en het voelt zo verdomd goed.

Mijn lichte stemming verdampt op het moment dat we de lift verlaten en ik Leonid boven aan de trap zie staan. Hij kijkt met een berekenende blik naar ons. Ik negeer hem en breng ons naar de deur van mijn suite.

'Bedankt voor de lift,' giechelt Nina en gaat staan om de deur te openen.

'Wanneer je maar wilt, malysh.' Binnen sluit ik de deur achter me. 'Kom, we moeten praten.'

'Is er iets aan de hand?'

'Misschien. Ga je omkleden, ik wacht in de keuken.'

## Nina

Als ik de keuken binnenkom, net gedoucht en met schone kleren, zie ik Roman in de koelkast rommelen. Hij is ook omgekleed en heeft nu een spijkerbroek en een wit T-shirt aan dat zich strak over zijn brede rug uitstrekt. Ik kan niet anders dan staren.

'Hoe is het met je knie?' vraag ik als het me lukt om niet meer naar hem te staren. Hij is weer op zijn krukken, dus ik vermoed dat hij zich beter voelt.

'Weer normaal,' zegt hij en sluit de koelkast. 'Of net zo normaal als een paar dagen geleden. Ik moet m'n therapeut bellen om voor morgen af te spreken. Ik moest de sessie van vandaag afzeggen.'

Ik loop naar hem toe en ga naast hem staan, en ben er zeker van dat ik eindelijk de idiote reactie van mijn lichaam op zijn lengte heb overwonnen. Mijn arm komt per ongeluk tegen zijn elleboog aan en ik krimp ineen.

'Sorry,' fluister ik en sluit mijn ogen, boos op mezelf. Ik haat dit.

Ik voel Romans arm om mijn middel, en het volgende moment zit ik op het aanrecht.

'Dat hoef je niet de hele tijd te doen,' zucht ik.

'Ik vind het niet erg.'

'Het is absurd. Heeft het je been pijn gedaan?'

'Het spijt me dat ik het je moet vertellen, maar je bent nogal klein, Nina. Mijn been is prima in orde.'

'Iedereen is vergeleken met jou nogal klein, Roman.' Ik rol met mijn ogen en sla hem op zijn schouder. 'Helpt de fysiotherapie?'

'Ja, maar het gaat langzaam. Het heeft me twee maanden gekost om op krukken te kunnen lopen. Nog eentje om ze zonder noemenswaardige pijn te gebruiken. Warren zegt dat we over een paar weken de wandelstok gaan proberen, om te zien hoe het gaat.' Hij gaat naar het aanrecht naast waar ik zit, reikt naar een glas en de karaf sinaasappelsap.

'En daarna?'

Hij antwoordt niet meteen, lijkt zich op het inschenken van het sinaasappelsap te concentreren.

'Mijn knie is te erg naar de klote. De wandelstok is waarschijnlijk het beste waar ik op kan hopen.'

Door de manier waarop hij vermijdt om me in de ogen te kijken, kan ik raden dat hij die uitkomst niet leuk vindt.

'Je zult sexy zijn met de wandelstok, Roman. Ziet er erg aristocratisch uit.'

Zijn blik schiet omhoog naar mijn ogen en zijn lippen vormen zich in een glimlach. 'En ik ben nu niet sexy?'

*Je hebt geen idee hoeveel,* is wat ik wil zeggen. In plaats daarvan lach ik alleen. 'Ben je op zoek naar complimenten, Pakhan? Mijn God, je bent zo ijdel.' Ik duw hem speels en we grinniken allebei. Als we klaar zijn met lachen, verander ik van onderwerp. 'Je zei dat je iets te bespreken had.'

'Ja. Ik wil dat je eerst in Leonids kamer afluisterapparatuur plaatst. Ook in zijn kantoor, maar zijn kamer heeft prioriteit.'

'Oké. Hoe zorgen we ervoor dat ik in zijn kamer kom? Ik kan stiekem naar binnensluipen terwijl hij aan het werk is.'

'Er is altijd wel iemand in de buurt, een dienstmeid of een paar van de jongens.' Roman verschuift zijn gewicht van zijn slechte been en steunt met zijn heup op het aanrecht. 'Ik moet er even over nadenken.'

'Wat als ik het verpest?'

'Dat zul je niet doen.' Hij reikt naar me met zijn hand alsof hij mijn gezicht gaat aanraken, maar dan bedenkt hij zich en draait zich weg. 'Heb je je ouders verteld dat we getrouwd zijn?'

Ik krimp ineen. 'Nog niet. Moet het?'

'Ja.'

'Shit. Mam gaat me vermoorden. Ze heeft het er altijd over gehad dat ze een grote bruiloft wilde organiseren als ik ooit iemand zou vinden die gek genoeg was om met me te trouwen. Misschien stuur ik haar wel gewoon een berichtje.'

Er tikt een spier in Romans kaak, en hij leunt naar me toe tot onze neuzen elkaar bijna raken. 'Je kunt je moeder niet via een berichtje laten weten dat je getrouwd bent, Nina. Je gaat haar bellen en vraagt haar en je vader om te komen eten.'

'Hier?' Ik knipper met mijn ogen naar hem. 'Ik kan ze niet vragen om hierheen te komen. Als mijn moeder alle mannen met wapens ziet, dan zal ze denken dat ik met iemand van de maffia getrouwd ben!'

Romans wenkbrauwen komen omhoog tot ze bijna zijn haargrens bereiken. 'En je moeder zou gelijk hebben.'

'Ja, maar kunnen we dat kleine detail weglaten? Ze flipte al toen ze zag dat ik een piercing in mijn neus had. Mijn moeder is extreem conservatief; ze strijkt zelfs haar handdoeken. Ik weet niet zeker hoe ze op het feit zal reageren dat ik met een misdaadbaron ben getrouwd.'

Hij lacht en schudt zijn hoofd. 'We nemen ze wel mee naar een restaurant.'

## Roman

Ik ben geen fan van Nina's moeder.

Zoals verwacht, is ze geschokt als Nina haar vertelt dat we zo plotseling getrouwd zijn, en met een man die ze nog nooit hebben ontmoet. Gebaseerd op de blikken die ze tijdens het diner in mijn richting heeft geworpen, is ze echter meer bezorgd om het feit dat ik in een rolstoel zit dan dat haar dochter met een vreemde is getrouwd.

'Ben je zwanger, Nina?' vraagt ze nonchalant tussen twee hapjes taart door.

Nina verslikt zich in haar wijn.

'Jezus, mam,' zegt ze als ze zichzelf weer onder controle heeft. 'Natuurlijk niet. We hebben elkaar een week geleden ontmoet.'

'Maar we werken eraan,' gooi ik erin en pak Nina's hand. 'Nietwaar, liefje?'

Nina knippert met haar ogen, lacht en leunt naar me toe om me te kussen. 'Dat doen we zeker.'

Nina's vader zit aan de andere kant van de tafel en hij zegt nauwelijks iets. Hij is de hele tijd bezig om mijn blik te ontwijken. Als onze blikken elkaar kruisen, kijkt hij snel weg en verbergt hij zijn trillende handen onder de tafel. Ik mag Samuel Grey ook niet, en het heeft niets te maken met het feit dat hij mijn geld heeft gestolen. Hij weet heel goed wie ik ben. Toch heeft hij zijn dochter met me laten trouwen om zijn eigen hachje te redden. Wat een loser.

Op de tafel rinkelt mijn telefoon, waarop Pavels naam staat. Het is zes uur 's avonds en de clubs zijn nog niet open, dus het kan niet om clubzaken gaan. Ik neem de telefoon op.

'Pakhan. We hebben een probleem.'

Natuurlijk hebben we dat. 'Ik luister.'

'De Oekraïners zijn hier. Shevchenko wil opnieuw over de voorwaarden onderhandelen.'

'Zeg hem contact op te nemen met Sergei. Hij heeft daar de leiding over.'

'Ze hebben elkaar eerder vandaag al ontmoet en Shevchenko zegt dat hij nooit meer met hem wil onderhandelen.' Er is even een stilte aan de andere kant van de lijn, en dan, 'Sergei heeft geprobeerd om zijn hand eraf te hakken.'

'Enig.' Ik knijp in de brug van mijn neus en zucht. 'Waar ben je? Bij Oeral?'

'Ja.'

'Ik ben er over twintig minuten.'

Ik stop de telefoon in mijn zak en wend me tot Nina. 'Ik moet gaan. Dimitri blijft hier en neemt je mee terug als je klaar bent.'

'Is alles goed?' vraagt ze.

'Ja.' Ik knik en kus haar, dan zie ik hoe haar moeder naar ons kijkt, en voeg ik eraan toe, 'Trek iets spannends aan en wacht op me. Ik blijf niet lang weg.'

Nina

Mijn ogen volgen Roman terwijl hij zichzelf naar de uitgang rijdt waar Dimitri bij de muur staat. Ze spreken zachtjes en Roman vertrekt. Zou er iets gebeurd zijn? Het klonk serieus.

'Weet je zeker dat je het juiste hebt gedaan, Nina?' vraagt mijn moeder.

Ik draai me naar haar om. 'Hoe bedoel je?'

'Met deze man trouwen, na slechts twee dagen.' Ze kijkt me met een mengeling van irritatie en ergernis aan. 'Ik bedoel, ik zou niet verbaasd moeten zijn, je hebt de dingen altijd op jouw manier gedaan, maar toch.'

Ik sla mijn ogen ten hemel op. 'Deze man heeft een naam. En we zijn gek op elkaar. Waarom zouden we nog wachten?'

'Ik begrijp waarom je op hem bent gevallen. Hij is ouder, rijk, verfijnd. Extreem knap.'

'Zie je wel.' Ik glimlach en leun achterover in mijn stoel. 'Je droom is eindelijk uitgekomen. Ik dacht dat je blij zou zijn.'

'Hij zit in een rolstoel, Nina.'

'Zara!' fluistert mijn vader van de andere kant van de tafel en hij kijkt naar Dimitri die bij de deur staat. 'Hou je mond.'

'Zeg me niet dat ik mijn mond moet houden, Samuel. Ik wil het beste voor mijn kind en ik heb het recht om bezorgd te zijn.'

'Houd je zorgen voor jezelf, mam,' snauw ik.

Ze leunt voorover over de tafel. 'Wat is er met hem gebeurd? Een auto-ongeluk?'

'Ja.' Ik gooi mijn servet op het bord. 'Hij heeft een paar maanden geleden ernstig letsel aan zijn been opgelopen. Bevredigd dat je nieuwsgierigheid?'

Ze knarst met haar tanden en kijkt me door samengeknepen ogen aan. 'Kan hij lopen?'

Ik staar naar mijn moeder. 'Ik heb het je net verteld. Ik ben met hem getrouwd, omdat ik verliefd op hem ben. Waarom zou dat ertoe doen?' Ik schrik om het gemak waarmee die woorden uit mijn mond zijn gekomen.

'Waarom?' Ze kijkt me met grote ogen aan en wendt zich dan tot mijn vader. 'Waarom zeg jij niets? Wist je hiervan, Samuel?'

'Zara, in godsnaam, hou gewoon je mond!'

Ze negeert mijn vader volledig. 'Is dit een soort van opstand, Nina? Nog een van je fasen?'

Dat is de laatste druppel. Ik heb er genoeg van. Ik pak mijn telefoon van de tafel, sta op, ga naar de uitgang, en laat mijn ouders achter.

IK BUIG MIJN HOOFD NAAR DE ZIJKANT EN KIJK NAAR HET grote doek voor me. Te licht. Ik pak het palet, gebruik de kwast om wat meer zwart te mengen met het wit en begin dan scherpere schaduwen toe te voegen.

Er zijn vier doeken klaar die naar de galerie gestuurd kunnen worden. Er zijn er nu tien in totaal, als ze bij de zes worden opgeteld die ik heb ingestuurd voordat mijn leven zo'n drastische wending nam. Eind volgende week moet ik er nog vijf af hebben om mijn deadline voor de tentoonstelling te halen. Ze zullen moeten wachten, want ik heb besloten om aan de grote jongen te werken. Meestal rond ik eerst alle standaard stukken af en werk ik als laatste aan het pronkstuk. Deze keer niet. Het lijkt erop dat Roman er niet alleen in geslaagd is om mijn hoofd op hol te brengen, maar ook mijn creatieve proces.

Ik heb hem de afgelopen twee weken niet veel gezien — meestal alleen 's morgens, voordat hij naar zijn kantoor beneden gaat om te doen wat maffia-bazen doen, en 's avonds als hij terugkomt voor het diner. Ik zorg ervoor dat ik minstens twee keer per dag bij hem op kantoor langsga, altijd op de meest ongelegen momenten. Vaak is er iemand bij hem binnen. Op de heen- en terugweg dwaal ik door het huis, herschik ik potplanten en schilderijen of doe ik soortgelijke idiote dingen. Verder breng ik het grootste deel van mijn tijd door in de suite, waardoor ik veel tijd heb om te schilderen.

Gisteren kwam Maxim langs, om me een snelle newbie-vriendelijke cursus over het planten van afluisterapparatuur te geven. Ik had draden verwacht en dat ik rond zou moeten sluipen met een schroevendraaier, om ventilatieopeningen los te schroeven en daar kleine microfoons in zou moeten plaatsen. In plaats daarvan gaf hij me een paar zwarte plastic dingen die op telefoonopladers leken, alleen dan zonder de kabels. Ik hoef alleen maar een kamer binnen te gaan en hem in een stopcontact te steken dat niet in het zicht is. Griezelig. Op het moment dat hij weg was, ben ik twee keer door de hele suite gelopen en heb ik elk stopcontact gecontroleerd.

Ik moet me nog steeds inhouden om niet naar elk stopcontact te kijken die ik passeer.

Ik laat de kwast zakken, doe een paar stappen achteruit en kijk met een enorme grijns op mijn gezicht naar mijn grote schat. Ja, dat is perfect. Voorzichtig draai ik het schilderij zo dat het naar de muur gericht is, in plaats van naar de deur, voor het geval Roman binnenkomt. Hij komt nooit in mijn kamer, maar het kan geen kwaad om extra voorzichtig te zijn. Ik wil niet dat hij de grote jongen voor de tentoonstelling ziet, daarom heb ik besloten om er in mijn kamer aan te werken in plaats van op de gebruikelijke plek, waar ik aan mijn andere stukken werk.

Ik controleer de klok op het nachtkastje en kijk dan in de spiegel. Ik ben tot aan mijn ellebogen met zwarte en rode verf bedekt, en ik heb verschillende grijze en rode vlekken op mijn shirt. Er zit ook wat op mijn gezicht. Mijn pakketje zal zo bezorgd worden. Ik kan me waarschijnlijk beter omkleden en mijn gezicht en handen wassen voordat ik naar beneden ga.

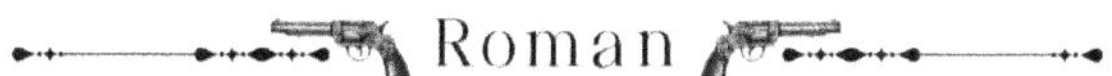

## Roman

Ik ben met Mikhail aan het bellen, die me het rapport van de laatste zending geeft, als er op de deur wordt geklopt en Dimitri het kantoor binnenkomt.

'Ik bel je terug,' zeg ik tegen Mikhail en beëindig het gesprek.

'Er zijn een aantal dingen voor Nina Petrova binnengekomen,' zegt Dimitri en hij kijkt me scherp aan.

'Dus? Zeg tegen een paar van de mannen om het naar de oostvleugel te brengen.'

'Wat moeten we met de lampen doen?'

'Welke lampen?' vraag ik en dan herinner ik het me.

Shit. Ik leg mijn ellebogen op het bureau en druk mijn handen tegen mijn ogen. 'Groot? Goud met zwart?'

'Ja.'

'Hoeveel?'

'Veertien,' zegt hij doodleuk.

'Veertien lampen...' zucht ik. 'Zet ze voorlopig maar in de bibliotheek.'

'Oké. Hoe zit het met het dier?' vraagt hij, en mijn hoofd schiet omhoog.

'Welk... dier?'

'Klein. Zwart. Het zit in een draagmand, dus ik weet niet zeker wat het is. Het lijkt op een hond, maar het klinkt vreemd.'

Ik pak de telefoon en bel Nina. 'Heb je serieus online een dier besteld?'

'Pardon?'

'Dimitri zegt dat er een hond bij je decoratiespullen is geleverd.'

'Oh, dat is Brando. Ik kom meteen naar beneden.'

Ik staar naar de telefoon in mijn hand. Brando. Ik ga haar vermoorden.

Bij de voordeur parkeer ik mijn rolstoel aan de bovenkant van de trap en zie ik een aantal dozen in verschillende maten die de helft van de oprit beslaan. Aan de zijkant staan veertien transparante rechthoekige dozen op een rij, elk met een breed gouden lint eromheen. Ze bevatten allemaal dezelfde lamp, de lelijkste dingen die ik ooit heb gezien.

Nina komt het huis uitrennen, rent de trap af en stopt bij een draagmand die op een van de dozen is gezet. Ze opent de draagmand, pakt er een magere hond ter grootte van een kleine kat uit en begint tegen hem te kirren.

'Wat is dat?' vraagt Dimitri.

'Een chihuahua.'

We kijken toe hoe Nina door een paar dozen rommelt en de hond in de kromming van haar linkerarm houdt. Ze haalt een riem uit een van de dozen, maakt deze aan de halsband vast en zet de hond neer. Hij begint rond haar benen te rennen en laat een vreemd hamsterachtig geblaf horen.

'Vertel Varya over de hond. Ze zal erg... opgewonden zijn. Stuur iemand op pad om wat hondenvoer te kopen,' zeg ik en draai me om, om terug naar mijn kantoor te gaan.

## Nina

Ik loop een uur met Brando door het huis en de tuin, zodat hij de ruimte in zich op kan nemen. Hij is een beetje nerveus door al die nieuwe mensen, maar hij gaat uiteindelijk in zijn bed in de hoek van mijn kamer liggen en gaat slapen.

Ik passeer de keuken, pak een appel uit de schaal en ga naar mijn werkruimte bij de bibliotheek. Er zijn nog enkele uren natuurlijk licht over, en ik ben van plan om ze te gebruiken om aan de resterende vijf stukken voor mijn tentoonstelling te werken. Ik moet waarschijnlijk mijn manager bellen om hem te vertellen dat hij voor de voltooide schilderijen een koerier moet sturen. Mark vindt het prettig om er een paar dagen voor het evenement zoveel mogelijk te hebben, zodat hij de fotograaf en het laten drukken van de catalogus kan organiseren.

Ik haal mijn telefoon uit de achterzak van mijn jeans en bel Mark terwijl ik de laatste stukken naast het grote raam herschik.

Als hij opneemt, tjilp ik in de telefoon, 'Hé, liefje.'

'Ik ken die toon,' kreunt hij. 'Je loopt weer achter op schema.'

'Natuurlijk niet. Dat zou ik je nooit aandoen.'

'Verdomme, Nina. Hoe ver loop je achter?'

'Een paar dagen. Maar de grote jongen is klaar. Ik heb er nog vijf te gaan. Kun je iemand sturen voor de anderen? Ik zal je het adres sturen.'

'Ben je verhuisd?'

'Yep. Lang verhaal.'

'Gaat het je lukken om alles op tijd af te hebben?'

'Ik zal mijn best doen, schat.'

Er is wat gemopper en een zucht. 'Stuur me een foto van de grote jongen.'

'Ik stuur je geen foto, je zult geduld moeten hebben en het in levenden lijve moeten zien, Mark. Doei.' Ik stop de telefoon terug in mijn zak en reik naar een van de blanco doeken.

'Wie is verdomme Mark?'

Ik spring op, draai me om en zie Roman naar me kijken.

'Waarom noem je hem schat?' vraagt hij eisend. 'En wat voor foto ga je hem sturen?'

Ik knipper met mijn oogleden naar hem en neem een hap van mijn appel. 'Mijn pooier. Wij meisjes noemen hem allemaal schat. En ik ga hem een foto van mijn borsten sturen.'

Hij vernauwt zijn ogen tot spleetjes naar me, maar zegt niets.

'Oh, in Godsnaam, Roman. Mark is mijn manager en de eigenaar van de galerie waar ik mijn tentoonstelling geef. Hij wilde foto's van de schilderijen.'

'Waarom noem je hem "schat"?'

'Iedereen noemt hem schat. Inclusief zijn echtgenoot.'

Romans houding ontspant zichtbaar en zijn ogen verliezen hun moorddadige glans. Is hij jaloers?

'Mag ik de schilderijen zien?' vraagt hij.

Het lijkt erop dat we zijn vreemde gedrag gaan negeren. Werkt prima voor mij, omdat ik niet stil wil staan bij het feit dat ik het een leuk idee vind dat hij jaloers is.

'Ja,' antwoord ik. 'Alleen niet aanraken, een aantal van hen zijn nog niet droog.'

Roman nadert de doeken en kijkt er even naar totdat hij voor de nieuwste stopt. 'Is dat... Igor?' Hij wijst met de punt van de kruk naar het schilderij.

'Ja.'

'Waarom heeft hij een megafoon in plaats van een hoofd? En is dat... een dode kip onder zijn arm?'

'Je bent zeer opmerkzaam, Pakhan.'

Hij kijkt me over zijn schouder aan en grijnst. 'En waar is mijn schilderij? Je hebt me je zelfportret beloofd.'

'Naakt. Ik weet het. Het zal moeten wachten, ik moet de resterende stukken voor de tentoonstelling afmaken. Of ik zou mijn zelfportret als een van hen kunnen maken, ik weet zeker dat de critici het geweldig zullen vinden.' Ik haal mijn schouders op. 'We moeten misschien een label "voor boven de achttien" op de —'

'Nee.'

'Dan zul je moeten wachten.'

'Ik zal wachten.' Hij draait zich om en kijkt me aan. 'Heb je honger?'

Zijn verandering van onderwerp overvalt me. 'Een beetje.'

'Laten we uitgaan voor de lunch.'

Roman

Ik neem Nina mee naar een chic restaurant in de stad, en we brengen daar bijna twee uur door. Ze beschrijft wat ze voor de tentoonstelling heeft gepland en ik laat haar praten terwijl ik naar haar lachende ogen, de manier waarop ze met haar handen voor haar gezicht zwaait wanneer ze opgewonden is, of hoe ze voorover leunt en met een lage stem fluistert wanneer ze over haar collega's roddelt die de galerie delen, kijk. Ze moet zich ervan bewust zijn dat niemand haar kan horen — de zaak is maar half vol en geen van de tafels in onze buurt is bezet. Toch houdt ze haar kleine hand over haar mond en praat ze over het betrappen van een van de andere kunstenaars terwijl die de boekhouder achter de galerijdeur aan het betasten was.

Er zijn in mijn leven veel vrouwen geweest, maar vergeleken met Nina, vervagen ze gewoon. We hebben nog nooit echt gezoend, behalve omwille van de show, maar ik kan me niet herinneren dat ik me ooit zo tot iemand aangetrokken heb gevoeld. Het is alsof ze me betoverd heeft.

'Hoe zit het met de hond?'

'Ik heb hem van mijn tante geleend.' Ze grijnst en neemt een slok van haar wijn.

'Heb je een hond geleend?' Ik staar naar haar.

'Technisch gezien heb ik aangeboden om een paar weken op hem te letten. Dat zou hem genoeg tijd moeten geven om zijn deel te doen.'

'En wat zou dat zijn?'

'Nou, je weet toch hoe honden zijn, dat ze door het huis rennen, kamers binnen gaan en zich dan verstoppen? Brando is daar dol op, dus ik denk dat ik de komende dagen heel vaak achter hem aan door het huis zal rennen. Wie weet waar hij zal eindigen?' Ze grijnst naar me. 'Misschien zelfs op een gegeven moment in Leonids kamer.'

Ik lach en schud mijn hoofd om haar idee. 'Je bent een gevaarlijke vrouw, malysh.'

'Wat betekent dat?'

'Malysh? Het is een woord van genegenheid. Het betekent kleintje.'

Ze kantelt haar hoofd naar de zijkant en de hoeken van haar lippen komen omhoog in een kleine grijns. 'Nou, zoals ik al zei, de meeste mensen zijn klein in vergelijking met jou, Roman.'

De ober komt onze drankjes bijschenken. Als Nina haar glas pakt, zie ik dat haar trouwring nogal los zit, dus ik reik naar voren, neem haar hand in de mijne en inspecteer de ring. 'We moeten dit aan laten passen.'

'Doe geen moeite. De verlovingsring houdt hem op zijn plaats. Het is trouwens duurzaam. Ik heb laatst wat verf over mijn hand gemorst en toen moest ik hem schrobben. Er zit niet eens een krasje op.'

'Het is nogal moeilijk om een diamant te bekrassen.'

Nina kijkt me aan, knippert en kijkt dan naar de ring alsof hij haar gaat bijten. 'Is dit ding echt?'

'Natuurlijk is het echt.'

'Shit!' Ze maakt haar hand plat en staart ongelovig naar de twee-karaats loepzuivere diamant. Haar mond opent en dan sluit ze hem weer. Dan bedekt ze de ring beschermend met haar andere hand en leunt naar me toe. 'Kan ik het in plaats daarvan met een ring met een zirkonia ruilen?'

'Nee.'

'Alsjeblieft?'

'Je draagt geen goedkope ring. Einde discussie.'

Ze krabt aan haar neus en mompelt iets dat klinkt als 'hoorns van de duivel toevoegen', maar ik heb het waarschijnlijk verkeerd gehoord, omdat het nergens op slaat.

'Laten we naar huis gaan,' zeg ik en laat met tegenzin haar hand los. 'We kunnen een film kijken.'

'Hoef je niet te werken?'

'Ik ben klaar voor vandaag. Jij?'

'Mijn pooier gaat me vermoorden. Ik loop al achter, maar een film klinkt leuk.'

Nina

Als we terug zijn, neem ik snel een douche, trek een legging en een oversized T-shirt aan en ga naar de keuken om popcorn te bereiden. Roman houdt blijkbaar van sinaasappelsap, hij drinkt er liters van, dus ik pers een paar sinaasappels voor hem en neem het mee naar de woonkamer.

Hij zit er al, met zijn armen over de achterkant van de bank, zijn rechterbeen voor hem gestrekt met zijn hiel op de tafel.

'Je ziet er vreemd uit in casual kleding.' Ik zet de schaal en het sap op tafel en knik naar zijn trainingsbroek en T-shirt.

'Oh? Hoe dat zo?'

'Ik weet het niet. Minder pakhanachtig, denk ik.' Ik haal mijn schouders op en ga naast hem op de bank zitten. 'Wat gaan we kijken?'

'Het maakt me niet uit. Schuif eens op.'

Ik ga in de hoek zitten en Roman gaat op de bank liggen, legt zijn hoofd op mijn schoot en sluit zijn ogen.

'Doet je been pijn?'

'Ja,' zegt hij, maar er is een lichte vertraging in zijn antwoord.

'Ben je aan het liegen?'

'Nee.' Hij schudt zijn hoofd. Zijn ogen zijn nog steeds gesloten, maar de hoeken van zijn mond komen een beetje omhoog.

'Oh ja, je liegt wel.' Ik buig een beetje naar voren. 'Je wilt gewoon dat ik je streel.'

Hij opent zijn ogen en reikt omhoog om een van de lokken, die aan mijn paardenstaart is ontsnapt, terug achter mijn oor te stoppen. 'Ja,' zegt hij en sluit zijn ogen weer.

Ik haal diep adem, probeer mijn hartslag onder controle te krijgen, en dan begraaf ik mijn vingers in zijn haar. We blijven zo zitten, hij ligt op mijn schoot en ik streel hem, voor een uitgezette tv totdat ergens in Romans kamer een telefoon de stilte doorbreekt.

'Shit,' kreunt Roman en gaat zitten.

'Ik pak hem wel.' Ik ga staan en haast me naar zijn kamer.

Als ik terugkom, kijkt Roman me met een vreemde intensiteit aan, maar ik wuif het weg als een van de vele vreemde blikken die hij me de laatste tijd heeft gegeven en bied hem de telefoon aan. Hij reikt ernaar, maar in plaats van het aan te nemen, sluit hij zijn hand over mijn onderarm en trekt me naar zich toe. De telefoon gaat nog steeds, maar hij laat mijn onderarm niet los en trekt me tussen zijn benen. Zijn andere hand reikt omhoog en rust op de zijkant van mijn gezicht, zijn duim streelt mijn wang.

'Roman?' vraag ik met een klein stemmetje, 'Wat ben je aan het doen?'

'De telefoon opnemen.'

'Hij gaat niet meer over.'

'Ik weet het.' Zijn hand glijdt langs mijn onderarm en wringt de telefoon uit mijn vingers.

'Roman?'

'Ja, malysh?' Hij gooit de telefoon opzij en het glijdt over de gepolijste vloer helemaal naar de boekenkast.

Mijn ademhaling versnelt als ik mijn armen ophef en ze om zijn hals sla, en dan naar hem toe leun zodat onze lippen slechts millimeters van elkaar verwijderd zijn. Hij blijft in mijn ogen kijken, en de manier waarop hij naar me kijkt, doet vreemde dingen met mijn maag.

'Probeer je me te kussen, Roman?' fluister ik tegen zijn lippen.

'Dat zou kunnen,' zegt hij.

'Er is niemand in de buurt die ons kan zien.'

'Precies,' fluistert hij en drukt zijn lippen op de mijne.

Hij gaat eerst langzaam, alsof hij van me geniet, maar dan sluiten zijn armen zich om mijn rug en leunt hij achterover op de kussens, terwijl hij me met zich mee trekt. De manier waarop deze man kust moet verboden worden en als gevaarlijk voor de geestelijke gezondheid worden bestempeld. Het voelt alsof een orkaan me van mijn voeten veegt, die zowel mijn lichaam als mijn geest door elkaar schudt. Ik reik met mijn hand naar beneden, grijp zijn T-shirt en begin het omhoog te trekken. Roman verbreekt de kus en trekt zijn shirt op hetzelfde moment uit als dat ik de mijne op de grond laat vallen. Terwijl hij zijn trainingsbroek uittrekt, maak ik mijn beha los en doe mijn legging en ondergoed uit, en klim dan op zijn schoot. Zijn hand komt naar de achterkant van mijn nek, en hij drukt zijn mond weer op de mijne.

Ik kan niet stoppen met hem aan te raken, zijn borst, zijn gezicht, zijn pik, die al volledig rechtop staat. Roman schuift zijn hand tussen onze lichamen en ik voel zijn vingers mijn clitoris plagen.

'Zo nat,' fluistert hij in mijn oor en steekt een vinger in me.

Ik kom op dat moment bijna klaar op zijn hand, en dat zou ik waarschijnlijk hebben gedaan als hij zijn vinger niet weg had gehaald, waardoor ik grom van frustratie. Maar het gaat echter niet om zijn vinger. Het gaat om hem. Roman Petrov, de man die mijn ondergang zal zijn. Noem het een voorgevoel of een instinct — het maakt niet uit. Ik weet dat hij me zal vernietigen, omdat één blik van Roman me meer opwindt dan elke andere man voor hem ooit met zijn pik heeft gedaan.

'Als je op dit moment niet in me komt,' — ik grijp zijn haar vast en knijp — 'Dan ga ik je vermoorden, Roman.'

Zijn handen bewegen langzaam langs mijn borst en ribbenkast totdat hij mijn middel bereikt. Hij tilt me op en plaatst me boven zijn pik. Die duivelse ogen laten de mijne voor geen seconde los.

'Jouw wens is mijn bevel, Nina,' zegt hij en stoot in me.

Ik kreun en hoor hem tegelijkertijd kreunen. Hij is te groot, maar, lieve God, het voelt zo goed. Ik graaf met mijn nagels in zijn schouders terwijl ik om hem heen kronkel en hij in me stoot. Het is krankzinnig en ik schreeuw, het kan me geen reet schelen of iemand ons hoort. Roman kreunt mijn naam en komt even later in me klaar. Perfectie.

Ik lig al vijf minuten op zijn borst, maar ik kan mezelf er niet toe aanzetten om me te bewegen. Romans hand trekt patronen van de bovenkant van mijn nek en helemaal tot aan mijn kont, en dan weer terug naar boven.

'Nina? Is alles goed?'

'Ja,' zucht ik. 'Maar ik blijf hier liggen. Ik vind het hier prettig.'

'Ik vind het ook fijn om jou hier te hebben, malysh.'

Ik word wakker van een snel tikkend geluid dat ergens boven mijn hoofd vandaan komt. Ik strek me een beetje en open mijn ogen om te ontdekken dat ik op de bank lig met een kussen onder mijn hoofd en een deken die me van nek tot voeten bedekt. De lampen zijn uit en de tv voor me staat aan, met een nieuwszender op, maar het geluid is gedempt. Het tikkende geluid stopt en het volgende moment voel ik vingers door mijn haar gaan. Ik til mijn hoofd omhoog en zie Roman aan het einde van de bank naast mijn hoofd zitten. Zijn haar is nat en hij heeft de laptop op zijn schoot.

'Je bent net in slaap gevallen bovenop me,' zegt hij.

'Hoe laat is het?'

'Half acht. Ik heb tegen Varya gezegd dat we hier zouden eten als je wakker was.'

'Klinkt goed.' Ik sta op en hou de deken om me heen. 'Ik ga even snel douchen.'

'Oké. Ik zal de keuken vragen om het diner naar boven te sturen,' zegt hij en gaat weer verder met typen.

Ik draai me om en ga naar mijn slaapkamer. Ik voel me een beetje ongemakkelijk met de hele situatie. We hebben seks gehad. Waar staan we nu dan? Het is nu niet meer alleen een zakelijke regeling, of wel? Moeten we negeren dat we seks hebben gehad en doen alsof het nooit gebeurd is? Ik weet niet of ik dat kan en eerlijk gezegd wil ik dat ook niet. We zullen erover moeten praten. Ik ben misschien een fan van de aanpak om mijn kop in het zand te steken, maar ik denk niet dat er dit keer een zandheuvel hoog genoeg is.

Na mijn douche marcheer ik terug naar de woonkamer, met de intentie om de nieuwe situatie met Roman te bespreken. Tot mijn verbazing tref ik hem volledig gekleed aan in zijn rolstoel, terwijl hij zijn horloge omdoet.

'Wat is er aan de hand?'

'Er is iets gebeurd. Blijf niet op me wachten,' zegt hij, en voordat ik bezwaar kan maken, is hij weg.

Ik staar naar de deur en loop dan naar de andere kant van de kamer waar een groot raam op de oprit uitkijkt. Er staan aan de voorkant drie auto's geparkeerd, met naast hen vier bewakers. Een paar minuten later komen Roman, Maxim en Kostya het huis uit en stappen ze in de auto's, gevolgd door nog een paar bewakers. Dan vertrekken de auto's.

Valentina brengt enige tijd later het eten, maar ik laat het op de eettafel staan, hopend dat Roman snel terugkomt. Dat doet hij niet, dus rond tien uur eet ik een paar stukjes koude gegrilde vis en wat salade. Ik zet de restjes in de koelkast en kijk wat tv. Elke vijftien minuten sta ik op en kijk ik uit het raam om te zien of de auto's al terug zijn. Rond middernacht besluit ik om naar bed te gaan.

Het geluid van geschreeuw en autodeuren die dichtslaan maken me wakker. Ik spring uit bed en ren door de suite naar het grote raam. Twee van de auto's zijn terug. De meeste deuren zijn open en de laatste mannen komen naar binnen. Twee van hen ondersteunen de derde tussen hen en slepen hem bijna de trap op.

Shit. Ik ren terug naar mijn kamer, trek een hoodie en een joggingbroek over mijn pyjama aan en ren naar het grote trappenhuis.

Er is niemand in de hal. Ik draai me om en zie bloedsporen op de witte marmeren vloer, waardoor er een pad ontstaat naar de rechter gang, in de richting van de keuken. Ik volg de rode vlekken langs de gang en zie de keukendeuren wijd openstaan. Er klinken dringende stemmen en commotie.

Ik krijg koude rillingen als ik zie dat Varya over Kostya gebogen staat. Hij ligt op zijn rug op het grote eiland in het midden van de keuken, met Maxim die een bloederig vod vast heeft. Een van de mannen van de beveiliging komt aanrennen en plaatst een doos met medische benodigdheden naast Kostya's hoofd en wisselt dan van plaats met Maxim, die naar de gootsteen gaat en zijn handen met waanzinnige snelheid begint te wassen.

Ze zijn allemaal in het Russisch aan het schreeuwen, en ik begrijp niets van wat ze zeggen, maar het zicht spreekt voor zich. Er is iets misgegaan. En waar is Roman in godsnaam?

Er komen nog twee bewakers de keuken binnenstormen met een korte, knokige man die een dokterstas draagt. De dokter gaat naar de gootsteen en begint net als Maxim zijn handen te wassen. Ze trekken steriele handschoenen aan en gaan naar een hijgende Kostya, die bleek, maar bij bewustzijn is. De arts kijkt onder het doek en bereidt de naald en draad voor, terwijl Maxim de snee schoonmaakt.

Er klinken voetstappen van achter me vandaan en de laatste bewakers komen de keuken binnen met Roman die achter hen aan komt rollen. Een zucht van opluchting ontsnapt aan mijn longen als ik zie dat hij ongedeerd is en ik haast me naar hem toe.

'Jezus, Roman!' fluister ik. Ik pak zijn gezicht met beide handen vast en kus hem. Het is een boze kus, maar het voelt nog steeds goed. 'Wat is er gebeurd?'

'Er was een klein meningsverschil met onze leverancier en het is uit de hand gelopen.'

'Kostya?'

'Een messteek in zijn zij. Hij overleeft het wel.'

Ik draai me om om terug te kijken naar het eiland waar de dokter klaar lijkt te zijn met het dichtnaaien van Kostya's zij. Maxim plaatst een infuusnaald in zijn arm, terwijl Varya de zak met vloeistof omhooghoudt.

'Kan ik ergens mee helpen?' vraag ik.

'Nee, laten we naar boven gaan. Varya en Maxim hebben het onder controle en de dokter zal de nacht hier doorbrengen.'

'Gaat het altijd zo? Deals die misgaan, mensen die neergestoken of neergeschoten worden?' vraag ik als we de suite binnengaan. Ik tril nog steeds. 'Of auto's die worden opgeblazen?'

'Niet altijd. Maar het gebeurt.'

Mijn keel wordt droog. Hoe kan hij zo kalm zijn? In de keuken pak ik een glas en schenk koud water uit de koelkast in. 'Dat is echt gestoord, Roman.' Ik schud mijn hoofd en drink het water op, wensend dat het iets sterkers was. 'Je wereld is echt serieus gestoord.'

'Ik kan er niets aan doen, Nina.'

Ja, ik denk dat dat een manier is om naar dingen te kijken. Ik zou terug naar bed moeten gaan, maar ik ben te opgewonden, dus ik loop door de woonkamer en ga bij het raam staan dat op de oprit uitkijkt. De auto's zijn weg. Eén bewaker staat aan de zijkant voor de voordeur, met een pistool aan zijn riem. Een andere patrouilleert op het terrein richting de hoofdpoort, en deze heeft een geweer op zijn rug. Het lijkt erop dat alles in Romans wereld weer normaal is.

Ik hoor Roman naderen terwijl hij achter me komt staan. Zijn krukken komen aan beide kanten mijn gezichtsveld binnen, als hij over me heen buigt en zijn kin op mijn hoofd legt. Ik heb me in vergelijking met hem nog nooit zo klein gevoeld, nu hij met zijn enorme lichaam tegen mijn rug staat, maar ik voel geen paniek. De adrenaline heeft me ervan genezen.

'Waar staan we nu, Roman?'

'Hoe bedoel je?'

'We hebben seks gehad,' zeg ik, terwijl ik toekijk hoe de man over het terrein patrouilleert. 'Het was niet iets wat we gepland hadden, snap je. Hoe gaan we nu verder?'

'Ik weet het niet, malysh. Waar zou je naartoe willen gaan?'

'Ik weet het niet zeker.'

Er is een stilte terwijl we allebei naar de nacht kijken, zijn duisternis door tal van lichten gebroken die rond het gazon zijn opgesteld.

'Het is laat,' zegt Roman en geeft me een kus op mijn schouder. 'Laten we naar bed gaan.'

'Welke?'

'Nou, ik ben in de mijne te vinden.' Hij kust de zijkant van mijn nek. 'En jij kunt kiezen welke het voor jou zal zijn. Jouw bed, of het mijne.'

Hij laat me bij het raam staan om zijn afscheidswoorden te overwegen. Ik weet wat ik moet doen — naar mijn kamer gaan en helemaal vergeten wat er op de bank is gebeurd. Het zou de verstandigste keuze zijn. Het zou zelfs de enige keuze moeten zijn.

Ik denk dat 'wijs' niet in mijn vocabulaire voorkomt. Ik draai me om en ga naar Romans kamer.

## Roman

Ik zie Nina's slapende gestalte onder de deken liggen, haar haren in de war en verspreid over mijn kussen. De aanblik van haar, in mijn bed, zorgt voor een vreemd warm gevoel in mijn borst.

'Warren is er.' Ik geef een lichte kus op haar schouder. 'Ik ben in de fitnessruimte.'

'Veel plezier,' mompelt ze in het kussen en blijft slapen.

Lachend ga ik in mijn rolstoel zitten en verlaat de kamer. Ze heeft haar slaap nodig; we kunnen later doorgaan waar we gebleven waren.

Als ik klaar ben met mijn therapiesessie, ligt Nina nog steeds te slapen, dus ik neem een douche en ga naar beneden naar mijn kantoor. Maxim wacht al op me, en aan zijn gezicht te zien, heeft hij niets aangenaams te zeggen.

'Je moet de Albanezen uitnodigen, Roman. Binnenkort.'

'Gaat niet gebeuren.' Ik rol mezelf achter mijn bureau vandaan, zet mijn laptop aan en begin door de papieren op mijn bureau te rommelen.

'Ik denk dat je er nog eens over na moet denken.'

'Ik ben niet in de stemming om Albanezen te vermaken.'

'We hebben ze als partners nodig, dat weet je. Je hebt ze al maanden niet ontmoet.' Hij zit in de stoel tegenover me en leunt naar voren. 'Ze moeten er van verzekerd worden dat alles in orde is.'

'Ze krijgen meer geld dan in voorgaande jaren, dus ik zie niet in waarom ze zich zorgen zouden maken.'

'Als ze niet het gevoel hebben dat we er als partners in geïnvesteerd zijn, dan kunnen ze zich tot iemand anders wenden, Roman. De laatste keer dat ik hem zag, had Tanush gezegd dat hij de Italianen zou benaderen. Hij zei het als een grap, maar hij denkt er *wel* over na.'

'Perfect. Precies wat ik nodig heb.' Ik gooi de pen op de papieren op het bureau.

Maxim leunt achterover en slaat zijn armen over elkaar. 'Dus, wie nodigen we uit?'

'Tanush en zijn vrouw. Ik denk dat hij nu op de vijfde zit. En Dushku en zijn vrouw. Dat was het.'

'Hoe zit het met Hajdini?' vraagt hij.

'Nee. Hij en Dushku spreken elkaar de laatste tijd niet meer. Ik heb geen zin in bloedvergieten.'

'Oké. Wanneer?'

'Nina heeft volgend weekend haar tentoonstelling, dus het moet aanstaande zaterdag zijn.'

'Ik zal het Tanush laten weten.' Maxim lacht. 'Varya zal blij zijn; ze heeft net de tapijten verwisseld.'

'Ik zal haar vertellen dat het jouw idee was. Vooral als het met bloedvergieten eindigt. Tanush kan een beetje vijandig zijn, dus zorg ervoor dat de mannen op de hoogte zijn.'

Maxim trekt een wenkbrauw op. 'Waarom? Jullie stonden altijd op goede voet.'

'We stonden op goede voet, voordat ik zei dat ik niet van plan was om met zijn dochter te trouwen toen hij me dat een paar maanden geleden aanbood.'

Maxim laat zijn hoofd zakken en kijkt me over de rand van zijn bril aan. 'En dat vertel je me nu pas?'

Als het iemand anders was geweest die mijn beslissingen in twijfel trok, dan was het niet goed afgelopen voor hem. Maxim is echter de enige persoon die ik, naast Varya, onvoorwaardelijk vertrouw. Hij is meer een vaderfiguur dan mijn biologische vader ooit is geweest. 'Ik vond het destijds niet belangrijk genoeg om het je te zeggen.'

'Hij informeerde naar Nina.'

Ik kijk naar hem op. 'En wat wilde hij weten?'

'Hij vroeg of ze zo mooi was als de geruchten doen geloven.'

Die slijmerige klootzak. 'Wat heb je tegen hem gezegd?'

'Ik heb hem gezegd dat hij dat zelf kan beslissen wanneer hij haar ziet.'

'Goed. Hoe is het met Kostya?'

'Hij heeft wat bloed verloren, maar niets ernstigs. Hij kan over een paar dagen weer aan de slag.'

'Houd hem minstens een week vrij. Ivan kan tot dan zijn taken overnemen. Zorg ervoor dat de dokter hem tot maandag één keer per dag komt controleren.'

'Anders nog iets?'

'Nee. Ga naar huis. Rust uit. Je hebt de hele nacht over Kostya gewaakt. Ik zal het Varya laten overnemen.'

Als Maxim vertrekt, bel ik Nina. 'Ben je wakker?'

'Nu wel.' Ze geeuwt.

'Maak je klaar en kom over een uur naar beneden. We moeten winkelen.'

'Oh?'

'Er komen zaterdag een aantal zakenpartners eten. Je hebt een jurk nodig.'

'Ik heb absoluut geen andere jurk nodig. Ik heb vorige week genoeg kleren gekocht voor twee levens. Vova heeft amper alles in de auto gekregen, en ik heb geen ruimte meer in de kast. Er zijn minstens tien jurken die ik nog niet eens heb gedragen.'

'Je zei dat je een impulsieve koper bent.'

'Dat is niet hetzelfde als een hamsteraar, Roman.'

'We gaan nog steeds een jurk kopen.'

'Gooi je graag geld weg? Is dat een soort dwang? Je kunt het me vertellen, hoor,' giechelt ze.

Nee, ik denk niet dat ik haar kan vertellen hoe leuk ik het vind om dingen voor haar te kopen. 'Laat me niet wachten.'

'Hé, ik moet Brando uitlaten. Hij zal op de vloer plassen.'

'Vraag Olga om het beest uit te laten.'

'Ik zal Brando vertellen dat je hem een compliment hebt gegeven.'

'Je kunt hem ook vertellen dat als ik hem weer betrap terwijl hij op mijn laptoplader zit te kauwen, ik slippers van zijn huid zal maken.'

'Oh mijn God!' Ze barst in lachen uit. 'De grote boze pakhan maakte net een grapje. Voel je je wel goed?'

Ik grijns. 'Een uur, Nina.'

Nadat ik de lijn heb verbroken, dompel ik me onder in de rapporten die Mikhail heeft gestuurd, evenals de plannen voor de zendingen van volgende week. Hoewel gedachten aan een bepaalde zwartharige vrouw me verhinderen om me te concentreren.

'Wat denk je hiervan?'

Nina komt de kleedkamer uit in een kleine zwarte jurk. Het heeft een hoge halslijn met een zoom die haar kont nauwelijks bedekt. De snit is vrij eenvoudig, maar de manier waarop hij zich over haar lichaam vormt en haar heupen omhelst, met de nadruk op haar smalle taille, is dat allesbehalve. In combinatie met de hoge hakken en haar haren opgestoken op haar hoofd, is het resultaat verwoestend en ik vind het moeilijk om mijn blik van haar benen en parmantige kontje weg te trekken. Als ze in dat ding de straat op gaat, zal ze een verkeersopstopping veroorzaken.

'We kopen het,' zeg ik met een benepen stem, 'maar zoek een andere voor het etentje.'

'Waarom? Wat is er mis mee?' Ze kijkt in de spiegel en houdt haar hoofd schuin. 'Is het te gewoontjes?'

'Ik wil niet dat mijn zakenpartners de hele avond naar de benen van mijn vrouw kijken.'

'Wees geen holbewoner, Roman. Zo kort is het niet.'

'Je gaat dat zaterdag niet dragen.' Of ergens anders in het openbaar, wat mij betreft.

'Oh, in godsnaam. Goed dan. Ik zal in plaats daarvan een aardappelzak zoeken.'

Ik ben dol op het idee van een aardappelzak. Als ik haar van top tot teen in zou kunnen pakken, dan zou het me erg gelukkig maken.

Nina koopt in plaats daarvan een roze midi-jurk en hoewel ik niet blij ben, omdat het laag uitgesneden is en behoorlijk wat van haar benen laat zien, is het veel beter dan de zwarte. Terwijl ze naar iets op het rek met blouses kijkt, knik ik naar de verkoopster om de zwarte jurk ook in te pakken. Nadat Ivan de tassen heeft meegenomen, neem ik haar mee naar een juwelier op de begane grond.

'Nee,' zegt ze als we voor het raam met een veelheid aan kettingen stoppen. 'Ik heb geen sieraden nodig.'

Ze heeft het niet nodig, dat is zeker. Als mijn kleine bloem de kamer binnenkomt, dan straalt ze meer dan welke diamant dan ook, maar de vrouwen van Tanush en Dushku zullen bedekt zijn met juwelen, en ik wil niet dat Nina zich minder voelt.

'Ja, dat heb je wel,' zeg ik en neem haar mee naar binnen.

Ze loopt in de winkel rond, naar de sieraden kijkend die in glazen vitrines langs de muren zijn uitgestald, totdat ze voor degene komt te staan die de meest ingetogen kettingen bevat.

'Wat denk je hiervan?' Ze wijst naar een dunne gouden ketting.

Ik negeer haar en rol mezelf naar de grote vitrine aan de andere muur met de beste stukken. Als de winkelbediende ziet waar ik naar kijk, komt hij aanrennen en begint de fluwelen dozen voor me uit te stallen.

'Ik ga niet iemands huis om mijn nek dragen,' fluistert Nina in mijn oor.

'Die.' Ik wijs naar de set die uit een ketting en een armband in witgoud bestaat, die bekleed is met witte diamanten, en kijk naar de juwelier die naar me straalt — zijn ogen zijn zo groot als schotels. 'En de bijpassende oorbellen.'

Hij knikt gretig en haalt een andere fluwelen doos tevoorschijn om deze naast de set te plaatsen.

'Ja.' Ik knik. 'Laten we ze eerst uitproberen.'

'Zeg me alsjeblieft dat die nep zijn,' kreunt Nina naast me en ik kan het niet helpen dat ik moet lachen. 'Dat zijn ze niet, of wel?'

'Nee, malysh, ze zijn niet nep.'

De verkoper maakt de ketting los en komt achter Nina staan en houdt hem omhoog met de bedoeling hem om haar nek te doen.

'Raak met je poten mijn vrouw aan,' zeg ik tegen de idioot, 'en je raakt ze kwijt.'

De man springt op en doet een stap achteruit, bijna over zijn voeten struikelend.

'Christus, Roman! Wat bezielt je?' Nina staart me verbaasd aan en draait zich dan naar de verkoper. 'Dat meent hij niet.'

'Dat meen ik wel. Draai je om.' Ik strek mijn hand uit om de ketting van de juwelier over te nemen.

Na het vastgemaakt te hebben, bewonder ik hoe het haar slanke hals accentueert. De armband is een aantal maten te groot; ze kan er waarschijnlijk met beide polsen in.

'We hebben dit formaat nodig en het moet morgen geleverd worden.' Ik geef de armband terug aan de juwelier, die gretig knikt, dan wend ik me tot Nina. 'Wil je de ketting omhouden, of heb je liever dat ze hem met de armband en de oorbellen meesturen?'

'Ik ben zeker niet van plan om met dit ding om mijn nek door het winkelcentrum te lopen. Kun je het alsjeblieft afdoen?'

Terwijl ik de ketting losmaak, maak ik van de gelegenheid gebruik om met mijn vingers over de zachte huid van haar nek te laten gaan en ik merk dat ze door mijn aanraking een beetje naar me toe leunt.

'Laten we naar huis gaan,' fluister ik in haar oor. 'Dan kun je die kanten string proberen die je hebt gekocht.'

Ze draait zich om en kijkt me aan. Er is aarzeling en bezorgdheid in haar ogen te zien. 'Wat zijn we aan het doen, Roman? Dit. Jij en ik. I-ik heb geen idee wat ik hiervan moet denken.'

'Denk er dan niet aan. Laat het gewoon... los. Laat de stroming ons leiden.' Ik pak haar kin tussen mijn vingers en kus haar.

'Gewoon loslaten?'

'Laat het gewoon los, malysh.'

'Oké.'

## Nina

EEN LICHTE AANRAKING VAN EEN VINGER TUSSEN MIJN benen maakt me wakker. Een kus landt achter in mijn nek, dan nog een, een beetje lager. Romans grote lichaam drukt van achteren op me, zijn arm komt om mijn buik, en drukt me tegen zijn harde, gespierde borst. Zijn hand glijdt naar mijn poesje en begint met één vinger om mijn clitoris te cirkelen. Als hij langzaam mijn kern binnenkomt, snak ik naar adem, pak Romans onderarm en begin op zijn vinger te rijden. Maar hij haalt zijn hand weg. Ik draai me om en lig op mijn zij naar hem toe, gooi een been over zijn heup en reik naar zijn pik.

'Geduld.' Hij slaat een arm om mijn ribbenkast en tilt me op om op zijn buik te zitten. Hij legt zijn handen achter mijn knieën en duwt me omhoog tot ik op zijn borstbeen zit.

'Roman?' Ik kijk verbaasd op hem neer.

'Je voelt je niet op je gemak om op je rug te liggen. Dus improviseren we.'

Zijn handen gaan langs mijn dijen totdat hij mijn billen vastpakt, en hij leidt mijn lichaam naar voren totdat zijn mond zich op slechts een paar centimeter van mijn kern bevindt.

'Handen op het hoofdeinde,' zegt hij, 'en hou je vast.'

Zijn mond zit al op mijn geslacht voordat ik zelfs maar tijd heb om zijn bevel te verwerken. Ik pak het hoofdeinde, mijn ogen rollen terug in mijn hoofd terwijl hij me likt, waarbij hij me met elke beweging van zijn tong een beetje meer vernietigd. Mijn geest is al half verward, maar als hij op mijn clitoris zuigt, krijgt het kortsluiting.

Ik tril nog steeds van de naschokken als hij me op zijn borst laat zakken. Het duurt even voordat ik me herpakt heb. Ik kijk naar hem op en zie hem met een zelfvoldane glimlach naar me kijken. Verraderlijk en gevaarlijk, dat is hij. En dat weet hij ook.

Ik beweeg me naar beneden totdat ik zijn harde pik voel en kom omhoog om me erboven te positioneren. 'Handen op het hoofdeinde, Roman.'

Zijn wenkbrauwen gaan omhoog, maar hij pakt twee van de houten latten boven zijn hoofd vast. Ik glimlach en laat me langzaam op zijn penis zakken, om halverwege te stoppen en voorover te leunen om zijn getatoeëerde borst te kussen. Dan lik ik het. Roman ademt diep in, maar beweegt zich niet en hij houdt zijn handen op de latten. Ik wou dat ik hem langer kon plagen, maar mijn kern doet letterlijk pijn van het verlangen om hem helemaal in me te hebben, dus glijd ik langzaam naar beneden en sluit mijn ogen. Heerlijke gelukzaligheid.

'Niet. Bewegen,' fluister ik en begin met mijn heupen te draaien.

Terwijl ik hem berijd, grijpen Romans handen de latten steviger vast, de spieren in zijn onderarmen spannen zich aan. Hij wil zich bewegen, zich omhoog in me stoten. Ik zie in de intensiteit van zijn blik verlangen en controle. Er is iets aan zijn blik. Hij is er zo op gebrand om stil te blijven liggen, omdat ik het hem gevraagd heb. Dat doet het hem voor me. Roman Petrov is niet een man die aan iemand toegeeft, maar hij geeft mij de teugels. Een kreun ontsnapt aan mijn mond als ik klaarkom. Roman verliest uiteindelijk zijn kalmte en grijpt me om mijn middel en begint in me te stoten totdat ik verbrijzel.

Terwijl we met onze ledematen in de knoop liggen, ga ik met mijn vinger langs de zwarte lijnen van zijn getatoeëerde borst. De ontwerpen zijn vooral abstract, vergelijkbaar met die in de volle sleeve op zijn arm. Wat ik eerder niet zag zijn de meerdere littekens die over zijn borst verspreid zijn. Ik leg mijn hand op een van de drie aan zijn rechterkant. Ze lijken meer recent, ze doorbreken de stroom van de zwarte patronen.

'Die zijn van de autobom,' zegt hij, terwijl hij mijn rug streelt.

Ik beweeg mijn hand naar links en raak het lange dunne litteken boven zijn heup aan.

'Een messengevecht op mijn zestiende verjaardag. Een discussie over politiek die te ver ging.'

Vervolgens kies ik een rond litteken aan de linkerkant van zijn buik en draai er met mijn vinger omheen.

'Schotwond. Een meningsverschil met Mendoza. Hij is het equivalent van een pakhan bij de Mexicanen, en de dingen waren toen een beetje ingewikkeld. Het is meer dan tien jaar geleden.'

Ik kijk naar hem op. 'Tien? Wanneer heb je het van de vorige pakhan overgenomen?'

'Twaalf jaar geleden. Toen mijn vader stierf, heb ik zijn plaats ingenomen. Ik was drieëntwintig.'

'Hoe is dat mogelijk? Je was zo jong.'

'Ik begon met mijn vader te werken toen ik vijftien was. Mensen steunden me.' Hij haalt zijn schouders op alsof het niets is. 'Het was een veel betere optie dan een interne oorlog. Die zijn slecht voor de zaken.'

Mijn ogen gaan naar beneden naar zijn borst, en ik begin te beseffen hoe extreem verschillend zijn wereld van de mijne is.

'Wat is er met Mikhail gebeurd?' vraag ik.

Roman zwijgt even en haalt dan diep adem en trekt me naar zich toe.

'Mijn vader. Dat is wat er is gebeurd.'

'Lieve God. Heeft hij... hem dat aangedaan? Waarom?'

'Het is een lang verhaal, malysh. Een lang en vreselijk verhaal, en zeker niet iets waar ik in ons bed over wil praten. Je zult nachtmerries hebben.'

'Zo erg?'

'Nee. Het is veel erger dan je je kunt voorstellen, Nina.'

## Roman

Mijn wekker gaat om zeven uur af. Ik kijk naar Nina die op mijn borst ligt te slapen en schud mijn hoofd. Ik herinner me dat ik haar gisteravond op de kussens heb gelegd, maar ze besloot op een gegeven moment weer op me te klimmen.

Ik probeer haar niet wakker te maken, leg haar weer op de lakens en trek een dekbed over haar naakte lichaam. We hebben gisteravond drie keer seks gehad, dus ze zal waarschijnlijk uitslapen.

Haar schouder gluurt onder de deken naar buiten. Ik druk er een kus op. Dan pak ik de krukken van waar ik ze tegen het nachtkastje heb gezet en maak me klaar voor mijn afspraak met Warren.

Ergens in het midden van de sessie pakt Warren de wandelstok, die al een week op een stoel in de hoek ligt, en brengt hem naar me toe.

'Laten we dit even proberen,' zegt hij.

Langzaam kom ik van de massagetafel af en ga staan, terwijl ik mijn gewicht met mijn linkerbeen ondersteun en de zijkant van de tafel met mijn rechterhand grijp.

'We beginnen langzaam,' zegt hij. 'Voor nu slechts een paar stappen.'

Ik haal diep adem, houd de stok met mijn linkerhand vast en laat de strakke grip die ik op de tafel heb, los. Mijn eerste poging is slecht. Op het moment dat ik mijn linkerbeen optil om naar voren te stappen, schiet de hevige pijn door mijn rechterknie zodat ik bijna struikel.

'Verdeel het gewicht tussen de stok en het been. En probeer deze keer een kleinere stap.'

Hoewel de pijn bijna ondraaglijk is, gaat het iets beter. Het lukt me om in totaal vier stappen te zetten voordat de pijn ondraaglijk wordt en ik moet gaan zitten. Het is vernederend en ik voel de behoefte om iets te breken.

'Dat was goed, meneer Petrov,' zegt Warren.

Ik trek mijn wenkbrauwen op. 'Als dat goed was, wat is dan slecht?'

'Het is volkomen normaal. U zet voor de eerste keer in vier maanden bijna al uw gewicht op uw gewonde been. Het feit dat u dat kunt is veelbelovend. Ik denk dat u vanaf nu op het gebruik van onderarmkrukken moet overschakelen.'

Mijn lichaam wordt stijf. 'Ik vind die dingen niks.'

'Waarom niet? Ze vereisen wat oefening, maar ze zijn veel handiger in gebruik.'

'Omdat ze er... definitief uitzien.' Zo. Ik had het gezegd. Mijn grootste angst op dit moment is dat mijn knie zo verkloot is, dat ik de rest van mijn leven op krukken zal lopen. Een wandelstok, daar kan ik mee leven. Maar ik denk niet dat ik krukken kan verdragen.

'Ze zullen niet definitief zijn, meneer Petrov. Ze zijn echter een veel betere keuze voor de overgang naar de wandelstok dan de okselkrukken die u tot nu toe heeft gebruikt.'

'Oké,' zucht ik. 'Wanneer kan ik de rolstoel helemaal dumpen?'

'Dat hangt er van af. Uw vooruitgang is veel beter dan verwacht, en met voldoende oefening, moet u in staat zijn om het gebruik van alleen de onderarmkrukken in een paar weken te beheersen. Maar u moet de rolstoel houden. U zult het nodig hebben als we meer met de stok gaan oefenen. Die sessies zullen uw knie aanzienlijk belasten en het zou beter zijn om de stoel in het daarop volgende uur á twee uur te gebruiken.'

'Zorg gewoon dat ik die verdomde stok kan gebruiken, Warren. Het kan me niet schelen wat er voor nodig is, zorg ervoor dat het me lukt.'

'Dat zal ik doen, meneer Petrov. Laten we nu die onderarmkrukken proberen, goed?'

De therapiesessie ging niet goed. Een blik op Romans gezicht zei me genoeg, en hij heeft de hele ochtend nauwelijks een woord gezegd.

Ik pak het lege schaaltje, dat ik voor mijn cornflakes heb gebruikt en ga naar de keuken om het in de gootsteen te zetten. Na het vullen van Brando's bakje, ga ik naast Roman staan.

'Ik zat te denken,' zeg ik nonchalant, terwijl ik hem een sinaasappel zie persen, 'misschien kan ik morgen mee als je gaat sporten.'

Als Roman zijn therapeut niet ontmoet, dan spendeert hij twee uur aan trainen, en als hij therapie heeft, oefent hij daarna nog minstens een uur. De man is ernstig geobsedeerd.

'Tuurlijk.' Hij haalt zijn schouders op en begint sap in de glazen te gieten. 'Wat wil je doen? De loopband?'

'Ik zat aan gewichtheffen te denken.'

Zijn hand blijft in het midden van het inschenken van het sap in de lucht hangen, en hij kijkt naar me met een blik van ongeloof op zijn gezicht, waarbij hij zich richt op mijn niet-bestaande armspieren. 'Gewichtheffen?'

'Ja.'

'Oké.' Hij barst in lachen uit, en terwijl ik mijn best doe

om beledigd te kijken, lach ik van binnen. Zijn lach is veel beter dan zijn fronsende gezicht.

'Wat? Het is populair. Mijn Instagram-feed zit vol met meiden met selfies uit de sportschool. Ze zeggen dat het wonderen doet voor de bilspieren. Misschien kan ik wat foto's of zelfs video's maken en ze ook uploaden. Ik hou van die strakke neon outfits en—'

Het volgende moment zit ik op het aanrecht voor Roman, die mijn kin tussen zijn vingers houdt en me woedend aankijkt. 'Geen selfies in strakke kleding.'

'Oh, doe niet zo chagrijnig. Iedereen plaatst die.'

'Mijn vrouw is niet iedereen.'

Verdorie. Elke keer als hij me zo noemt smelt ik. Ik ben er stiekem dol op dat hij jaloers is. Het is zo schattig. Ik leun naar voren, trek de kraag van zijn shirt recht, en haal dan mijn vingers door zijn nog steeds vochtige haar.

'Je bent een verontrustend sexy man, Roman.'

Hij verbreekt het oogcontact en kijkt naar beneden in zijn glas sap. 'Zelfs met de krukken?'

Ja, die therapiesessie is zeker niet goed gegaan.

'Zelfs met de krukken, Roman.' Ik kus hem, en zorg ervoor dat ik een beetje in zijn onderlip bijt. 'Wat zei Warren?'

'Dat ik het verdomd goed doe.' Gebaseerd op de manier waarop hij met zijn tanden knarst en het feit dat de knokkels van zijn handen wit zijn van de kracht waarmee hij de krukken vastpakt, verschillen ze hier nogal van mening. 'Ik moet gaan. Ik ben tegen het avondeten terug.' Hij geeft een kus op mijn voorhoofd en vertrekt.

Hij heeft pijn. En mijn borst doet er ook pijn van.

Ik zit, nadat hij weg is, nog een lange tijd op het aanrecht naar de vloer te staren.

'Perfect,' mompel ik in mezelf. 'Gewoon perfect.'

Het hoofd van het Russische criminele syndicaat. Een drugsdealer. Een moordenaar. En het is me gelukt om verliefd op hem te worden. Laat iemand me alsjeblieft in een psychiatrische inrichting opnemen, want daar hoor ik blijkbaar thuis.

# Hoofdstuk
## 11

### Roman

IK KIJK ROND IN DE VERLATEN FABRIEK DIE WE SOMS gebruiken bij het opzetten van de deals, en vloek. Er liggen drie dode lichamen uitgestrekt op de vloer, elk met een grote rode stip in het midden van het voorhoofd.

'Wat de fuck, Sergei?' blaf ik.

'Ze hebben verpeste goederen gebracht. Wat had je dan van me verwacht?'

'Dat je ze weg zou sturen, niet dat je ze allemaal zou vermoorden. Verdomme.' Ik wend me tot Dimitri en Pavel die de kratten op de vloer controleren. 'Zet hun auto binnen. Verbrand alles.'

'Ook het product?'

'Alles.' Ik draai me om naar een van de doden en kijk naar zijn gezicht. 'Mendoza's?' vraag ik en kijk naar Sergei.

'Nee. Rivera's, maar ze werkten voor zichzelf. Waarschijnlijk hebben ze het product van Rivera gestolen, het gemengd en het onder de tafel aangeboden.'

'We werken niet met corrupte gasten, dat weet je.'

'Ik was benieuwd wat ze te bieden hadden. De prijs was goed.' Hij haalt zijn schouders op en steekt een sigaret op.

'Nou, ik ben blij dat je je pleziertje hebt gehad,' snauw ik. 'Waag dit soort shit niet nog eens, heb je me gehoord Sergei?'

'Ja, Pakhan.'

'Nog zo'n stunt en het is afgelopen met je. Jou bij de crew hebben begint meer nadelen mee te brengen dan voordelen. Breng je shit op orde en snel ook. Zoek een verdomde hobby of zoiets.'

Ik draai mijn rolstoel om en vertrek, met Pavel achter me aan. Deze puinhoop kan ik er vandaag niet bij hebben. Als hij niet m'n halfbroer was geweest, dan had ik Sergei lang geleden al gedumpt.

'Stuur een hoer naar hem toe,' zeg ik tegen Pavel als we in de auto stappen. 'Hij moet wat stoom afblazen.'

'Dat heb ik al geprobeerd. Hij heeft ze allemaal weggestuurd.'

'Hoeveel?'

'Zes.'

'Probeer een mannelijke te sturen.' Ik denk niet dat Sergei homo is, maar ik weet het niet zeker.

'Ja, dat ging ook niet zo goed.' Pavel schraapt zijn keel. 'Hij heeft hem eruit gegooid, toen is hij naar de club gekomen en brak hij mijn neus.'

'Jezus, wat moet ik met hem aan?'

'Therapie zou wellicht kunnen helpen. Misschien kent de dokter een psychiater die wat extra geld kan gebruiken.'

'De psychiater zal na een gesprek met hem uiteindelijk zelf therapie nodig hebben, Pavel. Ik denk niet dat iemand

Sergei kan helpen. Hij is een verloren zaak,' zucht ik en kijk uit het raam.

Het bed naast me zakt in en dan voel ik Romans arm om mijn middel komen en zijn lichaam omhelst me van achter. Ik vind het heerlijk als hij dat doet.

'Je hebt het diner gemist,' mompel ik in het kussen.

'Het spijt me, we hadden een probleem. Het is laat, ga maar weer slapen.'

'Maak je me morgenochtend wakker?'

'Dat zal ik doen.'

Hij kust mijn nek en houdt me stevig tegen zich aan. In slaap vallen heeft nog nooit zo goed gevoeld, zelfs niet met hoofdpijn.

'Malysh?'

'Hé,' kreun ik. 'Hoe laat is het?'

'Zeven uur.'

'Nog vijf minuten.' Mijn hoofd doet pijn, dus ik bedek mezelf met de deken, ga weer slapen en heb een droom dat ik weer op school zit. Maar dan verandert de droom. Ik heb seks met Roman, en we zitten midden in de daad wanneer er uit het niets een man met een mes tevoorschijn komt die Roman in zijn zij steekt. Ik schiet rechtop in bed en kijk om me heen. Behalve Brando, die met zijn bal in de hoek van de kamer speelt, ben ik alleen. Alles lijkt normaal te zijn.

Met het gevoel alsof er een trein over me heen is gereden, sleep ik mezelf de keuken in, zet de koffiepot aan en ga naar de badkamer. Gedoucht en gekleed in een spijkerbroek en een topje, pak ik een schaaltje en maak wat ontbijt klaar. Volgens de klok aan de muur is het twaalf uur, wat betekent dat ik over een uur bij mijn manicureafspraak moet zijn. Een meisje zou zich op moeten tutten voor de zakenpartners van haar man, maar ik ben te moe, dus tussen twee lepels cornflakes door bel ik hen op en annuleer de afspraak. Ik zal een andere keer voor trofeevrouw spelen. Misschien moet ik Varya zoeken en kijken of ze iets tegen mijn hoofdpijn heeft.

Op het moment dat ik beneden de keuken binnenkom, gaat het geluid van zilverwerk en kletterende potten dwars door mijn hoofd heen. Ik denk dat de voorbereidingen voor het diner van vanavond in volle gang zijn. Igor schreeuwt naar Valentina en wijst naar het fornuis. Varya zit aan de tafel in de hoek de schalen te poetsen. De gedachte, nog veel langer aan deze chaos onderworpen te zijn, is onverdraaglijk. Roman heeft waarschijnlijk wel iets tegen mijn hoofdpijn. Ik verlaat de keuken en ga naar de andere kant van het huis.

Ik vind Roman, die achter zijn bureau zit, het oppervlak is bezaaid met papierwerk. Ik had nooit gedacht dat het zo... bureaucratisch zou zijn om hoofd van een misdaadorganisatie te zijn.

'Heb je iets tegen hoofdpijn?' vraag ik vanuit de deuropening.

'Kast in mijn badkamer.' Hij kijkt op. 'Is alles goed?'

'Ik denk dat ik kou heb gevat. Niets ernstigs.'

Roman legt de papieren neer, en gebaart me met zijn hand om naar hem toe te komen. 'Kom hier.'

'Het gaat goed.' Ik rol met mijn ogen, maar ga toch op zijn schoot zitten.

'Heb je nog andere symptomen?' Hij legt zijn handpalm op mijn voorhoofd en dan op mijn wang. 'Neem een pil en ga liggen. Ik moet hier een paar dingen afmaken en dan kom ik naar boven.'

'Ik voel me prima, Roman. Het is gewoon hoofdpijn.'

Hij leunt naar voren, kust me, en dat laat alles een beetje beter voelen. Shit, ik ben stapelgek op deze man.

'Naar boven. Nu, Nina.'

'Nou, omdat je het zo aardig vraagt.' Ik kus hem snel op de wang en sleep mezelf terug naar mijn kamer.

Roman

De lichten zijn uit als ik mijn suite binnenkom. Ik heb me mee laten slepen door het werk en was bijna het diner vergeten. Dushku en Tanush komen over een uur aan, en ik had verwacht dat Nina bezig zou zijn om zich klaar te maken, maar het lijkt erop dat er niemand is.

Ik doe het licht aan en pas dan zie ik haar op de bank liggen, opgekruld onder een deken. De hond slaapt naast haar voeten. Ik rol mezelf naar de bank en reik naar voren om haar gezicht aan te raken. Ze beweegt zich en opent langzaam haar ogen.

'Is het tijd voor het diner?' mompelt ze en gaat rechtop zitten. 'Ik moet douchen en me klaarmaken.'

'Je gaat nergens heen. Je gloeit helemaal.' Ik pak de telefoon en bel Varya, en vraag haar om een thermometer en om Tylenol mee te nemen. 'Ga liggen. Ik zal wat water voor je pakken.'

Ik ga naar de keuken en pak een glas en een fles water uit de koelkast. Nina ligt weer op de bank, haar lichaam ligt onder de deken en ze ziet er zo klein uit.

'Ik heb het gevoel dat iemand me heeft opgegeten en weer uit heeft gespuugd,' mompelt ze. 'Het spijt me, schat, maar ik denk niet dat ik het diner aankan.'

Het kooswoordje dat ze gebruikt, doorboort mijn borst. Het is de eerste keer dat ze het zegt zonder de rol voor de mensen om ons heen te spelen. Ze realiseerde zich waarschijnlijk niet eens dat ze het zei, maar het telt nog steeds.

De deur gaat achter me open en Varya komt binnen met een potje Tylenol. Ze gaat op de bank zitten en neemt Nina's temperatuur op.

'Ga je klaarmaken.' Ze beweegt met haar hand. 'De gasten arriveren in minder dan een uur. Ik zal bij haar blijven.'

Tanush en Dushku zijn op tijd. Ik neem ze mee naar de eetkamer en wuif naar de vier stoelen aan mijn linkerkant. Tanush claimt de stoel die het dichtst bij me staat, en zijn nieuwste vrouw, die waarschijnlijk even oud is als zijn dochter, gaat stilletjes naast hem zitten. Ik heb medelijden met het arme meisje. Zelfs onder al haar make-up en tonnen sieraden, kan ik voelen hoe bang ze is. Dushku's vrouw is van een ander ras.

Zowel groter als breder dan haar man. Het gerucht gaat dat ze alle financiële zaken van haar man afhandelt.

Maxim en Dimitri bevinden zich aan mijn rechterkant en de stoel aan mijn andere zijde is leeg. Ze weten dat het voor Nina bedoeld is, en ook al komt ze niet, niemand durft haar plaats in te nemen. Mijn idioot van een oom, die als laatste arriveert, lijkt zijn verstand te hebben verloren, omdat hij rechtstreeks naar Nina's stoel loopt. Gelukkig voor hem, kijkt hij net op tijd op voordat hij naar de stoel reikt. Als hij de blik op mijn gezicht ziet, draait hij zich snel om en neemt hij plaats naast Dimitri.

Ik knik naar Valentina en Olga, die de tafel naderen en met het inschenken van de drankjes beginnen. We hebben heel vaak van dit soort diners gehad, dus ze weten hoe het moet.

'En waar is je jonge vrouw, Petrov?' vraagt Tanush terwijl hij zijn tweede whisky drinkt.

'Mijn vrouw zijn jouw zaken niet.'

'Jammer. Ik had haar graag willen ontmoeten. Om zelf het meisje te zien dat erin is geslaagd om de grote slechte Roman Petrov te vangen.' Hij lacht. 'De dingen die ik heb gehoord, hmm... Ik vraag me af of ze eigenlijk wel bestaat.'

Ik kijk naar de klootzak en ik vraag me af of ik hem ter plekke open moet rijten.

'Het eten is er,' zegt Maxim, die waarschijnlijk het leven van de idioot heeft gered. 'Laten we beginnen voordat het vlees koud wordt.'

Olga snelt zich naar voren en zet de grote schalen in het midden van de tafel neer, terwijl Valentina rondloopt om drankjes bij te vullen. Naast de wijnfles ligt een steakmes. Ik grijp ernaar en schuif het dichter naar mijn bord. Maxim verontschuldigt zich en verlaat de tafel, maar ik let niet op waar hij heengaat, aangezien mijn blik op Tanush gericht is. Ik heb het gevoel dat we de tapijten toch weer gaan vervangen.

Nina

De pillen begonnen zo'n twintig minuten geleden te werken en ik begin me weer normaal te voelen. Mijn hoofd doet nog steeds een beetje pijn en mijn keel eveneens, maar het is veel beter dan vanmiddag.

'Ik voel me wat opgeknapt. Je zou naar beneden moeten gaan,' zeg ik tegen Varya die niet van mijn zijde is geweken sinds ze boven aankwam.

'Roman heeft gezegd dat ik hier moest blijven tot hij terug is, kind. Ik moet hem elke twintig minuten een bericht sturen met updates, anders komt hij naar boven.'

'Het gaat prima. Je hebt vanavond veel werk te doen.'

'Als ik naar beneden ga en Roman me ziet, dan zal hij boos worden. Hij vermaakt twee zeer gevaarlijke mannen en hij kan het zich niet veroorloven om afgeleid te worden.'

Varya's telefoon gaat. Ze reikt ernaar, kijkt naar het scherm en ze verstijft.

'Het is Maxim,' zegt ze en neemt de telefoon op. 'Wat is er aan de hand?'

Ze luistert even en schudt haar hoofd. 'Absoluut niet. Ze heeft de hele middag koorts gehad... Oké.' Ze geeft de telefoon aan mij. 'Maxim wil met je praten.'

Ik kijk Varya verward aan en pak de telefoon. 'Ja?'

'Kun je naar beneden komen?' vraagt hij.

'Naar het diner?'

'Niet voor lang, maar ja. Alsjeblieft.'

'Oké. Ik moet me wel douchen en omkleden.'

'Hoeveel tijd heb je nodig?'

'Dertig minuten. Hoezo?'

'Zo lang kan ik hem niet afleiden. Kun je het in vijftien minuten doen?'

'Wat is er aan de hand, Maxim?'

Er is een stilte aan de andere kant van de lijn, en dan —

'Ik denk dat Roman Tanush gaat vermoorden, en dat kunnen we nu echt niet gebruiken. Ik wil dat hij zich op iets anders concentreert.' Hij verbreekt het gesprek.

Ik kijk naar de telefoon, gooi hem op Varya's schoot en ren meteen naar de badkamer.

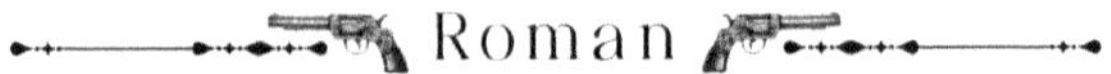

## Roman

'Je had haar moeten zien, Leonid!' Tanush houdt zijn handen voor zich. 'Haar heupen waren zo groot. Ik ga vanaf nu persoonlijk alle hoeren goedkeuren. Je kunt de klanten geen onbeproefde goederen aanbieden, toch?' Hij slaat op zijn been en lacht als een gek om zijn domme grap terwijl zijn vrouw angstig op haar stoel zit en haar gezicht met de seconde roder wordt.

Als hij weer lucht heeft, vervolgt Tanush, 'Misschien heeft Roman daarom de hand van mijn dochter voor het huwelijk geweigerd? Ik denk dat ik had moeten aanbieden om hem eerst de goederen te laten proberen.' Hij lacht weer en draait zich naar me toe. Zijn gezicht is rood en zijn ogen waterig.

Ik ben na de vijfde gestopt met het tellen van zijn drankjes, maar ik hoef niet te weten hoeveel hij heeft gehad om te zien dat hij dronken is.

'Je dochter is zeventien,' zeg ik.

'Dus? Mijn moeder is op haar vijftiende getrouwd.' Hij leunt te dicht naar mijn gezicht. 'Heb je voor het huwelijk de goederen uitgeprobeerd? Vertel me eens, was ze goed? Of misschien is je pik samen met je been opgeblazen?'

Ik heb voor vanavond genoeg gehad. Ik pak het steakmes van de tafel, waar ik het opzettelijk eerder heb neergelegd, pak Tanush bij de kraag van zijn shirt en zet het mes onder zijn keel. Varya gaat me vermoorden, maar ik zal genoegen scheppen in het afmaken van de klootzak.

'De pik van mijn man werkt uitstekend, maar bedankt voor je bezorgdheid.'

Mijn hoofd schiet omhoog. Nina staat in de deuropening en kijkt me met een opgetrokken wenkbrauw aan. Ze draagt de korte zwarte jurk, waarvan ik had gezegd dat ze die niet voor dit diner mocht dragen.

'Je hebt koorts. Ga terug naar je kamer,' snauw ik.

Tanush probeert zich los te wurmen, dus druk ik het mes nog wat meer in zijn hals, zodat het slechts een haarbreedte scheelt voordat de huid stuk gaat.

'Ik ben in orde, schat. Mag ik erbij komen zitten? Ik zie dat je een plekje voor me hebt vrijgehouden en ik heb honger.'

Nina komt dichterbij, haar hakken klikken op de vloer. Het is het enige hoorbare geluid. Ze stopt tussen mij en de lege stoel. Nadat ze voorover heeft geleund om een snelle kus op mijn wang te plaatsen, gaat ze zitten.

'U moet meneer Tanush zijn. Ik heb gehoord dat u het grootste casino van de stad bezit. Misschien kan Roman me op een dag meenemen en kunt u ons rondleiden, ik ben nog nooit in een casino geweest.' Ze lacht lief naar hem en wendt zich dan naar mij. 'Schat, zou je het mes weg willen halen? Ik probeer hier een gesprek te voeren.'

Tanush staart haar even aan en barst dan in lachen uit. Ik laat het mes langzaam zakken, geef Dimitri een discreet signaal om zijn pistool gereed te houden, en laat het shirt van Tanush los. Hij lacht nog steeds. Gekke Albanezen.

'Ik mag haar Roman! Dit is een pittige.'

'Dank u, meneer Tanush.' Nina straalt en ik schud mijn hoofd.

'Dit is mijn vrouw, Nina,' kondig ik aan en kijk haar geïrriteerd aan. 'En ze weet absoluut hoe ze een entree moet maken.'

'Bedankt, schat.' Ze streelt met haar hand over de mijne en draait zich naar Tanush. 'Hoe zorgt u ervoor dat mensen niet vals spelen in dat casino? Heeft u camera's die de tafels in de gaten houden of...?'

Tanush luistert naar Nina en beantwoordt haar vragen. Ze vraagt expres belachelijke dingen die iedereen af en toe laat grinniken, waardoor de sfeer licht blijft. Als ze zich afvraagt of de ventilatieopeningen van het casino bedekt zijn met camera's, kijkt iedereen haar aan en barsten ze in lachen uit terwijl ze uitlegt dat in films dieven die casino's overvallen altijd via de ventilatieopeningen binnenkomen.

Ze is in haar element, en ze speelt haar rol van een naïeve en een beetje trage vrouw perfect, maar ik kan de wallen onder haar ogen zien, die ze met make-up heeft proberen te bedekken. Het is duidelijk tijd om het einde van dit idiote diner aan te kondigen en de Albanezen naar huis te sturen.

Nina

Wanneer de deur van Romans suite achter me sluit, adem ik langzaam uit en laat ik uiteindelijk mijn schouders zakken. Ik voel me klote.

'Doe dat nooit meer,' zegt Roman tussen zijn tanden door, en rolt naar me toe totdat ik tussen zijn benen sta.

'Wat bedoel je precies?'

'Waar zal ik verdomme beginnen?' blaft hij, met trillende neusvleugels. 'Dat je met koorts naar een verdomd diner komt. Of dat je jezelf in gevaar brengt. Het scheelde een haartje of we hadden daar beneden bloedvergieten gehad, en jij loopt er gewoon middenin!'

'Het spijt me dat ik je van streek heb gemaakt.'

Roman knarst met zijn tanden. Hij is echt boos.

'En je had die jurk aan.' Hij leunt naar voren en grijpt me om mijn middel. 'Vanaf nu draag je die jurk alleen nog voor mij. Is dat duidelijk?'

Ik doe mijn best om mijn grijns te verbergen. En het mislukt.

'Oké, holbewoner.' Ik sla mijn handen om zijn nek en geef hem een kus op zijn mond. 'Je bent lief, weet je dat?'

'Ik ben niet lief, Nina. Ik ben verdomme woedend.'

'Maar toch...' Ik geef een kus op zijn voorhoofd, en dan nog een op zijn harde kaak. 'Je bent heet als je boos bent.'

'Probeer je me te manipuleren?'

'Ja.' Nog een kus, deze keer aan de andere kant van zijn kaak. 'Werkt het?'

'Misschien.' Hij pakt mijn gezicht in zijn handpalmen en duwt zijn mond tegen de mijne. 'Ga in bed liggen. Je temperatuur gaat weer omhoog, ik zal wat Tylenol pakken.'

Hij is onuitstaanbaar.

Het is drie dagen geleden sinds het diner met de Albanezen en Roman behandelt me nog steeds alsof ik in bed zou moeten liggen. Ik vond dat bemoederen van hem op de eerste dag nog schattig, hoewel mijn koorts afgenomen was en ik me weer normaal voelde. Nu kan ik hem wel wurgen.

'Ik ga niet nog een dag naar Netflix kijken en jij werkt niet meer vanuit de woonkamer.' Ik prik met een vinger in zijn borst. 'Je neemt je laptop mee en gaat naar beneden naar je kantoor, en je doet het nu. Ik meen het Roman.'

'Op het moment dat ik de deur uit ben, ga jij aan het werk.'

'Ik moet in vier dagen tijd nog vier stukken afmaken. Natuurlijk ga ik aan het werk. Je hebt me drie dagen op een bank door laten brengen.'

'Je had koorts.'

'Drie dagen geleden!' Ik gooi mijn armen in de lucht en mijn ogen schieten vuur. 'Het gaat prima. Ga alsjeblieft gewoon naar beneden en laat me werken.'

'Oké. Maar ik *zal* je in de gaten houden. Als ik je weer betrap op het missen van de lunch —'

'Dank u, Jezus.'

Hij volgt me met zijn ogen terwijl ik naar mijn werkruimte marcheer en mijn verf op de tafel naast de ezel begin voor te bereiden. Ik moet meer zwarte verf kopen aangezien ik met mijn laatste tube bezig ben, omdat ik het meeste van mijn voorraad op de grote jongen heb gebruikt. Nog een paar tubes rood kan ook geen kwaad. Ik heb net mijn kwast in de verf gedoopt als ik Romans lippen op de gevoelige plek in mijn nek voel landen.

'Je bent iets vergeten,' fluistert hij en stopt zijn gezicht in mijn haar.

'Oh? En wat zou dat kunnen zijn?'

'Een kus.'

Ik laat de kwast vallen, draai om en kom tot de ontdekking dat hij boven me hangt. Ik deins niet terug, en er is geen gevoel van paniek. Roman zo dichtbij, terwijl hij boven me uit torent, triggert me al een tijdje niet meer. Ik weet niet eens precies op welk moment dat omsloeg.

'Je bent zo veeleisend.' Ik pak zijn gezicht in mijn handen en breng zijn lippen naar de mijne.

'Ik weet het.' Hij kust me weer. 'Zorg ervoor dat je wat lunch eet. En bel me als je iets nodig hebt.'

Als Roman vertrekt, dompel ik mezelf onder in mijn werk en stop alleen om naar het toilet te gaan. Tegen lunchtijd heb ik nog een stuk gedaan. Brando was onrustig; hij heeft minstens een uur rond lopen rennen en ligt nu eindelijk opgerold in zijn hondenmand. Misschien kunnen we een wandeling maken en nog eens proberen om in Leonids kamer te komen.

De laatste paar keer dat ik het probeerde, was er altijd iemand in de buurt.

In mijn kamer pak ik de kleine rode bal en het zwarte afluisterapparaat van het nachtkastje en fluit. Brando springt op in zijn hondenbed en zodra hij de bal ziet, begint hij om mijn benen te rennen. Terwijl ik het afluisterapparaat in de achterzak van mijn jeans stop, verlaat ik Romans suite met Brando op mijn hielen en ga ik naar de westvleugel.

Een van de dienstmeisjes komt net Kostya's kamer uit als ik de lift bereik. Ze ontsluit Leonids kamer en gaat met een dweil en schoonmaakspullen in de hand, naar binnen. Bingo.

Ik gooi de bal naar de andere kant van de gang en laat Brando hem een paar minuten achternazitten. Als ik zeker weet dat er niemand in de buurt is, pak ik de bal van Brando en lanceer hem regelrecht in Leonids kamer. Zoals verwacht rent hij achter de bal aan.

Er komt een mix van geluiden uit de kamer. De dienstmeid begint te schreeuwen. Brando blaft. Iets raakt de grond. Meer geblaf.

'Brando,' roep ik, maar ik verwacht niet dat hij komt. Als er een bal bij betrokken is, verdwijnt al zijn training. Heel handig.

Ik ren de kamer in en zie het dienstmeisje ineengedoken in de hoek zitten, terwijl ze de dweil in een defensieve houding voor zich houdt. Brando negeert haar volledig en jaagt achter de bal aan onder de kleine salontafel in de hoek. Ik buk me alsof ik de bal wil pakken en stoot met mijn heup tegen de tafel, die wiebelt en op zijn zijkant valt. Een grote glazen fles drank valt op de grond en klapt uit elkaar. Brando jankt en rent weg om zich onder het bed te verstoppen.

'Pak snel een stoffer en wat doeken,' zeg ik tegen de

dienstmeid en kniel tussen het bed en de kast alsof ik de hond wil pakken.

Zodra ze uit het zicht is, pak ik het afluisterapparaat uit mijn zak en kijk ik rond. De meeste lege stopcontacten zijn in het zicht, verdomme. Ik beslis bijna om er een naast de omgekeerde tafel te gebruiken als ik een leeg stopcontact zie die zich tussen de kast en het dressoir bevindt. Geen elektrische apparaten in de buurt. Het moet maar. Ik reik met mijn hand naar voren en steek het afluisterapparaat erin wanneer ik snel naderende voetstappen hoor.

'Kom op schatje, het is goed. Kom bij mama,' kir ik, onder het bed reikend om Brando te pakken.

'Wat doe jij hier?' zegt Leonid van achter me.

Ik pak de geschrokken hond en sta op om Romans oom onder ogen te komen, die bij de deuropening staat en er kwaad uitziet.

'Oh, Brando was naar binnen gerend achter de bal aan en hij heeft de tafel om gegooid. Het spijt me zo, Leonid. Het zal niet meer gebeuren!'

Hij kijkt Brando vol afschuw aan en beweegt met zijn hoofd naar de deur.

'Haal dat beest hier weg,' snauwt hij.

Ik buk me om de bal van de vloer te pakken en ren dan de kamer uit.

Achter mijn rug mompelt Leonid, 'Idioot.'

Glimlachend keer ik terug naar Romans suite.

Eenmaal binnen laat ik mijn lippen zich tot een grijns strekken, pak een zakje met hondensnoepjes van het aanrecht en geef Brando een dubbel rantsoen.

'Brave jongen.'

Er liggen minstens een dozijn verschillende outfits op mijn bed verspreid als ik probeer te bedenken welke ik voor de tentoonstelling van vanavond moet kiezen. Het is me net op tijd gelukt om de laatste schilderijen af te krijgen. Mark had bijna een hartaanval toen ik hem vertelde dat ik wat veranderingen moest aanbrengen in de grote jongen en het niet eerder dan vanmorgen zou versturen. Hij heeft minstens tien minuten geklaagd over het feit dat hij het niet in de catalogus kon opnemen. Ik heb het liever op die manier. Ik wil Romans reactie zien als hij het voor het eerst ziet.

Ik kies voor een zwarte leren broek en een groen, zij-deachtig shirt, leg ze over de stoel en laat de rest van de kleren op het bed liggen. Ik heb toch al een hele tijd niet in deze kamer geslapen. Al mijn spullen zijn hier, want behalve slapen in Romans bed, ben ik niet van plan om bij hem in te trekken. Oké, dat klinkt heel vreemd, aangezien ik wel bij hem woon.

'Dit is zo raar,' mompel ik terwijl ik bij de toilettafel ga zitten en make-up begin aan te brengen.

Mijn telefoon gaat, en ik neem het telefoontje aan zonder te kijken wie er belt.

'Nina, is alles goed?'

Als ik had geweten dat het mijn moeder was, dan had ik hem laten rinkelen. 'Ja.'

'Je ontwijkt mijn telefoontjes al weken.'

'Nogmaals, ja. Ik zie het nut niet van dit telefoontje, mam.'

Ze zegt even niets en dan verrast ze me. 'Je vader en ik willen vanavond graag naar de galerie komen. Als je dat goed vindt?'

Ik kijk naar mijn spiegelbeeld en vraag me af of ik haar goed heb gehoord. Mijn moeder is nog nooit naar mijn exposities gekomen. Ze heeft ooit gezegd dat mijn kunst haar bang maakt.

'Ik weet niet zeker of dat een goed idee is,' zeg ik ten slotte.

'Waarom niet?'

'Ten eerste is deze collectie nogal duister. Ik wil niet dat je een maagzweer krijgt. En ten tweede, zal Roman er zijn.'

'Ja, over je man gesproken. Ik ben... Het spijt me voor wat ik laatst heb gezegd. Het is alleen... Ik was verrast en heb een paar nare dingen gezegd. Het is soms moeilijk om je te begrijpen, Nina.'

Ik sluit mijn ogen en zucht. 'Het spijt me dat ik niet de persoon kan zijn die je wilt dat ik ben, mam. Ik heb het je nooit makkelijk gemaakt, dat weet ik. Maar ik ben wie ik ben. Als je er niet mee om kunt gaan of mijn keuzes niet accepteert, dan is dat oké. Bel me dan gewoon niet meer. Maar als je mijn leven en mijn keuzes zonder verwijten en onnodig commentaar kunt accepteren, dan ben je van harte welkom om vanavond te komen.'

'Oké lieverd. We zullen er zijn.'

Ik beëindig het gesprek, maar staar naar de telefoon in mijn hand. Waarom zou ze zo plotseling van gedachten veranderd zijn? Ik ga door mijn telefoon, zoek mijn vaders nummer en bel hem.

'Nina?'

'Je hebt het mam verteld, nietwaar?' vraag ik.

'Ja.'

'Jezus, pap!' Ik zak in de stoel en leg mijn hand over mijn ogen.

'Ik moest het haar vertellen, Nina. Ze zou je blijven ondervragen, dus ik heb het haar verteld zodat ze het moest begrijpen.'

'Wat begrijpen?'

'Waarom je met die man bent. Ik... Ik heb haar verteld wat ik heb gedaan, en dat je met hem bent getrouwd, omdat ze me anders zouden vermoorden. Ik heb haar uitgelegd dat je moet doen alsof.'

'Nou, dat doe ik niet.'

'Wat?'

'Ik doe niet alsof, pap. Dat doe ik al een hele tijd niet meer,' zucht ik. 'Ik ben verliefd op hem.'

'Nina! Hij is een moordenaar. Ben je gek geworden?'

'Misschien wel, maar het maakt niet uit. Wat er wel toe doet, is dat je dat aan moeder uit gaat leggen. En als het niet goed zit voor jullie beiden, dan wil ik jullie vanavond geen van beiden zien.'

Ik hang op, gooi de telefoon in mijn tas en ga verder met het aanbrengen van mijn make-up.

 Roman

Ik rol dichter naar het schilderij toe en leun achterover, terwijl ik het aanschouw. In de hele galerie zijn de grote lichten gedempt. Er zijn slechts enkele brede spots boven elk schilderij om de ruimte te verlichten. Het past goed bij de donkere sfeer van Nina's kunst. Ik heb de meeste stukken bekeken toen ze nog bij mij thuis waren, maar door ze op deze manier tentoon te stellen krijgen ze een krachtigere uitstraling.

Het schilderij voor me toont een spiegelreflectie van een bleke vrouw met lang donker haar, die een stuk materiaal tegen haar borst vasthoudt. In de ruimte achter haar doemen verschillende gezichtloze hoge figuren op, hun handen zijn uitgestrekt. Alles is in grijstinten en zwart gedaan, behalve de jurk die de vrouw vasthoudt, die is felgroen.

Voordat ik naar het volgende stuk ga, werp ik een blik naar de andere hoek van de kamer, waar Nina naast een kleine jonge man met een terugtrekkende haarlijn staat. Mark, de 'pooier'. Ze praten ergens over, en ik let even op hun lichaamstaal. Nina kijkt op en als ze ziet dat ik naar haar kijk, glimlacht ze. Ze zegt iets tegen Mark en loopt naar me toe. Ik kijk naar haar katachtige lichaam die in een leren broek gekleed is terwijl ze op torenhoge hakken heen en weer wiegt. Voor iemand die zei dat ze het niet leuk vindt om hakken te dragen, doet ze het prima. Die dingen zijn belachelijk — minstens acht centimeter hoog, waarschijnlijk meer.

'Dus, wat vind je ervan?' vraagt ze en knikt naar het schilderij.

Ik pak haar hand, til hem op naar mijn lippen en plaats

een kus op de bovenkant van haar vingers. 'Ze zijn geweldig, malysh.'

Ze grijnst en leunt naar me toe. 'Dat zeg je alleen maar om me in bed te krijgen.'

'Je komt meestal uit eigen beweging naar mijn bed. Maar als je erop staat, kan ik je er vanavond zelf naartoe slepen.'

'Ik sta erop.' Ze kijkt me door halfgesloten ogen aan en bijt op haar lip — mijn kleine verleidster.

'Als je zo naar me blijft kijken,' — ik neem haar kin tussen mijn vingers en trek haar hoofd naar me toe — 'dan ga je je eigen tentoonstelling missen, Nina.'

'Dat klinkt helemaal niet slecht, Pakhan.'

Ik grijp haar om haar middel en trek haar op mijn schoot. Nina lacht, slaat haar armen om mijn nek en steekt haar vingers in mijn haar.

'Ik neem je mee om afscheid te nemen en dan gaan we naar huis,' zeg ik en druk mijn mond tegen de hare.

'Kan niet,' fluistert ze tegen mijn lippen, 'je hebt de grote jongen nog niet gezien.'

Ik grom naar haar.

'Serieus, Roman?' Ze kust me weer. 'Gaan we nu met dierengeluiden beginnen? Wat zullen de mensen denken?'

'Mensen kunnen de pot op.'

In mijn ooghoek zie ik Samuel Grey, met zijn vrouw aan zijn arm, ons behoedzaam naderen. 'Je ouders zijn er.'

Nina kijkt op, maar maakt geen aanstalten om van mijn schoot af te gaan. In plaats daarvan blijft ze met mijn haar spelen terwijl ze hen aan ziet komen.

'Meneer Petrov,' zegt haar vader wanneer ze naderen. Haar moeder knikt alleen, haar ogen zijn op Nina's hand gericht die nog steeds in mijn haar zit.

'Gewoon Roman, alsjeblieft,' zeg ik en kijk naar Nina's moeder. 'Dus, wat vind je van Nina's nieuwste werk, Zara?'

Ze knippert met haar ogen, zichtbaar gespannen, en biedt me dan een glimlach aan, zo nep dat het die van Barbie had kunnen zijn.

'Het is... leuk,' zegt ze en kijkt naar Nina. 'We wilden een van je schilderijen kopen.'

Nina staart haar leeg aan.

'Misschien iets zonder dode kippen. Als het kan,' voegt haar moeder eraan toe.

'Je hoeft niets te kopen,' zegt Nina, terwijl ze nog steeds met een beetje verwarring naar haar moeder kijkt. 'Kies gewoon degene die je wilt en vertel het aan Sally. Ze is de vrouw met de rode rok bij de ingang. Alles behalve de grote in de kamer hiernaast is te koop.'

'We hebben het al gevraagd toen we binnenkwamen,' springt Samuel bij. 'Ze zei dat alle schilderijen al verkocht zijn.'

'Dat kan niet waar zijn, we zijn net tien minuten geleden geopend,' mompelt Nina en ze kijkt me aan. 'Ik moet even gaan kijken wat er aan de hand is.'

Ze klimt van mijn schoot en haast zich naar de vrouw aan de andere kant van de kamer.

Ik wend me tot haar moeder. 'Kies degene die je leuk vindt en vertel Sally dat ik het heb goedgekeurd.'

Zara Grey kijkt me verrast aan. 'Heb jij ze gekocht?'

'Natuurlijk heb ik dat gedaan.' Ik knik en kijk naar waar Nina bij de curator staat. 'Weet je vrouw het, Samuel?'

Hij inhaleert scherp en uit dan een gesmoorde, 'Ja.'

'Goed. Maar jullie moeten iets weten,' zeg ik en draai me om om ze aan te kijken. 'De deal is van tafel.'

'Van tafel?' Hij slikt en houdt snel zijn trillende handen voor zich vast. 'Wat betekent dat?'

Ik bestudeer hem, dan verplaats ik mijn blik naar Nina's moeder die me met angst in haar ogen aanstaart. 'Het betekent dat ik jullie dochter houd.'

Ik pak de wielen van mijn stoel en ga naar Nina, terwijl haar ouders voor het schilderij van een meisje in de groene jurk staan.

'Sally zegt dat een anonieme koper alle schilderijen heeft gekocht!' zegt Nina zodra ik dichterbij kom.

Ik slaag er amper in om mijn gezicht in de plooi te houden. 'Wat een egoïstische klootzak.'

'Precies.' Ze knikt. 'Het is maar goed dat ik Mark heb gezegd om de grote jongen meteen als niet te koop aan te merken.'

'Waarom niet?'

Ze glimlacht stiekem naar me. 'Die is voor jou.'

Ik staar haar aan en knars met mijn tanden. 'Waar is het?'

'In de andere kamer, om de hoek, maar... waar ga je heen, Roman, wacht!'

Ik negeer haar en blijf zo snel als maar kan met mijn stoel naar de kamer rijden die ze aangaf. We hadden afgesproken dat het zelfportret geen onderdeel van de tentoonstelling zou worden. Ik zal het verdomme niet toestaan dat iemand het krijgt te zien. Ze halen het meteen weg, of er vallen nog doden.

'Roman!' Nina's hakken klikken achter me terwijl ze me probeert te volgen. 'Het is niet degene waar ik naakt ben!' schreeuwt ze naar me.

Plotseling is er absolute stilte in de galerie. Ik stop, draai me om en zie minstens vijftien mensen, waaronder Nina's ouders, die haar met een schok op hun gezicht aanstaren.

Ze lijkt het niet te merken en komt met haar handen op haar heupen voor me staan. 'Waarom moet je altijd een scène maken?'

Ik trek mijn wenkbrauwen op. 'Je hebt de hele galerie net laten weten dat er een schilderij van je is waarop je naakt bent, en *ik* ben degene die een scène maakt?'

Ze knippert met haar ogen, kijkt over haar schouder naar de mensen die haar nog steeds aanstaren en grinnikt. 'Oeps.'

'Ja.' Ik knik met mijn hoofd. 'Laten we dat schilderij gaan bekijken voordat ik ontplof, want er zijn minstens tien mannen die zich je nu zonder kleren voorstellen.'

Ze giechelt en beweegt naar links. 'Deze kant op.'

We gaan de hoek om en een apart gedeelte van de galerie binnen. Het is bijna net zo groot als het eerste deel, maar er is hier maar één schilderij te zien. Drie spots verlichten het van bovenaf. De tentoonstelling is net geopend, dus er zijn hier maar twee mensen. Ze staan aan de zijkant, wat me een onbelemmerd beeld van de compositie geeft.

Net als Nina's andere werken is het voornamelijk in grijs en zwart gedaan, maar de vormen zijn hier scherper en herkenbaarder. Het hele onderste deel toont stapels stenen, delen van gebouwen en verschillende brokstukken. Hier en daar zijn wolken van rook in witte verf gemaakt. Boven de centrale puinhoop doemt een eenzaam figuur met enorme duivelshoorns op. Hij is ook in het zwart geschilderd met grijstinten en hij heeft een enorme voorhamer in zijn rechterhand alsof hij halverwege een zwaai is. Het gezicht van het figuur is niet zichtbaar, omdat hij een enorme rode helm draagt in de vorm van de kaken van een wolf, en een lange rode mantel zweeft achter hem. Het is geweldig.

'Waarom maakt hij alles kapot?' vraag ik, niet in staat om mijn ogen van de scène af te wenden.

'Ik denk omdat hij dat kan.'

'Wat ligt er om hem heen verspreid? Ruïnes van een stad?'

'Niet echt. Het is een metafoor.'

'Voor wat?' vraag ik.

Nina leunt naar me toe en fluistert in mijn oor, 'Voor mijn arme gestoorde geest. Of wat er ook van over is nadat je het zo vakkundig hebt gesloopt, Roman.'

Met een ruk beweeg ik mijn hoofd opzij, staar ik naar Nina en verwerk wat ze net heeft gezegd. Ik wil dat ze het uitlegt, maar ze staat daar gewoon, naar het schilderij te kijken. Ik haak een vinger aan de riemlus op haar broek en draai haar naar me toe. 'Leg uit.'

'Je bent een slimme man, Roman. Denk erover na en je zult zelf tot een conclusie komen.' Ze kust me en draait zich dan naar Mark die vanaf de ingang naar haar zwaait, terwijl ze mij achterlaat om naar het schilderij voor me te staren.

*Hoofdstuk*

**13**

Nina

'IETS GEVONDEN OP DE OPNAME UIT LEONIDS KAMER?' vraag ik en zet de mixer aan.

Ik heb besloten om voor het diner piroshki te maken. Roman zegt dat ik hem vet wil mesten. Alsof dat met zijn trainingsschema zou kunnen gebeuren. Ik ben op een ochtend naar de fitnessruimte gegaan waar hij pull-ups aan het doen was en het was een lust voor het oog om te zien. De man heeft een six-pack waarvan ik eerder dacht dat het alleen met Photoshop kon worden bereikt. Daarna begon ik om zeven uur op te staan, zodat ik om acht uur naar de fitnessruimte kon gaan, en mijn ochtendkoffie kon drinken terwijl ik naar hem keek. Sinds ik met deze routine ben begonnen, slaagt hij er zelden in om een hele training af te maken, omdat ik hem meestal naar de slaapkamer sleep. Wat zal ik zeggen? Ik word geil als ik hem zie trainen. Hij klaagt niet, dus ik denk dat hij het niet erg vindt dat ik wat van zijn tijd steel.

Roman is de afgelopen twee weken in een nare bui geweest

en ik ben er vrij zeker van dat het komt doordat hij niet van de opnames krijgt wat hij gehoopt had. Ik heb niet gevraagd waar hij specifiek naar op zoek is, maar ik heb mijn vermoedens.

Ik voel een streling van lippen in mijn nek, en dan een kus op mijn schouder.

'Nog steeds niets.'

'Weet je zeker dat je oom degene is die geprobeerd heeft om je te vermoorden?' vraag ik en zijn vingers verstijven in mijn nek. 'Het is niet zo moeilijk te raden, Roman.'

'Ja. Dat is de reden dat ik je niet in zijn buurt wil hebben, tenzij ik bij je ben.'

'Wat zou hij met me doen? Ik ben... niemand.'

Wat ik wilde zeggen is, 'Ik ben toch over een paar maanden weg,' maar ik kan mezelf er niet toe aanzetten om de woorden te zeggen. Het doet te veel pijn om erover na te denken, dus doe ik dat niet. Ik ben uitzonderlijk goed in het negeren van dingen die ik niet prettig vind.

'Je bent mijn vrouw. Jou pijn doen zou betekenen dat het mij pijn doet.'

Ja. De vrouw van de pakhan onder zijn neus laten vermoorden zou in de ogen van zijn partners en ondergeschikten geen mooi beeld geven.

'Ik zal voorzichtig zijn.'

'Goed.' Hij kust mijn schouder weer. 'Laat dat ding in de koelkast staan. Kleed je om. Ik neem je mee naar Oeral.'

'De berg?'

'Een van mijn clubs.'

'Een van...?' Ik staar hem aan en lach. 'Man, ik heb het goed gedaan. Ik ben zo'n geldwolf. Mijn moeder zal echt blij zijn als ze het hoort.'

'Hoezo?'

'Ze heeft me onder andere altijd geadviseerd om rijk te trouwen. Ik denk, dat ik die raad van de lijst af kan strepen.'

'En wat zijn de andere dingen.'

'Een diploma in economie behalen. Niet op mijn nagels te bijten. Mijn haar blond verven.'

'Van je haar blijf je af.'

'Geen fan van blondines?'

'Nu niet meer.' Hij buigt zich voorover tot zijn neus de mijne raakt. 'Ga je omkleden.'

'De zwarte jurk?'

'Niet als je van plan bent om deze vleugel te verlaten, Nina.'

Niet meer dan een half uur om me klaar te maken, is mijn gebruikelijke werkwijze. Ik besluit echter om het vanavond een tandje hoger te zetten en besteed nog vijftien minuten aan het aanbrengen van make-up. Ik wil er op mijn best uitzien voor het geval we een ex van Roman tegenkomen. Het is ijdel, ik weet het, maar het kan me niet schelen.

Ik vind Roman in de keuken. Hij leunt tegen het aanrecht, terwijl hij zichzelf met een kruk in de linkerhand ondersteunt. In de andere houdt hij een glas whisky vast.

Zijn been wordt beter. Hij gebruikt de rolstoel al een hele tijd niet meer, als hij in de suite is. Hoewel ik hem nog steeds de stok niet heb zien gebruiken. Ik weet dat hij aan het oefenen is, maar als ik het vraag, zegt hij dat hij niet wil dat ik hem rond zie hobbelen. Het is stom, maar ik zet hem niet onder druk.

Ik bekijk hem van top tot teen, ervan genietend hoe heet

hij is in een nette zwarte broek en shirt dat zich op de meest zondige manier om zijn lichaam vormt.

'Mijn hemel, iemand ziet er vanavond sexy uit.' Ik leg mijn handen op zijn borst en trek zijn shirt recht. 'Waar is je rolstoel?'

'Geen rolstoel vanavond.'

Mijn ogen worden groot bij zijn woorden. Dit is een enorme prestatie. 'Weet je het zeker?'

'Ik weet het zeker.'

Ik slaak een kreet van vreugde en kus hem.

'Ik ben zo blij voor je, schat.' Ik veeg een verdwaalde lok van zijn voorhoofd. 'De mannen zullen gek worden als ze je zien!'

Olga ziet Roman als eerste en de uitdrukking op haar gezicht is onbetaalbaar. Ze is aan de andere kant van de gang voor Ivans deur als ze ons aan hoort komen. Haar ogen puilen uit en de stapel geperste handdoeken die ze in haar armen draagt, valt op de grond.

Ik onderdruk een glimlach, probeer mijn gezicht neutraal te houden en volg Roman de lift in. Zijn manier van lopen is enorm verbeterd sinds hij op zijn nieuwe krukken is overgestapt. Het is bijna normaal. Misschien iets langzamer dan voor het ongeluk, maar het maakt niet uit. Ik heb gezien hoe zijn knie eruitziet. Het is een wonder dat hij zo ver is gekomen.

Als we de lift verlaten, komen Ivan en een van de bewakers vanuit de richting van de keuken gelopen. Ik denk dat ze vanavond met ons meegaan. Ze zien Roman en bevriezen halverwege. Ivan heeft zichzelf als eerste weer in de hand en komt naar ons toe.

'Pakhan. Nina Petrova.' Hij knikt en gaat ons voor om de deur te openen.

Met een zijdelingse blik zie ik Valentina aan de andere kant van de hal, met haar mond open, om de hoek gluren. Er is geen twijfel over mogelijk dat tegen de tijd dat we terug zijn iedereen het nieuws al gehoord zal hebben.

De club is groter dan ik had verwacht en het beslaat de hele begane grond van een glazen gebouw met drie verdiepingen. Het lijkt alsof we te vroeg zijn aangekomen, omdat er maar een paar mensen buiten wachten; maar als de uitsmijters de dubbele glazen deuren voor ons openen en we binnenkomen, zie ik tot mijn verbazing dat er al een grote menigte binnen is. De meeste mensen bevinden zich rond hoge tafels langs de zijkanten van de ruimte. Ik verwacht dat we er zelf bij een zullen stoppen, maar we steken de grote ruimte over naar een paar deuren. Twee mannen staan aan beide kanten en openen ze zodra we dichterbij komen. We worden op dezelfde manier begroet als bij de ingang.

'Pakhan,' zeggen ze eerst naar Roman en dan naar mij knikkend. 'Mevrouw Petrova.'

Ik ben een beetje in de war door hun gedrag, omdat ik niet had verwacht dat iemand van mijn bestaan zou weten.

Deze tweede ruimte is kleiner, maar veel weelderiger. In plaats van hoge tafels bevinden zich rond de kamer vijf halfronde zithoeken; twee kleinere aan elke kant en een enorme, die waarschijnlijk plaats kan bieden aan tien personen, in het midden van een klein, verhoogd platform. Ivan, die de hele tijd voor ons heeft gelopen, loopt naar de grote cabine en gaat aan de rechterkant staan, zijn handen achter zijn rug geklemd. Heel even maak ik me zorgen hoe Roman de twee treden op het platform op zal lopen, maar hij redt het zonder problemen. Hij draait zich om en biedt me zijn hand aan, en ik stap achter hem aan. De bewaker voegt zich bij ons aan de linkerkant van de cabine en neemt dezelfde positie in als Ivan.

'Ik voel me vreemd,' fluister ik als ik in het midden van de cabine naast Roman ga zitten.

'Waarom fluister je?'

'Ik weet het niet,' fluister ik weer. 'Waarom kijkt iedereen naar ons?'

'Wat maakt het uit,' zegt hij, pakt mijn kin en kust me.

# Roman

Een man benadert Ivan en zegt iets in zijn oor. Hij komt me bekend voor, waarschijnlijk een van Pavels mannen. Ivan knikt en kijkt me aan, maar als ik mijn hoofd schud, stuurt hij hem weg. Ik ben vanavond niet in de stemming voor zaken, hij kan de boodschap aan Pavel doorgeven.

Nina zit tegen mijn zij aan, een wijnglas in haar hand en ze kijkt naar de menigte. Ze praat al non-stop sinds we binnen zijn, maar ze is een paar minuten geleden stilgevallen. Ik

vraag me af wat er in haar hoofd omgaat. Ze verbaast me —
dit vreemde kleine ding dat beetje bij beetje onder mijn huid
is gekropen — sinds het moment dat ik haar in dat aftandse
restaurant voor het eerst zag. Ik vraag me af wat er gebeurt
als deze zes maanden voorbij zijn, en ze beseft dat ik niet
van plan ben om haar te laten gaan. Nooit.

Ik steek mijn hand op om de lijn van haar blote schouder
te volgen en laat het dan naar haar delicate pols glijden. Ze
ziet er zo fragiel uit, mijn Nina, maar uiterlijk kan bedriegen.

'Dans met me,' fluister ik in haar oor.

Haar hoofd komt omhoog, en die donkere ogen kijken
me recht aan, met een vraag zichtbaar erin. Ze vraagt zich
vast af hoe ze verdomme gaat dansen met een man die niet
eens fatsoenlijk kan lopen, maar ze vraagt het niet, zoals ik
al had verwacht.

'Oké.' Ze lacht.

'Geef me je been.'

Ze trekt een wenkbrauw op, draait zich naar me toe,
gooit haar benen omhoog en legt haar rechtervoet in mijn
hand. Langzaam verwijder ik haar hak en plaats deze op de
stoel aan de andere kant van me, en laat dan haar enkel los.

'Links.'

'Je moet geloof ik in therapie, Roman. Deze voetfetisj
begint uit de hand te lopen.' Ze lacht, wisselt van been en ik
herhaal de actie met haar andere hak.

Ik pak een kruk, sta op en neem haar hand in de mijne.

'Opstaan, malysh. Op de stoel.'

Ze giechelt, klimt omhoog om op de bank te gaan staan
en slaat haar armen om mijn nek. Ik lach. Zelfs als ze daar
op staat, is ze amper twee centimeter groter dan ik.

'Ik vind deze opzet wel wat.' Ze kust me. 'Vanaf nu neem ik overal een kruk mee.'

Ik leg mijn hand op haar rug en snuffel aan haar nek. Ze zucht, begraaft haar vingers in mijn haar, en we blijven zo staan terwijl we de geluiden van een traag deuntje om ons heen horen.

Ik hou er niet van om de menigte de rug toe te keren. Ik geef er de voorkeur aan om de hele ruimte te kunnen zien, maar ik denk dat ik erop zal moeten vertrouwen dat Ivan en Kolya me beschermen. En ik vind het heerlijk om Nina zo vast te houden, met mijn lichaam dat het zicht van de andere kijkende mannen verstoort.

'Hoe gaat het met je been?' fluistert ze in mijn oor.

'Het gaat goed. Maak je geen zorgen.'

'Roman?'

'Ja?'

'Ik moet je iets bekennen.'

Ik kus haar schouder. 'Iets slechts?'

'Ja. Het is... nou, het is een soort van probleem. Een groot probleem.'

'Vertel maar op, Nina.'

Ze zwijgt even en laat dan mijn wereld met zes korte woorden om zijn as kantelen.

'Ik ben verliefd op je, Roman.'

Ik sluit voor een seconde mijn ogen en hou haar stevig vast. Het is alsof alles om me heen gestopt is.

'Dan delen we hetzelfde probleem, malysh,' zeg ik in haar nek, en ik voel haar bewegingloos worden.

Als ik mijn hoofd optil en naar haar kijk, trillen haar lippen een beetje en zijn er tranen in haar ooghoeken te zien.

'Die zes maanden deal? Het is van de baan, Nina,' zeg ik

en knijp in haar taille. 'Het kan me niet schelen wat we overeen zijn gekomen. Je bent nu van mij en ik laat je niet gaan. Nooit.'

## Nina

Ik plaats mijn handpalmen aan weerszijden van Romans gezicht en doorzoek zijn ogen, die zo intens in de mijne kijken.

'Ik ga nergens heen, Roman.'

'Beloof het me.' Hij drukt me tegen zich aan. Een moment lang vind ik het moeilijk om te ademen. 'Beloof het me, of ik neem je mee naar huis en bind je vast aan mijn bed totdat je dat doet.'

'Ik beloof het.' Ik streel met een vinger langs zijn kaak. 'Zullen we weer gaan zitten?'

'Nee,' blaft hij.

'Okeeee. Waarom niet?' vraag ik, maar hij knarsetandt en zegt niets. 'Roman, is er iets mis?'

'Er zijn hier mannen.'

'Het is een club. Natuurlijk zijn er hier mannen.'

'Ze keken naar je.'

Ik barst in lachen uit, maar hij knarst nog wat meer met zijn tanden. 'Maak je een grapje?'

'Zie je me glimlachen, Nina?'

Hij meent het. 'Roman, je bent onredelijk. Ik ben bij jou, niet waar?' Ik geef een kus op zijn harde lippen. 'Ze kunnen kijken, maar dat is het enige wat ze kunnen doen.' Nog een kus, deze keer op zijn wenkbrauw. 'Maakt dat het beter?'

'Een beetje.'

Ik heb geen idee wat er met hem aan de hand is, maar ik ga hem niet de hele nacht zo laten staan. Hij moet van dat been af. Ik zucht en kus hem weer. 'Laten we naar huis gaan, schatje.'

Onze auto stopt op hetzelfde moment voor het huis als een andere auto, en Leonid stapt uit. Hij draait zich om zijn as, en knippert met zijn ogen als hij Roman naast me ziet staan. Het is donker, maar de lampen geven genoeg licht om de schok op Leonids gezicht te onthullen. Zijn uitdrukking verandert in een blik van pure haat. Hij trekt zijn gezicht weer in de plooi tot een aangename uitdrukking en komt naar ons toe.

'Nou, dat is een onverwachte ontwikkeling. Ik ben zo blij dat je weer op de been bent, Roman. Letterlijk.'

'Is dat zo, oom?' Een hoekje van Romans mond komt omhoog. Zijn houding is ontspannen, maar de manier waarop hij zijn krukken vastpakt, ontgaat me niet. Ondanks hoeveel pijn zijn been doet, doet hij heel goed alsof.

'Roman, ik ben moe. Kunnen we alsjeblieft naar boven gaan?' zeg ik, en wend me dan tot Leonid en glimlach liefjes. 'Ik moet mijn gezicht nog verzorgen voordat ik naar bed ga, en het kost me minstens een uur.'

Leonid kijkt me neerbuigend aan, draait zich dan om en marcheert het huis binnen. We volgen hem op een veel langzamer tempo.

Zodra de deur van de suite achter ons sluit, wend ik me tot Roman en wijs naar zijn slaapkamer.

'Bed. Nu, Roman.'

Hij gaat niet met me in discussie, wat bewijst dat hij veel pijn heeft.

Ik trek mijn hakken uit, haast me de keuken in om zijn pijnstillers en een glas water te pakken en breng ze naar Romans slaapkamer. Hij gaat naar het bed en gaat dan met een verstikt gekreun zitten. In pijnlijke slow-motion tilt hij zijn rechterbeen op het bed en reikt naar het potje met pillen in mijn hand. Na twee pillen te hebben doorgeslikt, begint hij zijn overhemd los te knopen.

'Laat mij dat maar doen,' zeg ik en neem het over.

Hij kijkt me in stilte aan, trekt dan het shirt uit en gaat op het bed liggen. Als ik zijn riem losmaak, bedekt zijn hand de mijne en schudt hij zijn hoofd. 'Het spijt me, malysh. Vanavond niet.'

'Jezus, ik ben niet van plan om seks met je te hebben. Ik wil alleen je been zien.'

'Laat het. Het gaat wel over.'

Ik negeer hem en blijf zijn broek uitdoen. Hoewel ik mijn best doe om voorzichtig te zijn, sist hij een paar keer van de pijn. Als ik eindelijk zijn knie zie, haal ik diep adem. Zijn knie is gezwollen en twee keer zo dik als normaal.

'Shit, Roman.'

Ik pak een kussen en leg het voorzichtig onder zijn been, waarbij ik mijn best doe om het zo min mogelijk te bewegen. Als ik daarmee klaar ben, trek ik de mooie jurk uit, doe een van Romans T-shirts aan, en klim op het bed om naast hem te liggen. Ik bedek ons beiden met een deken, kruip tegen Romans zij aan en leg mijn hand op zijn blote borst.

'Nina, ik moet je iets vragen.'

De manier waarop hij het zegt, op een vreemd soort

afstandelijke toon, laat me opkijken en ik zie hem naar het plafond staren, zijn gezicht is een en al harde lijnen.

'Oké,' zeg ik.

'Als blijkt dat de krukken het beste zijn wat ik voor elkaar kan krijgen, ga je dan weg?'

Ik open mijn mond om te zeggen hoe idioot de vraag is, maar hij legt zijn hand op mijn lippen, waardoor ik het zwijgen word opgelegd. Hij kijkt nog steeds niet naar me.

'Ik wil dat je hierover nadenkt voordat je antwoordt. Denk goed na over wat dat betekent. Ik zal nooit kunnen rennen, hoeveel vooruitgang ik ook boek. Trappen zullen altijd een probleem voor me zijn. Je vindt het voor nu misschien goed, maar je bent jong. Je zult andere mannen ontmoeten die niet... beschadigd zijn. Mannen die geen beperkingen hebben. Dus, als ik voor de rest van mijn leven krukken moet gebruiken, en dat iets is wat je op de lange termijn niet kunt accepteren, dan zal ik het begrijpen. Ik zweer het, ik zal het begrijpen en ik zal geen wrok koesteren. Maar als dat het geval is, dan moet ik het nu weten. We kunnen doorgaan zolang het voor ons werkt, en als het niet meer werkt... dan kunnen we ieder onze eigen weg gaan. Maar ik moet het weten. Ik wil dat je het zeker weet, Nina.'

Romans hand laat mijn mond los. Ik probeer het feit te negeren dat hij me misschien oppervlakkig vindt, maar dan bekijk ik het vanuit zijn standpunt, hoe ik me zou voelen als onze rollen omgedraaid waren, en dan begrijp ik het.

'Heb je ooit het gevoel gehad dat ik daar een probleem mee heb, Roman? Tot nu toe, bedoel ik.'

'Nee. Maar je bent een zeer getalenteerde actrice, malysh. En vanaf nu, wil ik die andere vrouw niet meer, degene die je voor het doel van onze overeenkomst hebt gecreëerd. Niet meer acteren, niet meer doen alsof.'

'Dat is een eerlijke deal. Goed.' Ik haal diep adem. 'Ik zou je graag zien rennen of je met twee tredes tegelijk de trap op zien gaan. De stok is oké, denk ik, en ik zou echt blij zijn als je zo ver zou kunnen komen.'

Ik weet dat elk woord dat uit mijn mond komt, hem pijn doet, omdat hij zo stil wordt dat het beangstigend is. God, ik haat het om dit allemaal te zeggen, maar we moeten het probleem voor eens en voor altijd oplossen.

'Als ik kon kiezen wat ik het liefste zou hebben, dan zou ik voor jou wensen om terug te kunnen gaan naar wie je was voor die bom.'

Hij kijkt nog steeds recht omhoog, maar sluit zijn ogen nadat hij mijn woorden heeft gehoord.

'Maar dat gaat nooit gebeuren, Roman. Ik weet dat dit moeilijk voor je is, en het verscheurt me van binnen. Ik zou je graag zonder krukken zien, maar alleen omdat ik weet dat dat jou gelukkig zou maken. Dat is de enige reden. Ik hou van je en ik wil dat je gelukkig bent. Ik wil dat zo graag voor je.' Ik neem zijn gezicht in mijn handen en laat hem naar me kijken. 'Wat mij betreft maakt het niet uit. Ik hou met of zonder krukken, net zoveel van je, schatje. Ook als je de rolstoel weer zou moeten gebruiken. Het maakt mij niet uit. Het kan me geen reet schelen, Roman. Het enige wat ik wil, ben jij. Mag ik je alsjeblieft hebben?'

'Je hebt me al, malysh.' Hij kust de bovenkant van mijn hoofd.

Daarna is er alleen nog maar stilte. Hij is niet overtuigd. Ik wil zo verdomd graag huilen, maar ik slaag er op de een of andere manier in om mezelf in de hand te houden.

'Vertel me eens, Roman, zou je het niet geweldig vinden als we op de normale manier seks zouden kunnen hebben? Omdat ik dat wel zou willen. Ik zou niets liever willen dan jou boven me te hebben, je lichaam tegen me aan te voelen drukken, terwijl je mijn handen boven mijn hoofd trekt. Nou, dat ligt voor mij niet in de kaarten, althans niet voor de nabije toekomst. Misschien voor altijd. Is dat een probleem? Ga je je vervelen met mijn problemen, ga je op een gegeven moment besluiten om me in te ruilen voor een minder defecte versie? Een vrouw die niet terug zal deinzen als je haar onaangekondigd van achteren benadert? Of iemand die geen paniekaanval krijgt als je het vergeet, en haar pols pakt in plaats van haar onderarm?

'Denk je dat ik niet heb gemerkt dat het altijd Dimitri of Ivan is die met ons meegaat, nooit Kostya of Mikhail, of Sergei, die allemaal net zo groot zijn als jij? Of hoe ze gaan zitten of de kamer verlaten als ik binnenkom? Toen ik een paar dagen nadat Kostya was neergestoken naar de keuken ging, liet hij zich zo abrupt in de stoel vallen, dat het een wonder is dat zijn hechtingen er niet uit zijn gesprongen. Je moest je mannen verdomme opdragen om te gaan zitten als ik een kamer binnenkwam, zodat ik niet zou flippen. Ik weet zeker dat het vermoeiend en frustrerend is om met mijn problemen om te gaan. Zul je op een gegeven moment besluiten om me door iemand te vervangen die minder gestoord is?'

'Christus, Nina.' Hij staart me geschokt aan. 'Hoe kun je zoiets zeggen?'

'Oh, je vindt het niet prettig hoe dat klinkt, hè? Nou, *fuck you*, Roman,' fluister ik, draai mijn gezicht in zijn borst en laat de tranen vrij stromen.

Ik voel z'n hand in mijn haar, z'n andere arm om mijn

middel, en het volgende moment ligt ik bovenop hem. Hij haalt de haren weg die door de tranen op mijn gezicht vastgeplakt zitten en veegt met zijn duimen over de huid onder mijn ogen.

'Het spijt me, milaya. Het is alleen... Ik hou zo verdomd veel van je. Ik ben doodsbang dat je er op een dag vandoor zal gaan.'

Ik knars met mijn tanden. 'Geef me je hand.'

Hij trekt zijn wenkbrauw op, maar doet wat ik vraag.

Ik leid zijn hand tussen ons lichaam tot het tussen mijn benen reikt, en ik duw zijn vingers over mijn natte slipje. 'Voel je dat, Roman? Dat is wat alleen naast jou liggen met me doet. Ik ben zo gek op je, schat, dat ik alleen al omdat ik dicht bij je ben, druipnat word,' fluister ik en ik voel dat hij onder me hard wordt.

Langzaam haakt hij zijn vinger in de tailleband van mijn slipje en begint hem naar beneden te trekken.

'Uit,' blaft hij.

'Roman, nee...'

Zijn andere hand pakt hem vast, en er is een plotseling geluid van stof dat scheurt. Ik ben nog steeds verbaasd over het feit dat hij net mijn slipje van me af heeft gescheurd als hij zijn boxershort naar beneden duwt, me om mijn taille grijpt en me op zijn pik schuift. Het voelt zo goed dat mijn hoofd rolt, en mijn spieren rond zijn lengte beginnen te trekken.

'Van mij,' zegt hij en stoot in me. 'Alleen van mij. Zeg het.'

'Alleen van jou, schatje.'

Nog een stoot, mijn binnenste staat in vuur en vlam, en ik ben klaar. De rillingen nemen mijn lichaam over. Roman kreunt terwijl hij diep in me stoot en ik voel zijn zaad me vullen. Ik ben nog steeds van de high neer aan het dalen en val op zijn borst. Dat was de meest verbluffende seks van een minuut die ik ooit heb meegemaakt.

Romans armen komen om mijn rug heen, drukken me tegen hem aan en ik voel zijn lippen mijn hoofd kussen.

'Dus, je blijft voorgoed?' fluistert hij.

'Je komt nooit meer van me af, zelfs al zou je dat willen. Ik zal nooit meer zo'n sexy echtgenoot kunnen vinden.' Ik lach en kus hem. 'We sluiten dit onderwerp af, Roman. Afgesproken?'

'Afgesproken. Maar ik wil dat je één ding weet. Als ik de klootzak vind die je pijn heeft gedaan, dan vermoord ik hem.'

'Nee dat ga je niet.' Ik knijp in zijn arm. 'Ik wil niemands dood op mijn geweten hebben, dus alsjeblieft, ik smeek het je, vergeet het.'

'Nina...'

'Alsjeblieft, we sluiten dat onderwerp ook af. Je doodt niemand voor me. Daar kan ik niet mee leven. Alsjeblieft.'

Als hij niet antwoordt, neem ik zijn gezicht in mijn handpalmen en druk mijn voorhoofd tegen het zijne.

'Dat ga je me niet aandoen. Je gaat hem niet opzoeken en je gaat hem niet vermoorden. Als je van me houdt, dan laat je me niet iemands dood op mijn geweten hebben. Zeg dat je het begrijpt, Roman.'

Er is stilte en dan, 'Oké.'

*Hoofdstuk*
# 14

## Roman

DE VOLGENDE OCHTEND VOELT MIJN KNIE VEEL BETER, maar het doet nog steeds enorm veel pijn als ik gewicht op mijn rechterbeen zet. Na het ontbijt gooi ik de krukken aan de kant en pak ik de rolstoel. Ik heb hem al weken niet gebruikt, en ik haat het dat ik hem nu moet gebruiken, maar ik wil geen verdere schade aan mijn knie riskeren. Nina heeft er misschien geen probleem mee dat ik de krukken gebruik, maar ik wel. Wat er ook voor nodig is, het zal me lukken om die verdomde stok te gaan gebruiken, want ik wil in staat zijn om haar hand in de mijne te houden als ik haar mee uit eten neem, of zelfs gewoon een wandelingetje maken.

'Ik ga naar beneden. Igor gaat me leren om *borsch* te maken.' Nina glimlacht, leunt naar voren en kust me. 'Wil je dat ik lunch meeneem als ik terugkom?'

'Ja, ik ga hier werken. En vertel dat zwijn dat als hij het lef heeft om weer zijn stem tegen mijn vrouw te verheffen, dat het afgelopen is voor hem.'

'Wees geen *oger*, Roman.'

Ik kijk hoe ze weggaat, dan ga ik naar mijn slaapkamer en zet de laptop aan. Ik haal de audiosoftware op, vind de opname uit Leonids kamer en speel de beelden af van het moment dat we gisteravond terugkwamen.

Er was een specifieke reden voor me om te verbergen dat mijn been beter wordt. Ik ben er bijna zeker van dat als Leonid me weer ziet lopen, hij iets zal proberen, en ik wil zijn partner voor die tijd pakken. Het is bijna vijf maanden geleden, en aangezien ik er niet in geslaagd ben om uit te vinden wie die klootzak is, is het tijd om Leonid een duwtje in de rug te geven. Als ik de manier waarop hij gisteravond naar me staarde, in aanmerking neem, heb ik het gevoel dat er een leuke verrassing op me wacht.

In het midden van de opname vind ik eindelijk wat ik zoek. Leonid belt met iemand, en aangezien de tijdstempel in de hoek van het scherm twee uur 's nachts laat zien, ben ik er vrij zeker van dat het geen zakelijk gesprek is. Wat me echter verbaast, is de persoon die opneemt.

'We moeten het opnieuw proberen. Die klootzak loopt,' zegt Leonid.

'Hm. Ik weet niet of het voor mij nog werkt, Leonid,' antwoordt Tanush.

'Je kunt nu niet van gedachten veranderen!'

'Natuurlijk kan ik dat wel. Ik heb impulsief gehandeld. Ik was boos omdat Petrov mijn dochter af had gewezen, en ik wilde hem laten boeten. Maar hij verdient goed geld voor me.'

'We hadden een afspraak, Tanush. Jij helpt mij om hem uit beeld te krijgen en ik zal ervoor zorgen dat jij een betere deal krijgt als ik het overneem.'

'Zie je, dat is het nu net, Leonid. Zelfs als je me een groter deel geeft, betwijfel ik of je de zaak voort kunt zetten. Ik heb besloten dat ik het niet wil riskeren. Ik trek me terug.'

De lijn gaat dood.

Ik leun achterover in mijn stoel, pak mijn telefoon en bel Maxim. 'Waar is Leonid?'

'Hij is weg. Ik hoorde hem tegen Valentina zeggen dat ze hem om vijf uur zijn diner moest brengen.'

'Dat zal niet nodig zijn. Ik wil dat iedereen na vier uur de bovenverdieping verlaat. En ik bedoel iedereen. Niemand gaat naar boven totdat ik het zeg.'

Er is een stilte aan de andere kant, en ik neem aan dat Maxim één en één bij elkaar optelt.

'Ik zal ervoor zorgen dat het gebeurt. En wat wil je met Nina?'

'Ik wil haar het huis uit hebben. Dushku's dochter gaat trouwen en hij heeft ons uitgenodigd. Ik zal haar naar de winkel sturen om een cadeau te kopen. Laat Dimitri, Ivan met haar mee sturen. Ze mogen onder geen beding terugkomen voordat ik hem bel. Het kan me niet schelen wat hij moet doen om haar af te leiden, ze komt niet terug tot ik klaar ben. Is dat duidelijk?'

'Ja, Pakhan.'

Het vergt wat overtuigingskracht, maar ik slaag erin om Nina rond vier uur 's middags weg te sturen. Ze was vastbesloten om samen met mij te dineren, maar ze gaf toe toen ik zei dat ik te veel werk te doen had.

Ik loop mijn inloopkast in en pak mijn pistool. Nadat ik het gecontroleerd heb, pak ik mijn krukken en ga ik naar

Leonids kamer. Ik ga in de fauteuil in de hoek recht tegenover de deur zitten, leg het pistool op de salontafel en wacht.

Ergens voor vijf uur komt Leonid de kamer binnen. Als hij me daar ziet zitten, schieten zijn wenkbrauwen omhoog, maar hij heeft zichzelf vrij snel weer in de hand. 'Is er iets gebeurd?'

'Doe de deur dicht, Leonid.'

'Roman?'

'De deur,' zeg ik.

Hij doet wat hem gezegd wordt en begint naar me toe lopen als hij het pistool op de tafel ziet liggen. Hij staat stil, zijn ogen worden groot en hij draait zich om, klaar om weg te rennen. Ik pak het pistool, richt op zijn rechterknie en schiet.

Het geluid explodeert in de kamer en Leonids schreeuw volgt. Hij valt op zijn zij op de vloer en begint te jammeren, terwijl hij zijn bebloede been vasthoudt.

'Als je mijn plaats in wilde nemen, dan had je er echt voor moeten zorgen dat ik dood was, Leonid.'

'Klootzak,' snauwt hij tussen zijn tanden door en zijn speeksel vliegt alle kanten op. 'Ik ga je afmaken!'

Schreeuwend komt hij mijn kant op, zijn handen omhooggestoken als die van een gek. Ik richt op zijn hoofd en schiet de kogel af. Zijn lichaam zakt op de vloer in elkaar, en er vormt zich een plas bloed rond zijn hoofd.

'Die kans heb je gehad, oom,' zeg ik tegen zijn stille lichaam.

Ik sta op en loop naar de deur als Leonids telefoon gaat. Ik overweeg het te negeren, maar buig dan voorover en reik ernaar, terwijl mijn knie schreeuwt van de pijn. Het scherm laat een onbekend nummer zien. Ik neem de telefoon op.

'Ik heb haar gevonden,' zegt een stem aan de andere kant. 'Bereid de transactie voor.'

De verbinding wordt verbroken.

Nina

'Weet je het zeker?' Ik kijk naar de vaas die ik vasthoud. 'Het is afschuwelijk. Ik weet zeker dat ze het geweldig zullen vinden, en deze kost al meer dan een auto.'

'De pakhan zei dat het iets groots moet zijn.' Ivan haalt zijn schouders op en staat achter me.

'Ik zal vragen of ze grotere vazen hebben.' Ik wend me tot de verkoopster.

Ik voel me overweldigd door alle chique decoratiestukken die om me heen te zien zijn. Het maakt me nerveus, te weten dat het goedkoopste item hier tenminste drie nullen op het prijskaartje heeft staan. Er zijn dingen die beter geschikt zijn om als huwelijkscadeau te worden gekocht, maar om de een of andere reden, had Roman erop gestaan dat ik helemaal naar de andere kant van Chicago ging om iets uit juist deze winkel te kiezen. Alles hier is zo overdreven, inclusief de gouden kroonluchters en levensgrote *David* replica's. Ik krijg er rillingen van. Sommige mensen hebben echt een vreemde smaak.

Ik passeer de lange glazen vitrines met kristallen glazen als een geluid de lucht doorboort. De vitrine breekt, valt op de grond en een miljoen kleine glasstukjes exploderen overal heen. Mensen beginnen te schreeuwen. Handen pakken me om mijn taille en trekken me naar beneden naar de vloer. Het volgende moment buigt Ivan zich over me heen en leidt hij me naar de achterkant van de winkel. Er klinkt nog een schot en ik struikel. Met mijn hand reik ik naar voren om te voorkomen dat ik met mijn hoofd op de vloer val. Pijn schroeit door mijn hand. Met zijn hand om mijn bovenarm, sleept Ivan me naar de nooduitgang, terwijl hij in de telefoon schreeuwt die hij met zijn andere hand vasthoudt.

We stormen op hetzelfde moment via de nooduitgang de steeg in als dat er een auto de hoek om komt. De banden piepen wanneer de auto abrupt stopt. Ivan duwt me terug in de deuropening, reikt in zijn jas en pakt een pistool. Ik hoor twee schoten die bijna gelijktijdig afgaan.

'Blijf daar,' zegt hij over zijn schouder en verdwijnt uit mijn zicht.

Een paar seconden later hoor ik nog een schot. Ik heb geen idee wat er gebeurt. Is het een willekeurige schietpartij of probeert iemand ons te vermoorden? Moet ik hier blijven of terug naar binnen gaan? Moet ik naar buiten gaan en Ivan gaan zoeken? Ik ben zo bang, dat ik niet zeker weet of ik van de plek weg kan lopen, zelfs als ik wist waar ik heen moet.

Ik kijk naar mijn linkerhand waar een groot stuk glas half in mijn handpalm begraven zit. Bloed verzamelt zich eromheen. Het doet vreselijk pijn.

Er klinken voetstappen uit de steeg, en ze klinken snel, dus ik haal diep adem en wacht af wie het is.

Ivan komt mijn gezichtsveld binnen, pakt mijn hand en neemt me mee de straat in. Ik kijk over mijn schouder en zie de auto. De bestuurdersdeur staat wijd open en er ligt een onbeweeglijk figuur op de grond. Er klinken ergens in de verte sirenes, maar het geluid komt dichterbij.

Mijn stappen haperen, maar Ivan blijft me door de straat slepen en dan de hoek om naar de parkeerplaats waar hij onze auto heeft geparkeerd.

Hij opent de deur en op het moment dat hij me naar binnen leidt, ziet hij mijn hand en sist.

'Nina Petrova! Lieve God, waarom heb je niets gezegd?'

'Het leek me nu niet echt een prioriteit,' zeg ik en hou mijn hand omhoog. 'Denk je dat de dokter die Kostya heeft opgelapt hetzelfde voor mij zou kunnen doen?'

Ivan heft zijn hoofd op om me met grote ogen aan te staren, schudt dan zijn hoofd en mompelt iets in het Russisch. 'We gaan naar een ziekenhuis. Als we dat niet doen, dan zal de pakhan niet blij zijn.'

'Ik denk niet dat we hem op stang moeten jagen. Je pakhan is de laatste tijd een beetje chagrijnig. Laten we gaan.'

Ivan snuift en helpt me in de auto en we vertrekken.

## Roman

'Er is een schietpartij geweest, Roman.'

Ik staar naar Dimitri en zweer dat mijn hart stopt met kloppen als het telefoontje van eerder door mijn hoofd flitst. Nee. Ik grijp naar zijn keel en breng mijn gezicht naar de zijne.

'Waar is mijn vrouw?' snauw ik tussen opeengeklemde tanden en probeer mijn best te doen om te voorkomen dat ik zijn nek breek.

'We weten het niet. Ivan belde om te zeggen dat er iemand begon te schieten toen ze in de winkel waren, en dat hij haar eruit zou halen. Dat was een kwartier geleden. Ik kan hem niet bereiken; hij neemt sindsdien zijn telefoon niet meer op.'

'De anderen?'

'Alleen Ivan is daar. Ik had er twee van het beveiligingsteam geïnstrueerd om met hen mee te gaan, maar Nina Petrova zei dat ze hen niet mee wilde hebben.'

Ik knars op mijn tanden en knijp in Dimitri's nek totdat zijn gezicht rood begint te worden.

'Als er ook maar één haartje op haar hoofd beschadigd is, dan zullen er veel doden vallen,' snauw ik. 'Te beginnen met mijn hoofd beveiliging, die mijn vrouw met slechts één man als haar beveiligingsteam op pad heeft gestuurd. Heb je dat begrepen, Dimitri?'

'Ja, Pakhan.'

'Goed. Haal nu een verdomde auto voor me.'

Nina

Drie hechtpleisters, een tetanusinjectie en een potje antibiotica. Dat is wat ik heb gekregen. Zelfs geen hechtingen. De verpleegster zei dat ik geluk had gehad en dat ik de volgende keer beter moest oppassen bij het schoonmaken van de glazen.

Ik kijk op en probeer Ivan te vinden. Hopelijk is hij snel hier, zodat we weer naar huis kunnen.

Er is een knal, een deur die opengaat, en verheven

stemmen komen uit de richting van de hal. Ik vraag me af of ze iemand naar binnen brengen die ernstig gewond is, omdat het geschreeuw bijzonder luid is. En dan hoor ik Romans stem brullen.

'Waar is mijn vrouw?'

Shit. Ik had gehoopt dat we terug naar huis konden gaan voordat hij erachter zou komen wat er was gebeurd.

'Wat gebeurt er daarbuiten?' mompelt de verpleegster die haar spullen verzamelt en in de richting van het geluid van de stemmen kijkt.

'Aah, dat is mijn man.' Ik glimlach onschuldig naar haar, spring van de brancard en ren de kamer uit.

Als ik bij de receptie aankom, zie ik Roman boven een kale bediende van middelbare leeftijd uittorenen die iets op het toetsenbord probeert te typen. Zijn handen trillen zo erg, dat het hem niet lukt om de juiste toetsen te raken. De enige andere persoon in een straal van drie meter is Dimitri. Een paar andere aanwezigen staan naast de muur en blijven op een veilige afstand. Ivan komt uit de andere gang lopen en stopt zodra hij een woedende Roman ziet.

'Roman?' zeg ik.

Zijn hoofd schiet in mijn richting en hij ademt diep in terwijl hij me ziet naderen. Zijn blik gaat langzaam van mijn hoofd, langs mijn lichaam, naar mijn tenen die uit mijn hakken gluren, en dan weer omhoog. Alleen dan ademt hij uit.

Hij grijpt me om mijn middel en drukt mijn lichaam tegen het zijne. 'Je gaat nooit meer zonder mij het huis uit,' fluistert hij in mijn oor. 'Nooit.'

Ik wil hem vertellen wat voor onzin dat is, maar dan verander ik van gedachten. Zijn lichaam is vreemd gespannen naast het mijne, en ik merk dat zijn hand die op mijn middel rust een beetje trilt. Hij is echt kwaad.

'Oké, schat. Tuurlijk. Zullen we naar huis gaan?'

Roman knikt alleen, geeft zijn rechter kruk aan Dimitri, pakt mijn hand en begint naar de uitgang te lopen. Ik werp een blik op onze verstrengelde handen, maar kijk snel op en richt mijn aandacht op de auto die een eindje verderop geparkeerd staat. Mijn ogen vullen zich met tranen van blijdschap terwijl ik mijn tempo aan dat van Roman aanpas.

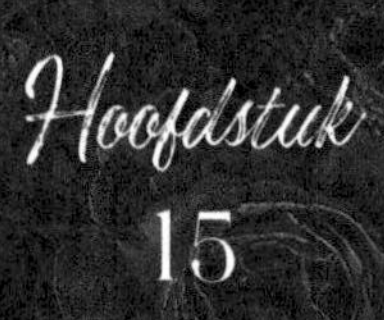

'Waar is Leonid?' vraag ik Roman tijdens het ontbijt. 'Ik heb hem al twee weken niet gezien en gisteravond zag ik de jongens zijn spullen weghalen.'

'Hij is weg.' Hij reikt naar voren met zijn hand en pakt zijn sinaasappelsap.

'Weg, als in dat hij hier niet meer woont?'

'Dat zou je kunnen zeggen.'

'Roman?'

'Ja, malysh?' Hij kijkt me aan en stopt de vork vol met ro-ereieren in zijn mond.

'Je hebt hem vermoord, nietwaar?'

'Natuurlijk heb ik dat gedaan.'

Ik verslik me in het stuk brood dat ik net in mijn mond heb gestopt en reik naar het water. 'Je kunt me dat soort shit niet tijdens het ontbijt vertellen, Roman.'

'Jij vroeg erpaar. En hij probeerde mij eerst te vermoorden.'

'Dus dat maakt het goed?'

'Hij was de tweede ronde aan het plannen. Maakt dat het draaglijker voor je?'

'Waarschijnlijk.' Ik denk aan Leonid die weer zou proberen om Roman te vermoorden en ik kom tot de conclusie dat ik hem in dat geval waarschijnlijk zelf zou vermoorden. 'Ja. Niemand probeert mijn man te vermoorden en komt daar dan mee weg. Je hebt de juiste keuze gemaakt.'

'Ik ben blij dat je het goedkeurt.'

'Ik keur het doden van mensen niet goed. Het is alleen... Dat ik er in dit geval mee kan leven.'

'Je hebt echt vreemde standpunten, Nina.'

'Aangezien ik in jouw vreemde wereld leef, denk ik dat het gepast is.' Ik kijk naar de klok en spring uit de stoel. 'We komen te laat voor de bruiloft.'

'Wat ga je aantrekken?'

Ik glimlach ondeugend, pak zijn shirt vast en trek hem naar me toe. 'Je zult het gewoon af moeten wachten.'

Ik kus hem en trek me terug, maar hij grijpt me om mijn middel en trekt me in zijn armen.

'Als je met vuur speelt, bloempje,' zegt hij in mijn oor terwijl zijn handen zich om de tailleband van mijn jeans haken en hem naar beneden trekt, 'dan kun je je verbranden.'

'We komen te laat.'

'Denk je dat het me iets kan schelen?'

Nee. En mij boeit het ook niet. 'Hoe duurzaam zijn die stoelen?'

'Laten we dat eens uitzoeken.'

Terwijl hij zijn joggingbroek uitdoet, trek ik mijn jeans en ondergoed uit en klim vervolgens op zijn schoot.

Mijn benen zijn te kort en bungelen aan beide kanten.

Zelfs als ik me strek, kan ik met mijn tenen de grond niet aanraken. 'Ik denk niet dat dit gaat werken, Roman.'

Hij kijkt naar beneden en slaagt er niet in om zijn lach te onderdrukken. 'Jezus, Nina. Je bent zo klein.'

'Zullen we naar bed gaan?'

Roman buigt zijn hoofd naar de zijkant, leunt achterover in de stoel en pakt mijn middel vast terwijl zijn lippen zich in een zelfvoldane glimlach vormen. 'Nee.'

Mijn ogen worden groot als hij me optilt en me bovenop zijn harde pik plaatst en me er dan op laat zakken. Ik snak naar adem en grijp zijn schouders vast, terwijl ik van de manier geniet waarop hij me geleidelijk vult. Er ontsnapt een kreun als ik voel dat hij volledig in me begraven zit. Romans handen bewegen zich lager, onder mijn dijen, en hij tilt me op en schuift me dan naar beneden, en spietst me steeds opnieuw terwijl ik hijg en hem stevig vasthoud. Ik weet niet zeker wat me meer opwindt: de manier waarop zijn pik in en uit me glijdt, of het gemak waarmee hij mijn lichaam hanteert alsof ik helemaal niets weeg. Hij stoot nog een laatste keer in me, ik kom klaar en hoor hem kreunen terwijl zijn zaad me vult.

'Is alles goed?' Hij slaat zijn armen om me heen en drukt me tegen zijn borst.

'Ja.' Ik begraaf mijn neus in zijn nek en adem zijn geur in. 'Ik wil dat er willekeurige stoelen in elke kamer worden geplaatst. Die bankdrukmachine die je hebt, kan weg.'

'Je weegt de helft van het gewicht dat ik gewoonlijk til, malysh.'

'Ze zeggen dat het effectiever is om met minder gewicht te werken, maar wel vaker.'

'Is dat zo?' Zijn handen strelen mijn rug, glijden naar

beneden tot ze mijn kont bereiken. 'Ik ben gek op dat nieuwe trainingsplan. Erg gek,' zegt hij en knijpt in mijn billen.

De bruiloft is extreem saai. Er lopen honderden aan gasten rond met een neppe glimlach op hun gezicht en een glas in hun handen. Iedereen is aan het kletsen, maar ik ken hier niemand, dus ik besteed het grootste deel van de tijd aan mensen bekijken en commentaar te geven over hun outfits. Roman vindt mijn geklets altijd amusant. Een paar minuten geleden raakte hij echter met een aantal mannen in gesprek over politiek. Ik besluit om hem te laten en ga aan een van de tafels zitten.

Ik heb er geen probleem mee om alleen te zitten, maar het lijkt erop dat een aantal mensen denken dat dat wel zo is, omdat een paar vrouwen bij me gaan zitten en me meesleuren in een tactloos gesprek over wie wat voor het pasgetrouwde stel heeft gekocht.

'We konden niet met iets zinloos komen, weet je,' legt een mooie blondine met opgepompte lippen uit. 'Ik weet zeker dat ze van het weekend in de spa zullen genieten. Het is een zeer exclusieve plek. Vraag niet hoeveel we voor de reservering hebben betaald; het bedrag was verschrikkelijk.'

'Ze zullen het geweldig vinden,' zeg ik lachend.

'En wat heb jij voor ze gekocht, schat?'

'Een extreem lelijke vaas,' zeg ik. 'Mijn man stond erop.'

'Oh, nou, misschien verschillen jullie smaken. En wie is je man?'

Ik kijk naar de groep mannen in het midden van de hal en glimlach. 'De meest sexy man in de kamer,' verklaar ik.

'Je bent bevooroordeeld,' zegt de andere, met een korte rode jurk en rood haar, terwijl ze naar me lacht.

'Nee. Het is een feit.' Ik haal mijn schouders op.

Ze kijken allebei naar de massa mensen alsof ze proberen te raden welke het zou zijn.

'Die in het bruine pak, ja? Degene met de bril?'

Ik volg haar blik en zie een kleine man die nogal knap is en de vibe van accountant om zich heen heeft hangen. Ik lach breed. Dit gaat leuk worden.

'Nee. Probeer het nog eens.'

Vervolgens wijst ze een man in een smoking aan. Hij is best leuk en heeft lang haar, maar is veel te dun. Maar voordat ik de kans krijg om te antwoorden, komt het blondje ertussen.

'Oh mijn God, Sandra, is dat Roman Petrov?' roept ze uit en grijpt naar de onderarm van de roodharige. Ze knikt naar de menigte en vraagt, 'Wat is er met hem gebeurd?'

'Volgens mij had Rory een paar maanden geleden gezegd dat hij een ongeluk had gehad,' fluistert Sandra en wendt zich tot haar vriendin. 'Ik heb gehoord dat hij getrouwd is.'

'Nee! Waar is z'n vrouw? Hoe ziet ze eruit? Is ze Russisch?'

Ik hef het glas naar mijn lippen om mijn grijns te verbergen en blijf luisteren.

'Ik heb haar niet gezien. Waarschijnlijk lang en platinablond. Dat is zijn type,' zegt Sandra.

'Nou, ze moet wel een kenau zijn als ze het lef had om met hem te trouwen.'

'Oh, ze is een kenau, geloof me,' gooi ik erin.

Beide vrouwen draaien zich om en staren me met grote ogen aan.

'Ken je Petrovs vrouw?' Sandra leunt over de tafel en duwt haar gezicht bijna in het mijne.

'Yep.' Ik knik en neem een slok van mijn drankje. 'Ze is een beetje gek.'

'Nou, dat moet wel als ze met hem getrouwd is. Niemand die bij zijn volle verstand is, zou met de pakhan van de Russische maffia trouwen.' Ze werpt nog een blik op Roman. 'Ik heb Dushku horen zeggen dat hij vorige maand tijdens het diner bijna de keel van Tanush doorsneed.'

Ik geniet van de situatie totdat Roman mijn plezier verpest. Hij draait zijn hoofd om en kijkt me recht aan, een nauwelijks zichtbare glimlach is om zijn lippen te zien. Ik steek mijn hand op en blaas een kus naar hem toe. Roman geeft me een verhitte blik en gaat dan terug naar zijn gesprek. Ik draai me om en zie dat beide vrouwen me met afschuw op hun gezichten bekijken.

'Die is van mij.' Ik grijns. 'Ik ben Nina Petrova. De kenau.'

Ze glimlachen allebei, verontschuldigen zich snel en zijn binnen enkele seconden weg. Ik pak mijn glas, neem nog een slok van de wijn en ga verder met mensen kijken.

Een vrouw benadert Romans groep en neemt deel aan het gesprek. Ik besteed eerst niet veel aandacht aan haar, maar een paar minuten later merk ik dat ze discreet dichter bij Roman is gaan staan en hem met een glimlach op haar gezicht iets vraagt. Ze is klassiek mooi, met bruin haar in een knotje achter bij haar nek. Een lange beige jurk zit tegen haar lichaam geplakt. Haar hoofd bereikt Romans schouders, wat haar minstens een kop groter maakt dan ik. Ze lacht om iets en knippert met haar wimpers. Ik vind het niet prettig hoe ze naar Roman kijkt. Hij geeft haar helemaal geen aandacht, maar toch... Ik vraag me af of ik daarheen moet gaan en haar weg moet sturen. Misschien ook niet.

Ik sla mijn benen over elkaar, zorg ervoor dat de split van mijn jurk ze onthult en ga comfortabeler in de stoel zitten. Roman kijkt in mijn richting en ik geef hem de geheime glimlach die ik hem graag geef voordat ik hem mee naar bed sleep. Zijn oogleden vernauwen zich. De vrouw zegt iets tegen hem, maar ik hou zijn blik vast en steek mijn hand op om met een vinger over mijn lippen te gaan. Ik buig mijn hoofd een beetje opzij, laat mijn vinger langzaam langs mijn kin en hals glijden en stop bij de halslijn van mijn laag uitgesneden jurk. Roman volgt het pad van mijn vinger, en als zijn blik terug naar de mijne schiet, glimlach ik breed.

Hij zegt iets tegen de mensen om hem heen en begint in mijn richting te lopen. Zijn blik laat de mijne geen moment los.

'Je riep?' Zijn lippen trillen bij de hoeken.

Ik sta op, leg mijn hand op zijn borst en kijk naar hem op. 'Je bent niet de enige in deze relatie die bezitterig is, pakhan.'

'Jaloers? Op wie, malysh? Je weet dat mijn ogen maar één vrouw zien.'

'Is dat zo?' Ik haak mijn vinger in zijn shirt tussen de twee knopen en trek eraan totdat hij zijn hoofd buigt en onze neuzen elkaar raken.

'Eis je je territorium op, Nina?'

'Natuurlijk doe ik dat, Roman,' zeg ik en kus hem.

'Naar huis,' fluistert hij tegen mijn lippen. 'Nu.'

## Roman

'Ik heb iets voor je gemaakt.'

Ik kijk op van mijn bureau en zie Nina's hoofd om de deur gluren. 'Heb je het aan laten branden?'

'Het is *morozhenoe*.' Ze straalt, komt tussen mijn benen staan en vult een lepel met het ijs uit de kom die ze vasthoudt.

Ik zie hoe ze de lepel naar mijn mond tilt, dan leun ik naar voren en laat haar hem aan me voeren.

'Igor heeft me wat Russisch geleerd,' verklaart ze.

'Oh, ik kan niet wachten om te horen wat je hebt geleerd.'

'Tot nu toe hebben we *govno*, *chortvozmi* en *skotina* gehad. Zijn favorieten.'

'Daar twijfel ik niet aan.' Ik pak mijn telefoon en bel Varya, die na de tweede keer overgaan opneemt. 'Igor heeft Nina geleerd te vloeken. Heeft hij weer een doodswens?'

'Roman!' Nina pakt mijn shirt en reikt naar de telefoon, maar ik trek mijn hand weg en kus haar in plaats daarvan.

'Niemand gaat je Russisch leren, behalve ik. Begrepen?'

'Begrepen, *kotik*.'

Ik sluit mijn ogen en schud mijn hoofd. 'Je noemt een Russische pakhan geen 'kitten', Nina. Ik heb hier een imago hoog te houden.'

Ze vernauwt haar oogleden naar me, trekt haar gezicht in de plooi om ernst te veinzen en raakt met haar vinger mijn neus aan.

'Mijn dodelijke kotik. Beter?'

'Nee.'

'Je bent niet leuk.' Ze slaat haar handen om mijn nek. 'Zullen we uiteten gaan, hmm?'

'Het spijt me, malysh, ik heb vanavond wat zakelijke dingen te doen. We gaan over twintig minuten weg en ik weet niet hoe lang het gaat duren, maar ik ben waarschijnlijk rond tien of elf uur weer terug.'

'Wees voorzichtig, Roman.'

Ik kijk toe als ze gaat en bedenk me hoe vreemd het is om iemand te hebben die op me wacht tot ik terugkom van mijn werk of die zich zorgen maakt over mijn welzijn.

Nina

Roman is nog steeds niet terug. Ik trek mijn trui strakker om me heen en kijk waarschijnlijk voor de honderdste keer in het afgelopen uur weer naar de klok. Het is half vier 's ochtends, en hij heeft niet gebeld of geappt. Ik wilde hem niet bellen om zijn zakelijke deal te verstoren, dus heb ik rond één uur met Maxim, die hier in het huis was, gesproken en rond drie uur heb ik hem opnieuw uitgehoord. Hij wist niets.

'Verdomme, Roman,' mompel ik bij mezelf. Mijn ogen zijn strak op de poort, die aan de andere kant van het gazon is, gericht. 'Waag het niet om dood te gaan.'

Ergens rond vier uur schuift het hek naar de zijkant open en parkeren er twee auto's voor het huis. Er komen mannen uit de auto's, en ik druk mijn handpalmen tegen het raam, op zoek naar Roman. Hij stapt als laatste uit, en de manier waarop hij uit de auto stapt — pijnlijk en langzaam — vertelt me dat hij deze keer veel te ver is gegaan met zijn knie.

'Koppige, koppige idioot,' mompel ik. Een afstand die hij gewoonlijk in seconden aflegt, duurt nu bijna vijf minuten.

Wat dacht hij in vredesnaam? Warren had tegen hem gezegd dat hij gedurende minstens een paar weken geen lange afstanden mocht lopen, en nog geen week later, haalt hij een hele nacht door.

In de slaapkamer haal ik de rolstoel tevoorschijn van waar hij die in de kast heeft opgeborgen en zet hem net naast de deur. Hij heeft het idiote idee opgevat dat hij het nooit meer toe zal staan dat zijn mannen hem in die stoel zullen zien zitten, dus ik sla mijn armen over elkaar en wacht op hem.

Tien minuten later gaat de deur open en strompelt hij naar binnen. Hij kijkt naar de stoel en dan naar mij. Ik denk dat de uitdrukking op mijn gezicht duidelijk maakt hoe woedend ik ben, want hij gaat langzaam zitten en geeft me de krukken.

'Ik ben zo boos op je,' sis ik tussen mijn tanden door. Ik zet de krukken tegen de muur en draai me terug, om zijn gezicht in mijn handen te nemen. 'Hoe erg is de pijn?'

Hij ontmoet mijn ogen, maar zegt niets en knarst alleen maar met zijn tanden.

'Shit, schat.' Ik leun naar voren en kus zijn voorhoofd. 'Ik ga je pijnstillers pakken. Twee?'

'Maak er maar drie van.'

'Oké. Heb je hulp nodig om op het bed te komen?'

'Als je je kleren uittrekt en daar op me wacht, dan zou dat een mooie stimulans zijn.'

'Vanavond niet, dus hoop er niet te veel op.' Ik streel zijn wang en loop de keuken in.

Als ik dertig minuten later bij Roman in bed ga liggen, is hij dankzij de driedubbele dosis pijnstillers al diep in slaap. Ik maak van de gelegenheid gebruik om naar hem te kijken. Hij is meestal eerder wakker dan ik, dus ik krijg niet vaak de kans om hem op een onbewaakt moment te bekijken. Ik verplaats een paar haarlokken die over zijn voorhoofd zijn gevallen en volg met mijn vinger de lijn van zijn wenkbrauwen, neus en kin, terwijl ik zijn harde gelaatstrekken bewonder. God, ik was vanavond doodsbang. Ik was bang dat er iets ergs was gebeurd, omdat hij niet van zich liet horen.

We moeten morgen een serieus gesprek over dat onderwerp voeren. Ik denk niet dat hij het expres heeft gedaan; ik heb het gevoel dat Roman er gewoon niet aan gewend is dat mensen bezorgd zijn om zijn welzijn. Hij praat nooit over zijn jeugd, en ik vermoed dat het niet gemakkelijk is geweest. Er is nog zoveel dat ik niet van hem weet. Hij deelt zelden details over zijn zaken, en ik denk dat hij me tegen die kant van zijn leven probeert te beschermen. Maar ik ben niet dom. In de ogen van de wereld is mijn man een slechterik. In mijn ogen is hij echter gewoon Roman. De rest kan me geen reet schelen, en dat feit maakt me ook een beetje bang.

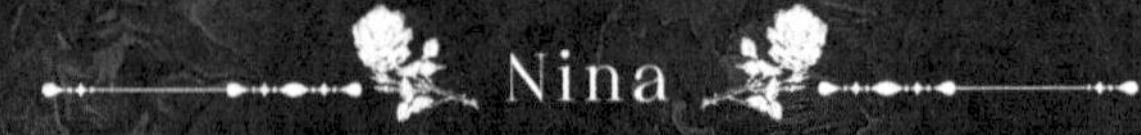

Nina

'WE HADDEN THUIS KUNNEN BLIJVEN.' IK GRIJP mijn rok bij elkaar en pak Romans hand om de auto uit te stappen.

'Ik was je een etentje verschuldigd.'

'We hadden na het restaurant terug naar huis moeten gaan. De club had een andere keer gekund.'

'Ik heb hier toch wat zaken met Pavel te regelen, dus we zullen niet lang blijven.'

Hij had thuis zaken kunnen bespreken met Pavel, hij doet dit vanwege mij. Ik had gisteren terloops iets over de club gezegd en had benoemd dat ik het enorm naar mijn zin had gehad en graag nog een keer zou willen gaan. Ik had niet verwacht dat het de volgende dag zou zijn, verdomme. Na de stunt die hij had uitgehaald heeft hij de hele dag in de rolstoel door moeten brengen, en ik haat het dat hij zichzelf voor mij pusht. Er valt echter geen discussie met Roman te voeren wanneer hij iets in dat koppige hoofd van hem heeft gehaald.

We komen later aan dan bij ons laatste bezoek, dus de club is al vol. We moeten serieus manoeuvreren om door de eerste ruimte te komen, zelfs met Ivan die voorop loopt. Nadat we zijn gaan zitten, brengt de ober ons drankjes. Ik leun op Roman en draai me naar hem toe om hem iets te vertellen als ik een lange blonde man aan de andere kant van de kamer zie. Hij staat met zijn rug naar mij gekeerd en praat met een paar andere jongens. Ik voel Romans hand om mijn middel gaan, en hij vraagt me iets. Ik hoor de woorden niet; mijn aandacht is op de blonde man gericht. Hoe meer ik naar hem kijk, hoe ondieper mijn ademhaling wordt. Iemand roept hem. Hij draait zich om en het voelt alsof zijn bewegingen in slow-motion gaan. Dan wordt zijn gezicht eindelijk zichtbaar. Hij kijkt op, onze blikken kruisen elkaar, en ik stop met ademen.

## Roman

Ik voel dat Nina naast me verstijft. Het duurt een paar seconden en dan begint de hand die ze op mijn dij heeft gelegd te trillen.

'Malysh? Wat is er aan de hand?'

Ze reageert niet. Het is alsof ze me niet eens heeft gehoord. Ze blijft maar naar de menigte staren. Ik volg haar blik en probeer te zien wat haar afgeschrikt zou kunnen hebben, maar ik kan niets ongewoons vinden. Er staan mensen te drinken en te praten, en is niets opvallends te zien, behalve een man bij de uitgang, die in onze richting kijkt. Ik hou er niet van als andere mannen naar mijn vrouw kijken, maar het gebeurt vaker. Nina is een exotische schoonheid die de aandacht trekt. De manier waarop deze man naar haar staart, is echter geen gewone interesse — het is een mengeling van herkenning en kwaadaardigheid. Hij is bijna net zo groot als ik, dus in combinatie met de verafschuwde manier waarop Nina naar hem staart, vallen de stukjes van de puzzel op hun plaats. Ik probeer mijn woede onder controle te houden, pak Nina's kin en draai haar hoofd naar me toe.

'Is dat de man die je pijn heeft gedaan, milaya?'

Ze kijkt me zonder te knipperen aan, haar lippen vormen een harde lijn.

'Dat is hem, is het niet. Hij zal boeten, malysh. Hij zal heel erg boeten. Daar ga ik voor zorgen,' fluister ik en draai me om om mijn krukken te pakken.

Nina pakt mijn arm. 'Nee. Je hebt beloofd dat je niemand vanwege mij zou vermoorden.'

Ik heb nooit zoiets beloofd, maar haar stem is zo klein en van streek, dat ik haar niet verder van streek wil maken. Ik reken later wel met die klootzak af.

'Ivan!' blaf ik en wacht tot hij naar me toe komt. 'Zie je die klootzak? Daar, onder het uitgangsbord. Blond, baard, lang. Ik wil hem uit mijn club gegooid hebben en zorg ervoor dat de uitsmijters weten dat hij nooit meer naar binnen mag.'

'Ja, Pakhan,' zegt hij, en ik voel Nina's lichaam naast me een beetje ontspannen.

'Goed.' Ik sla mijn arm om haar heen, wend me tot

Ivan en voeg er in het Russisch aan toe, 'Grijp hem en wacht op mijn telefoontje.'

Ivan kijkt me aan en ik laat hem op mijn gezicht zien wat ik niet hardop heb uitgesproken. Hij knikt, draait zich om en gaat naar de dansvloer.

Ik hou Nina naast me terwijl Ivan en een van de uitsmijters de schoft grijpen. Als ik zeker weet dat ze weg zijn, leid ik haar de club uit. Ze is de hele weg naar huis stil, en als we thuiskomen, gaat ze meteen naar bed.

'Alles komt goed,' fluister ik in haar oor als ik bij haar in bed ga liggen.

Ze geeft geen antwoord, ze gaat gewoon tegen mijn zij aan liggen en begraaft haar gezicht in de kromming van mijn nek. Na een uur, voel ik haar eindelijk ontspannen en haar ademhaling gelijkmatiger worden. Ik wacht nog een half uur, tot ik zeker weet dat ze diep slaapt, sta dan op en verlaat de kamer.

'Waar is hij?' vraag ik zodra Ivan de telefoon opneemt.

'Pavel heeft hem in zijn kofferbak liggen.'

'Breng hem naar de kelder.' Ik leg de telefoon op de eettafel en verlaat de suite.

Op krukken van de smalle trap naar beneden naar de kelder manoeuvreren is een hel, maar het lukt me, en ik steek de korte gang over die naar de achterkamer leidt. Binnen zit de schoft vastgebonden aan een stoel boven de afvoer, zijn mond is gekneveld.

'Doe zijn shirt uit,' zeg ik tegen Ivan die in de hoek staat te wachten en draai me naar de tafel bij de muur om het assortiment messen en ander gereedschap te inspecteren.

'Pakhan? Wil je dat ik Mikhail bel?'

'Nee.' Ik pak een van Mikhails messen en glimlach. 'Deze is van mij.'

## Nina

De straat voor me is donker, maar ik blijf rennen. Het geluid van mijn voetstappen weerklinkt op de kasseien. Ook al push ik mezelf met al mijn kracht, ik heb het gevoel alsof ik door de modder loop, mijn benen zijn zwaar en langzaam. De gestalte van een man komt de hoek om, grijpt me bij mijn keel en begint me te wurgen.

Ik schrik wakker en ga zwaar hijgend rechtop in bed zitten. De lamp in de hoek is aan, en ik zie dat het bed naast me leeg is. Ik pak de telefoon op het nachtkastje en kijk hoe laat het is. Half vijf.

'Roman?' roep ik. Er is niets dan stilte.

Ik voel een ziekmakend soort onrust in mijn buik. Ik spring uit bed en begin te rennen, in de hoop Roman in de keuken te vinden. Hij is er niet, en ik sta midden in de kamer. Had hij een zakelijk noodgeval? Maar dan vallen mijn ogen op zijn telefoon die op de hoek van de eettafel ligt. Hij zou zijn telefoon nooit achterlaten.

Ik loop op blote voeten door de lange gang en open de deur naar de fitnessruimte. De lichten zijn uit, dus ga ik naar beneden om in Romans kantoor te kijken. Hij is er niet en het hele huis is stil. Ik sluit zijn kantoordeur en ga naar de hoofdkeuken, dan trekt de deur die naar de kelder leidt, mijn aandacht. Ik heb nog nooit iemand naar binnen zien gaan, maar iets dwingt me om de deurkruk te pakken.

Het licht boven de trap is aan, en ik hoor Romans stem in de verte beneden, het is met een aantal vreemde geluiden van schrapend hout vermengd. De deur is vast geluiddicht, want toen ik aan de buitenkant stond hoorde ik niets. Langzaam daal ik de trap af en bevind ik me in een lege kamer met metalen schappen langs de muren. De geluiden zijn hier luider. Romans stem komt van de andere kant vandaan uit de richting van de deur die op een kiertje staat, maar ik kan niet ontcijferen wat er gezegd wordt omdat het in het Russisch is.

Ik wil niet zien wat er achter die deur gebeurt, want diep van binnen weet ik wat ik daarbinnen zal zien. Maar mijn voeten blijven me naar voren leiden. Ik leg mijn handpalm op het houten oppervlak en duw.

Brian zit op een stoel in het midden van de tegelvloer, zijn voeten en polsen zitten eraan vastgebonden. Op de vloer naast zijn voeten liggen verschillende afgehakte vingers in een enorme plas bloed. Roman staat voor hem, hij leunt met zijn linkerhand op een kruk, en in zijn rechterhand houdt hij een mes vast dat tot aan het handvat in Brians buik gestoken is. Hij blaft iets naar hem en begint het mes te draaien. Ik staar vol afgrijzen naar het bloed dat uit de wond stroomt.

Een vreemd, verstikt geluid verlaat mijn lippen en ik hou me aan de deur naast me vast terwijl mijn zicht begint te vervagen. Roman draait zich abrupt om en zijn ogen worden groter. Hij doet een stap naar me toe en ik loop achteruit, starend naar zijn met bloed bedekte handen. Als Roman nog een stap in mijn richting zet, draai ik me om en begin te rennen. Ik herinner me niet dat ik de kelder uit ben gegaan of het grote trappenhuis op ben gelopen. Als ik bij de suite kom, strompel ik door mijn kamer naar de badkamer en doe de deur achter me op slot. Ik haal een paar keer schokkend adem, ga dan naar het toilet en kots.

Ik hou nog steeds de zijkanten van het toilet vast als ik geklop op de deur hoor.

'Ga weg,' zeg ik moeizaam.

'Nina, ik—'

'GA WEG!' schreeuw ik en kots dan weer.

Ik zit op de vloer, naast het toilet, als ik voetstappen hoor naderen en Varya's stem me vanaf de andere kant van de deur roept. Het is een uur geleden dat ik voor het laatst heb overgegeven, dus ik sta langzaam op en buk over de wasbak. Na wat koud water op mijn gezicht gespetterd te hebben, ontgrendel ik de deur.

'Lief kind,' zegt Varya en ze reikt naar me, maar ik doe een stap terug.

'Ik wil dat je een taxi voor me belt. Alsjeblieft.'

'Ga niet weg. Het zal hem vernietigen, Nina. Laat het hem alsjeblieft uitleggen.'

'Taxi,' zeg ik hees. 'Of ik ga lopen.'

Varya kijkt me verdrietig aan en knikt. Ik zie een traan ontsnappen en over haar wang rollen voordat ze haar telefoon pakt.

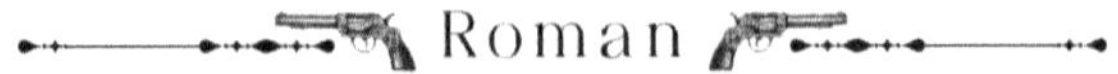



Er wordt op de deur geklopt, maar ik blijf met mijn gezicht naar het raam in de fauteuil zitten en kijk hoe de gele auto keert op de oprit.

'Pakhan.'

'Ja, Dimitri?'

'Er staat een taxi voor de deur te wachten. Varya zei dat Nina Petrova weggaat.'

'Dat klopt.'

'Moet ik haar tegenhouden?'

Ik denk erover na en schud dan mijn hoofd. 'Nee. Stuur twee mannen mee om haar discreet te volgen. Laat ze me bellen als ze op haar bestemming is.'

'Wil je dat ze daar blijven, of hier terugkomen?'

'Ze zullen daar blijven. Ik wil constant twee mannen bij haar hebben. Regel de diensten. Zeg dat ze ervoor moeten zorgen dat ze uit het zicht blijven.'

'Anders nog iets?'

'Dat is alles voor nu.'

Een paar minuten later rent Nina de trap af en stapt ze in de taxi. Ze draagt een spijkerbroek, haar oude hoodie, een hondendraagtas in de ene en een kleine koffer in de andere hand. Ik kijk naar haar, wachtend tot ze zich omdraait en weer naar binnenkomt. Dat doet ze niet. De taxi vertrekt.

Ik pak de kristallen fles whisky, schenk voor mezelf drie vingers in en smijt de fles door de kamer, waar het tegen de muur verbrijzelt.

# Hoofdstuk 17

## Roman

HET IS VIER DAGEN GELEDEN SINDS NINA IS VERTROKKEN, en ik word langzaam gek. De mannen die als haar beveiligingsteam werken, hebben zich aan het einde van elke dienst gemeld en me op de hoogte gebracht. Het betekent niets anders dan me te laten weten dat ze in orde is. Ik wil haar hier hebben, verdomme.

Eerst dacht ik dat ze naar haar ouders zou gaan, daar de nacht door zou brengen en 's ochtends terug zou zijn. Maar toen de jongens me hadden gemeld dat ze terug was gegaan naar haar eigen huis, wist ik dat ze de volgende dag niet terug zou komen. Ik had gehoopt dat ze zou bellen — misschien na een dag of twee. Maar ze heeft niet gebeld. Ik wil haar niet zelf bellen totdat ik weet dat ze klaar is om te praten.

Ik heb het verkloot. Dat wist ik op het moment dat ik haar bij de kelderdeur zag staan, met een blik van afschuw en shock op haar gezicht, maar ik had niet verwacht dat ze weg zou gaan.

Ik kan niet meer wachten, dus ik pak de telefoon van mijn bureau en bel haar. Ze verbreekt de verbinding nadat hij twee keer over is gegaan en zonder op te nemen. Ik bel nog een keer, maar het enige wat ik krijg, is een korte reactie. 'Het is afgelopen, Roman.'

Dit kan ze niet doen. Ik zal het niet toestaan. Ik pak mijn krukken en loop naar de deur.

'Naar Nina's huis,' blaf ik naar Kolya en duik de auto in.

Als we Nina's gebouw bereiken, pak ik de telefoon en stuur haar een bericht.

*Ik sta buiten.*

Ik staar naar de telefoon in mijn hand, wachtend tot hij overgaat. Dat gebeurt niet. In plaats daarvan komt er een bericht binnen.

*HET. IS. AFGELOPEN.*

*GA. WEG.*

Wat moet ik verdomme hiermee aan? Moet ik naar boven gaan, haar deur intrappen en haar naar me laten luisteren? En wat moet ik dan zeggen? Ik kan onmogelijk ongedaan maken wat er is gebeurd.

Ik blijf in de auto voor haar gebouw zitten. Pas diep in de nacht geef ik Kolya eindelijk opdracht om me naar huis te brengen. Het is te snel. Ik zal haar nog een paar dagen geven om af te koelen. Dan zullen we praten.

Twee dagen later arriveert er een pakketje. Het is een groot rechthoekig ding gewikkeld in bruin papier, en mijn naam staat er in Nina's rommelige handschrift opgeschreven. Ik leg het op mijn bureau, volg de letters die ze heeft geschreven met mijn vinger en begin het papier te scheuren.

Het is een schilderij.

Een naakte vrouw knielt in het midden van een veld van puin en as, haar rug is achterover gebogen, haar armen zijn ietsjes opgeheven in de richting van de stormachtige hemel erboven. Haar zwarte haar wappert in de wind, een deel bedekt haar gezicht. Een lange zwarte speer zit in het midden van haar borst, en een dikke laag rode verf loopt van de wond over haar naakte lichaam naar beneden. Aan de andere kant van de speer zit een eenzame gier, alsof hij zit te wachten.

Het is het zelfportret dat ze me had beloofd.

Ik sta op en staar naar het gazon achter het raam tot de zon ondergaat, en ga dan terug naar het bureau. Met mijn ellebogen op het houten oppervlak begraaf ik mijn handen in mijn haar en staar naar het schilderij, waarbij ik de kleine details opmerk die ik de eerste keer heb gemist. Zoals de aderen in de hals van de vrouw die eruit springen alsof ze overbelast zijn. Rode tranen stromen over haar wangen. Zwarte scheuren op de huid van haar borst waar de speer het heeft doorboord — dikker rond de wond en steeds dunner als ze wegstralen, alsof haar lichaam zelf uit elkaar begint te vallen.

Ze komt niet terug.

*Hoofdstuk*

18

Nina

IK GA AAN DE EETTAFEL ZITTEN, LEG DE MAP MET DOCUMENTEN op het oppervlak voor me en kijk er alleen maar naar. Er gaan twintig minuten voorbij voordat ik de moed verzamel om de map te openen en de papieren eruit te halen. Ik pak een pen uit de beker, plaats de punt aan het begin van de stippellijn in de linkerbenedenhoek en begin mijn naam neer te zetten. Mijn zicht vervaagt en tranen stromen uit mijn ogen, vallen op het papier eronder en smeren de inkt uit. Shit.

Ik verkreukel het geruïneerde document, neem nog een kopie uit de map en begin opnieuw. Ergens op de derde pagina begint mijn hand te trillen, maar ik blijf tekenen. Bij de vijfde stort ik in en begin te snikken. Ik kan het verdomde papier niet eens meer zien, dus ik sta op en verlaat de keuken om te kalmeren. Het kost me meer dan twee uur om alle drie de kopieën van de scheidingspapieren te tekenen. Dan verzegel ik ze in een grote envelop, schrijf Romans adres erop, en bel de koerier.

 Roman

'Dit is net aangekomen.' Varya geeft me een grote witte envelop. 'Het is van Nina.'

Ik scheur de zijkant van de envelop open, haal er een map uit met een set papieren erin en leg het op mijn bureau zonder het te openen.

'Dit kan maar beter niet zijn wat ik denk dat het is,' snauw ik tussen opeengeklemde tanden door terwijl ik de map open en naar het eerste document staar.

'Roman? Wat is er aan de hand?' vraagt Varya en ze loopt om de tafel heen en gaat naast me staan.

'Ze wil scheiden.' Ik pak het bureau en gooi het verdomde ding naar het midden van de kamer waar het ondersteboven landt, waarbij ik de laptop en papieren laat vliegen. 'Ze krijgt verdomme geen scheiding!'

 Nina

De papieren komen twee dagen later terug. Ik sta bij de deur, scheur de envelop open, haal de papieren tevoorschijn en staar naar de lijn in de rechterhoek waar Romans naam gedrukt staat. Erboven op de stippellijn waar zijn handtekening zou moeten staan, is in rode inkt een grote 'Nee' geschreven. Ik draai de bladzijde om. Dezelfde grote rode 'Nee' op deze. En op de volgende. En op de volgende.

'Verdomme, Roman.'

Ik pak mijn telefoon en bel mijn advocaat. 'Ik heb meer kopieën van de scheidingspapieren nodig.'

Ik verstuur de papieren dezelfde dag nog. Ze komen een dag later terug, maar in plaats van zijn handtekening, is elke rechterbenedenhoek er afgebrand.

De volgende keer dat ik de envelop terugkrijg, zitten er geen papieren in. In plaats daarvan zit er een hoopje witte stof in.

Ik wil tegelijkertijd schreeuwen en lachen, maar ik eindig weer met huilen. Tegen de tijd dat het de volgende ochtend is, beslis ik dat het genoeg is geweest, pak mijn telefoon en bel hem. Hij neemt na één keer overgaan op.

'Nina. Ik neem aan dat je mijn antwoord hebt ontvangen.'

Alleen al het horen van zijn stem maakt me aan het huilen, maar ik verman mezelf en probeer mijn best te doen om normaal te klinken. 'Ik wil dat je de scheidingspapieren tekent.'

'Nee.'

'Roman, alsjeblieft.'

'Ik ga verdomme niet van je scheiden!' schreeuwt hij in de telefoon. 'Jij hebt me verlaten en dat was jouw keuze. Dit is mijn keus.'

'Wil je weten wat ik wil, Roman? Kan het je eigenlijk wel iets schelen?'

Hij zucht. 'Wat wil je, Nina?'

'Ik wil op zijn minst iets van een normaal leven, Roman. Ik wil iemand die niet besluit om voor God te spelen en zijn eigen gerechtigheid uit te delen, door mensen te vermoorden die hij niet mag. Daar wil ik geen getuige van zijn. Brian was een klootzak, maar ik wilde niet dat hij vanwege mij vermoord werd. Ik heb dat nooit op mijn geweten willen hebben. Ik heb je gevraagd en gesmeekt om het met rust te laten. En je hebt hem als een varken opengereten. Ik heb nog steeds nachtmerries van die nacht, Roman.'

Ik haal diep adem voordat ik verderga.

'Ik kan niet in jouw wereld leven, Roman, waarbij ik elke keer als je een deal of wat dan ook gaat sluiten, doodsbang zal zijn. Ik dacht dat ik het kon, maar ik kan het niet. Heb je enig idee wat het met me heeft gedaan, om de hele nacht bij het raam te zitten terwijl jij je zaken aan het regelen was? Ik dacht dat je ergens in een greppel lag en ik zat te wachten tot ze je gewond of dood terug zouden brengen! Maar bovenal kan ik niet met de mogelijkheid leven dat je op een dag zal besluiten om iemand anders te vermoorden, alleen maar, omdat hij op een rare manier naar me keek, of wat dan ook. Ik kan het niet! Het scheurt me van binnen uit elkaar. Wat je met Brian hebt gedaan, vreet me vanbinnen op. Dit schuldgevoel, wetende dat er iemand dood is vanwege mij. Ik kan niet eten. Ik kan niet slapen. Ik zie steeds zijn lichaam voor me, bedekt met bloed en stukken van zijn vingers die op de vloer liggen. God, Roman... Ik kan al dat bloed aan je handen niet meer zien.'

Ik snik op het einde zo hard dat ik niet zeker weet of hij de helft van wat ik heb gezegd heeft begrepen.

'Begrijp je dat, Roman?'

Er is alleen stilte aan de andere kant van de lijn, en ik begin me af te vragen of hij de verbinding heeft verbroken als ik eindelijk zijn stem hoor.

'Ja. Ik begrijp het,' zegt hij, en de lijn gaat dood.

Een dag later komt er weer een envelop. Ik maak het open en ga door de papieren. Hij heeft getekend. Ik kijk naar zijn handtekening, en het doet in het begin zo verdomd veel pijn dat ik niet eens het briefje zie dat aan de bovenkant van de pagina is geschreven.

*'Als je me ooit nodig hebt, dan heb je mijn nummer. Als je niets met mij te maken wilt hebben, bel dan Maxim of Dimitri. Ik heb ze geïnstrueerd dat, als je ooit belt, ze moeten doen wat je vraagt, en het niet met mij mogen delen. Bel Varya alsjeblieft van tijd tot tijd. Ze mist je. Let op jezelf, malysh.'*

Ik klem het briefje tegen mijn borst terwijl mijn hart in een miljoen kleine stukjes breekt.

*Twee weken later.*

Ik leun achterover en kijk naar Maxim terwijl hij naar mijn bureau loopt.

'Ik luister,' zeg ik.

'De volgende zending komt morgenavond aan.'

'Hoeveel kratten?'

'Elf. Dat is het beste wat we op korte termijn konden regelen.'

'Zorg ervoor dat je elk wapen controleert. Ik wil zaterdag geen ongelukken. Vermoeden de Italianen iets?'

'Nee.'

'Mooi. Zorg ervoor dat je de mannen de komende dagen regelmatig rouleert. Wat is het aanvalsplan?'

'Twee teams. Zes voetsoldaten elk. Dimitri en Anton gaan met het eerste team mee. Mikhail en Yuri met de tweede.'

'Laat Mikhail erbuiten.' Ik schud met mijn hoofd. 'Ik wil

niet het risico lopen dat hij neergeschoten wordt, Lena heeft hem nodig. Stuur in plaats daarvan Sergei maar.'

'Ik denk niet dat dat een goed idee is. Sergei's gedrag is de laatste tijd nog grilliger geworden. Hij zal Yuri's bevelen niet opvolgen.'

'Natuurlijk zal hij dat niet doen.' Ik vloek en gooi het document weg dat ik zat te lezen. 'Ik zal met Sergei meegaan. Yuri kan sowieso voor geen meter schieten.'

Maxim staart me aan alsof ik gek ben geworden. Misschien ben ik dat wel. 'Over mijn lijk, Roman.'

'Het staat niet ter discussie. Ik ben de enige die ervoor kan zorgen dat Sergei zich gedraagt.'

Hij kijkt me aan, zijn kaak in een harde lijn, zet zijn bril af en wijst boos naar me. 'Je kunt verdomme niet lopen.'

'Misschien kan ik niet lopen, maar naast Sergei ben ik nog steeds de beste schutter van de Bratva.'

'Ik zal het niet toestaan, Roman. Het is zelfmoord.'

'Oh? Zullen we dan maar een labiel persoon een pistool en een stel explosieven geven, en hem zonder toezicht het veld insturen? Sergei is in staat om in minder dan een uur een heel stadsblok te vernietigen.'

'Nou, dan sturen we Sergei niet. Je hebt hem met een reden uit het veld gehaald.'

'Dit is een speciale gelegenheid. Met toezicht, is Sergei in het veld hebben als een eenmans bataljon. Ik heb zaterdag Mikhail of Sergei nodig. En Mikhail blijft erbuiten.'

Maxim geeft geen commentaar, schudt alleen zijn hoofd en knijpt in zijn slapen.

'Je hebt Sergei nooit in het veld gezien.' Ik leun achterover in mijn stoel terwijl een serene glimlach zich over mijn gezicht verspreidt. 'Het is prachtig. Wist je dat hij ooit in zijn eentje een vijandelijk pakhuis heeft geruimd? Veertien mensen. En hij is maar één keer neergeschoten.'

'Het is duidelijk dat jullie twee bloedverwanten zijn,' zucht Maxim. 'Jullie zijn allebei compleet krankzinnig.'

'Dat is dan geregeld.' Ik leun naar voren om de laptop te sluiten. 'Hoe zit het met haar?'

'Ze heeft volgende maand een tentoonstelling. Ivan heeft de poster gezien.'

'Alleen een tentoonstelling, of een verkoop expositie?'

'Ik zal het nakijken.'

'Als het verkoop is, bel dan van tevoren de galerie en koop alles.' Ik kijk op. 'Anoniem. Anders nog iets?'

Ik zie dat hij gespannen raakt en wegkijkt.

'Anders nog iets, Maxim?'

'Ze heeft haar haren veranderd.'

'Heeft ze het geknipt?'

'Nee. Alleen geverfd.'

'Blond?'

'Nee. Het... is paars.'

Ze heeft haar haren paars geverfd. Ik kan niet anders dan een beetje glimlachen.

'Dat is alles, Maxim.'

*Een maand later.*

VERSCHILLENDE TINTEN ZWART EN GRIJS, EN NIETS ANDERS. Ik neem een deel van de gele verf op mijn kwast en probeer een paar strepen over de donkere vormen op mijn canvas te verven, maar het smeert zich alleen maar uit met de vorige laag zwart. Het weerspiegelt mijn gemoedstoestand van de laatste weken. Tinten van zwart, en elke poging om een beetje kleur toe te voegen eindigt als een mislukking. Ik had Brando niet terug moeten brengen. Ik had me misschien niet zo alleen gevoeld als hij hier nog was geweest.

Ik laat het doek drogen en ga naar de badkamer. De vorige lagen zullen morgenavond droog zijn, en dan zal ik het opnieuw proberen. Ik vraag me af wanneer ik iets anders kan verwerken dan grijstinten. Het zal zeker niet morgen zijn.

Drie tubes haarverf liggen verspreid naast de gootsteen. Ik heb al paars geprobeerd, en het duurde twee weken voordat het eruit was gespoeld. Hoe toepasselijk. Ik pak de tweede tube. Misschien blijft blauw langer zitten.

Het kost me twee uur om mijn haar af te maken en een douche te nemen, en het is bijna zes uur 's ochtends als ik eindelijk mijn slaapkamer in ga. De zon begint al op te komen, dus ik trek de zware gordijnen dicht en klim in bed. Ik kan 's nachts nog steeds niet slapen, dus heb ik mijn leefritme omgewisseld. Ik ga vroeg in de ochtend naar bed en werk in de nacht door. Op het moment dat ik mijn ogen sluit, zie ik Roman weer het mes omdraaien, zijn handen zitten onder het bloed. Het was veel gemakkelijker om overdag met dat beeld om te gaan.

Die fase ging na een maand voorbij, en nu is het enige wat ik in mijn dromen zie Roman. Helaas maakt niets het makkelijker om met dit nieuwe visioen om te gaan, dag of nacht. Soms, als ik het bijzonder moeilijk vind om te slapen, sluit ik mijn ogen en doe ik alsof hij naast me ligt.

Misschien moet ik weggaan, een tas pakken en de eerste trein nemen naar waar dan ook, op een willekeurig punt van trein wisselen, totdat ik ergens ver weg ben. Ik zou een baan kunnen zoeken op een boerderij of zoiets, paardenstront opruimen en in mijn vrije tijd schilderen. Of ik kan paardenstront gaan gebruiken in plaats van verf. Een nieuwe artistieke golf beginnen. Ja, misschien moet ik dat overwegen.

## Roman

Maxim komt mijn keuken binnen en hij blijft bij het eiland staan, zijn handen achter zijn rug geklemd. Hij kijkt toe terwijl de dokter met mijn arm bezig is.

'De Italianen hebben een van onze magazijnen laten ont-ploffen,' zegt hij.

'De schade?'

'Alleen het gebouw, niets dat niet kan worden gerepareerd.'

'Iemand gewond?'

'Het was een van de lege magazijnen, dus er was daar geen beveiliging aanwezig.'

Laat het aan de Italianen over om een leeg magazijn af te branden. Idioten. 'Zorg ervoor dat je de mankracht op de plekken waar goederen liggen verdubbelt.'

'Al gedaan.'

Ik bedank de dokter, sta op en ga naar het raam met uitzicht op de patio. 'Wat heeft ze gedaan?'

'Ze heeft haar haren weer veranderd. Het is nu blauw.'

'En hoe zit het met... mannen?'

'Niemand, voor zover we konden zien.'

'Wanneer er een man in beeld komt, en uiteindelijk zal dat gebeuren, zorg er dan voor dat ik er nooit achter kom, Maxim.'

# *Hoofdstuk*
# 21

## Roman

*Een maand later.*

'IVAN HEEFT GEBELD.' Ik hoor MAXIMS stem in mijn oortje. 'Ze zijn net door twee auto's gepasseerd en ze komen jouw kant op. Zorg verdomme dat je daar wegkomt.'

Ik vloek. 'Sergei is nog binnen.' Ik controleer mijn pistool en richt mijn blik op de achterkant van het magazijn van de Italianen.

'Ze zullen er in minder dan vijf minuten zijn, Roman.'

'Ik laat hem niet achter.'

'Ik had je toch gezegd om meer mannen mee te nemen! Verdomme, Roman, je luistert ook nooit.'

'Er hadden maar twee bewakers moeten zijn. Misschien heeft iemand ze getipt. We vertrekken zodra Sergei buiten is.'

Ik wend me tot Anton, die achter het stuur zit, en knik naar de achterdeur aan de andere kant van het magazijn, zo'n vijftien meter verderop. 'Zodra je Sergei ziet, plankgas. We krijgen gezelschap.'

Twee minuten later hoor ik de auto's van rechts naderen en het volgende moment gaat de deur aan de achterkant van het magazijn open en rent Sergei naar buiten.

'Ga!' blaf ik.

Anton start de auto en rijdt snel richting Sergei. Ik open het raam, richt op een van de voertuigen die vanaf de zijweg komen en begin te schieten. De eerste auto slingert, de bestuurder heeft waarschijnlijk de controle verloren nadat een kogel een band heeft geraakt, en botst tegen een boom. De tweede auto passeert hem en rijdt naar ons toe. Ik schiet nog twee keer, en Anton trapt opeens op de rem. Er is een geluid van een deur die opengaat en Sergei springt erin.

'Zijn jullie zonder mij aan het feesten,' zegt hij lachend. Maniak.

'Rijden!' schreeuw ik tegen Anton, verwissel het magazijn en ga verder met op de Italianen te schieten die zes meter van ons vandaan zijn gestopt en uit hun voertuig proberen te stappen. Het lukt me om allebei de voorbanden te raken voordat onze auto naar voren schiet.

'Blaas ze op,' roep ik over mijn schouder, mijn ogen nog steeds op de auto van de Italianen gericht.

'Prima,' hoor ik Sergei van achter me zeggen. Een seconde later hoor ik de explosie.

Ik kijk in de achteruitkijkspiegel en zie het westelijke deel van het magazijn instorten.

'Laat Maxim weten dat we weg zijn,' zeg ik tegen Anton en wend me dan tot Sergei. 'Waren er problemen?'

'Behalve het feit dat je de meeste van mijn spullen van me af hebt genomen, nee.'

'Ik wilde alleen hun gebouw vernietigen. Je hebt genoeg explosieven meegenomen om een half continent op te blazen.' Ik schud met mijn hoofd. Maxim had gelijk. Hij is volkomen onstabiel.

Nina

Ik doe de deur open en staar naar mijn moeder. 'Wat doe jij hier?'

'Je neemt al weken je telefoon niet op. Ik was ongerust.'

Ik ga een stap opzij om haar binnen te laten, sluit de deur en loop mijn woonkamer binnen. 'Ik heb je gisteren een berichtje gestuurd.'

'Ja, je 'Ik ben in orde, stop met bellen' heeft me niet overtuigd. Hoe voel je je?'

'Als een wrak.' Ik haal mijn schouders op, pak de kwast en werk verder aan mijn schilderij.

'Je ziet er verschrikkelijk uit, Nina.'

'Bedankt mam.'

Vanuit mijn ooghoek zie ik haar de kamer binnenkomen en zich langzaam ronddraaien, terwijl ze naar de schilderijen die ik langs de muren heb gezet, kijkt.

'Meestal voeg je wat felle kleuren toe. Zijn ze allemaal alleen maar in grijs en zwart?' vraagt ze.

'Hoe zou jij dat nu kunnen weten? Je bent nooit geïnteresseerd geweest in mijn kunst.'

Ze geeft geen antwoord, maar komt naast me staan en kijkt even toe terwijl ik schilder. 'Ik heb degene met het meisje in een groene jurk. We hebben het in de woonkamer opgehangen.'

Mijn kwast blijft stilhangen op het doek. 'Ik dacht dat die met de anderen aan een anonieme koper was verkocht. Hebben ze hem teruggebracht?'

'Nee. Ik mocht het van hem hebben.'

Ik kijk naar haar op. 'Van hem?'

'Je man. Hij is degene die de schilderijen heeft gekocht.'

Ik haal diep adem en keer terug naar mijn canvas. 'Hij is mijn man niet meer.'

Ik probeer mijn werk te hervatten, maar mijn hand die de kwast vasthoudt trilt, dus leg ik de kwast neer en staar naar de onafgewerkte zwarte vorm voor me. Mijn moeder pakt me bij de schouder en draait me naar haar toe.

'Wat is er tussen jullie twee gebeurd, schat? Ik dacht dat jullie bij elkaar zouden blijven.'

'Ik heb hem betrapt toen hij Brian opensneed,' zeg ik. 'Nadat hij de meeste van zijn vingers eraf had gehakt.'

'Heeft hij hem vermoord?'

'Ja.'

Ze is even stil en dan schudt ze haar hoofd. 'Hij houdt van je.'

Ik voel de tranen in mijn ogen opkomen. 'Ja, dat doet hij. Maar soms is liefde niet genoeg.'

'Je wist wie hij was, Nina, en toch werd je verliefd op hem. Kun je het hem niet vergeven?'

'Hij zou het weer doen, mam. Ik kan niet met nog een dood op mijn geweten leven. Deze is al te veel. Ben ik dan een hypocriet? Dat het me nooit eerder heeft gestoord wat hij deed of wie hij al had vermoord?'

'Zo werkt zijn wereld. Maar niet die van jou.'

Ik draai me naar het doek en pak mijn kwast weer op. 'Ik moet deze morgen af hebben.'

'Oké lieverd. Ik zal je laten werken.' Ze steekt haar hand uit en streelt zachtjes over de achterkant van mijn handpalm. 'Neem alsjeblieft op als ik bel.'

Ik hoor de voetstappen van mijn moeder als ze weggaat en dan stoppen ze. Ik draai me om en zie haar in de deuropening staan, haar hoofd licht gebogen.

'Ik had het mis over je man,' zegt ze, tilt dan haar hoofd op en we kijken elkaar aan. Er is een vreemde blik op haar gezicht te zien. Ik ben door haar woorden volledig in de war, en überhaupt door dit hele bezoekje van haar.

'Je vader zou nooit vanwege mij een man vermoorden, weet je.'

'Nou, dat is een goede zaak, mam.'

'Nee schat. Dat is het niet,' zegt ze en ze verlaat het appartement.

Nina

*Een week later.*

MIJN TELEFOON BEGINT TE RINKELEN OP HET nachtkastje, maar ik negeer het en leg een kussen over mijn hoofd. Het rinkelen stopt, om een minuut later opnieuw te beginnen. Ik kreun, pak het verdomde ding op en antwoord zonder te kijken wie er belt.

'Heb ik je wakker gemaakt, kind?'

Ik ga rechtop in bed zitten en ben meteen wakker. 'Varya?'

'Ik moet met je praten. Kan ik langskomen?'

'Tuurlijk, ik zal je het adres appen.'

'Dan ben ik er over een uur.'

'Varya, wat is er aan de hand? Is... is hij in orde?'

'Ja. Voorlopig tenminste. We praten als ik er ben.'

Ik krijg een naar gevoel in mijn borst terwijl ik naar mijn telefoon staar. Er is iets mis, ik weet het gewoon. Ik haast me naar de badkamer om te douchen en me om te kleden. Ik verzamel de kwasten en verknoeide schetsen die op de vloer in mijn woonkamer liggen als ik de deurbel hoor.

'Wat heeft hij verdomme nu weer gedaan?' vraag ik op het moment dat Varya binnenkomt.

'Ik vind je haar leuk, kukolka. Groen staat je goed.' Ze kust me en lacht, maar het bereikt haar ogen niet. 'Laten we gaan zitten.'

Ik leid haar naar de keuken, schenk voor ons twee kopjes koffie in en ga in de stoel tegenover Varya zitten. Ze schuift de beker naar zich toe en houdt hem in haar handen, kijkend naar de vloeistof die erin zit. 'Kun je alsjeblieft terugkomen?'

Haar vraag verbijstert me, en voor een seconde, staar ik haar sprakeloos aan. 'Ik kom niet meer terug. We zijn drie maanden geleden gescheiden, dat weet je.'

'Roman is een oorlog met de Italianen begonnen. Hij heeft het expres gedaan. Ze spelen nu al maanden kat en muis, vallen elkaars zendingen aan, blazen magazijnen op.'

'Lieve God. Wat denkt hij in vredesnaam dat hij aan het doen is?'

'Hij denkt niet na. Ik denk dat hij een afleiding wilde en de Italianen waren een handige keuze.'

'Een geweldige afleiding. Is hij gek geworden?'

'Misschien.' Ze haalt haar schouders op en neemt een slok van haar koffie. 'Ik was erbij toen hij de scheidingspapieren tekende, weet je. Ik denk dat hij tot dat moment had geloofd dat je uiteindelijk terug zou komen. Maar na het tekenen van die papieren... brak er gewoon iets in hem. Twee weken later heeft hij de jongens eropuit gestuurd om een van de Italiaanse zendingen te onderscheppen. En hij ging met hen mee.'

'Hij heeft *wat* gedaan?'

'Hij zei dat het was omdat hij Sergei in de gaten moest

houden, en ik nam aan dat het eenmalig was. Dat was niet het geval.'

'Ik dacht dat een pakhan de organisatie moest leiden, zakelijke deals moest beheren of wat dan ook, geen voetvolk moest spelen.'

'Het lijkt hem niets te kunnen schelen, kind. Weet je hoe belangrijk het in onze wereld is als een soldaat erin slaagt om een pakhan te doden? Degene die dat doet, wordt onder zijn concurrenten een held. Als het alleen de soldaten op het veld zijn, is het business as usual, maar met een pakhan aanwezig… dan wordt hij het primaire doelwit.'

'Varya, ik... Ik weet niet wat je van me verwacht. Hem bellen en vragen om te stoppen met zich als een idioot te gedragen?'

'Ik wil dat je terugkomt. Als jij er bent zal hij niet zo roekeloos zijn. Hij zou niet willen dat je je zorgen maakt.'

'Hij is een volwassen man, Varya. Hij heeft mij niet nodig om als zijn uitknop te dienen.'

'Roman houdt van je, Nina. Ik denk niet dat je weet hoeveel.'

'Er is vanwege mij een man gestorven. Ik heb Roman verteld dat ik daar niet mee kan leven, en hij heeft hem toch vermoord. Als hij echt van me hield, dan zou hij me dat nooit hebben aangedaan.'

'Weet je hoe Roman een pakhan is geworden, kind?' vraagt Varya en ik schud mijn hoofd. 'Laat me je dat verhaal vertellen. Het kan je helpen om dingen beter te begrijpen.'

Ze kijkt naar haar beker en begint de vloeistof met een lepel te roeren.

'Romans moeder trouwde met zijn vader toen ze pas achttien was. Lev was twintig jaar ouder dan zij, en hij was een hele slechte man, kukolka. Ik ben met Nastya in dat huis gekomen. Ik kende haar al vanaf dat ze een baby was, en ik haatte het om Lev haar te zien mishandelen vanaf het moment dat ze aankwam. Hij sloeg haar, zelfs toen ze zwanger was van Roman. Toen Roman vijf was, begon hij zijn vader expres te confronteren, zodat Lev zijn woede op hem zou botvieren in plaats van op Nastya. Het heeft een paar maanden gewerkt. Totdat het niet meer werkte. Een paar dagen voor Romans zesde verjaardag sloeg Lev Nastya zo hard dat ze van de trap viel. Roman zag het gebeuren.'

'Heeft hij haar vermoord?'

'Ja. Gebroken nek. Ik heb vanaf dat moment voor Roman gezorgd. Lev is een paar jaar later weer getrouwd, maar Marina wist weg te komen. Ik weet niet zeker wat er met haar is gebeurd, maar we hebben daarna nooit meer iets over haar gehoord.'

'Denk je dat hij haar ook heeft vermoord?'

'Waarschijnlijk. Toen Roman opgroeide, begon ik als huishoudster te werken en deed ik mijn best om zo ver mogelijk uit de buurt te blijven van de pakhan. Ik regelde het personeel en had geen reden om Levs pad te kruisen. Tot hij me op een dag bij zich riep. Toen ik in de bibliotheek kwam, greep hij me bij mijn keel, sloeg me tegen de muur en wurgde me. Hij was boos omdat de dienstmeid de lakens die ochtend niet had verschoond zoals hij had gevraagd. Toen Roman binnenkwam, was ik al half bewusteloos. Roman heeft hem vermoord en als hij dat niet had gedaan, dan zou Lev me hebben gewurgd tot ik dood was.'

Ik kijk op naar Varya, die naar de hand kijkt die ik op een gegeven moment omhoog heb gebracht en onbewust op mijn hals heb geplaatst.

'We hebben allemaal een soort trigger, kind. Roman zag die man als een bedreiging voor je, en hij heeft het geneutraliseerd. Ik zeg niet dat hij het juiste heeft gedaan. Ik probeer het je gewoon duidelijk te maken. Hij weet nu, dat wat hij deed, je pijn heeft gedaan, en geloof me als ik zeg dat hij nooit iets opzettelijk zou doen dat jou zou kwetsen. Hij is stapelverliefd op je, en ik denk dat toen je wegging, er iets in hem is gebroken. Hij geeft nergens meer om. Ik denk dat hij al die roekeloze dingen expres doet. Hij... is vorige maand neergeschoten.'

'Wat?' fluister ik, en de tranen die ik in bedwang heb gehouden, komen naar buiten.

'In zijn bovenarm. Hij had geluk — de kogel is er gewoon doorheen gegaan, niets ernstigs. Deze keer. Alsjeblieft, praat in ieder geval met hem. Hij gaat zichzelf de dood injagen, Nina. Het is slechts een kwestie van tijd.'

'Oh, ik zal met hem praten.' Ik sta op van de tafel en haast me om mijn jas en portemonnee te pakken, terwijl ik ondertussen mijn tranen met de mouw van mijn shirt wegveeg. 'Ik zal een taxi voor ons bellen.'

'Vova kan ons brengen. Ik geloof dat hij dienst heeft,' zegt Varya nonchalant.

'Is hij ergens in de buurt?'

'Dat zou je kunnen zeggen. Hij staat aan de overkant van de straat.'

Ik til mijn hoofd op om naar haar te kijken, ga dan naar het raam en kijk naar buiten. Zoals ze al zei, staat daar een onopvallende auto. 'Heeft hij me laten volgen?'

'Hij heeft een beveiligingsteam op je gezet. Ze zijn er al maanden.'

'Ik ga hem vermoorden.'

Als we het gebouw verlaten, marcheer ik rechtstreeks naar de overkant van de straat naar de auto en klop op het raam. Vova's hoofd schiet omhoog, hij staart me met grote ogen aan en laat dan snel het raam zakken.

'Nina Petrova?'

Ik knars met mijn tanden, maar corrigeer hem niet, ik beweeg alleen met mijn hoofd naar Varya die eraan komt.

'We hebben een lift nodig.'

'Natuurlijk.' Hij opent de deur en we gaan achterin zitten. 'Waar wil je heen?'

'Ik ga de Pakhan een bezoekje brengen,' zeg ik en leun achterover in de stoel.

Het kost ons bijna een uur om het huis te bereiken. Op het moment dat de auto op de oprit stopt, stap ik uit en ren ik de stenen trap op naar de hoofdingang. De bewaker, die op wacht staat, kijkt me verbaasd aan, knikt en doet de deur voor me open.

'Waar is hij, Kolya?'

'Ik geloof dat de Pakhan in zijn kantoor is,' zegt hij.

Ik ren door de hal en sla linksaf naar de westelijke gang die naar Romans kantoor leidt. Hoe dichter ik bij zijn deur kom, hoe meer mijn bravoure verdwijnt. Tegen de tijd dat ik bij de deur ben, ben ik één en al zenuwen. Ik ga hem na al die tijd weer zien, en ik ben zowel opgewonden als bang. Ik wil naar binnen, maar tegelijkertijd wil ik me omdraaien en maken dat ik wegkom. Er is nu geen weg terug — het is te laat.

Ik leg mijn hand op de deurknop, haal diep adem, trek

mijn gezicht in een uitdrukkingsloos masker en ga zonder te kloppen naar binnen.

Roman zit achter zijn bureau en kijkt van de papieren in zijn handen naar het laptopscherm. Ik laat de deur achter me dichtgaan, leun er met mijn rug tegenaan en kijk een paar seconden naar hem. God, ik heb hem zo gemist dat het alleen al pijn doet om naar hem te kijken.

'Ik heb gehoord dat je neer bent geschoten,' zeg ik en ik ben verbaasd hoe casual ik klink — er is in mijn stem geen trilling te horen, maar binnen in me woedt er een orkaan.

Romans hoofd schiet omhoog, zijn ogen vinden de mijne, en hij staart me met zo'n intensiteit aan dat als ik de deur niet achter me had gehad, ik achteruit zou zijn gestruikeld. Er gebeurt zoveel in zijn ogen, verschillende emoties flitsen voorbij en worden zo snel door anderen vervangen, dat ik ze niet allemaal registreer. Er is verrassing te zien, maar het is vermengd met pijn en zoveel woede dat ik niet anders kan dan terugdeinzen.

'En waarom gaat dat jou wat aan, Nina?' Stille, boze woorden — ieder woord doorboort mijn reeds verscheurde hart. Hij haat me.

'Ik wilde gewoon zeker weten dat je in orde bent.'

Hij leunt achterover in zijn stoel en slaat zijn armen over elkaar. 'Waarom?'

Waarom? Zo'n simpele vraag. En zo veel antwoorden. Omdat ik ongerust over hem was. Omdat ik hem miste en hem wilde zien, al was het maar voor een minuut. Omdat ik van hem hou. Maar in plaats van te antwoorden, sta ik daar en probeer ik mijn ademhaling onder controle te krijgen, want opeens voelt het alsof er niet genoeg lucht in de kamer is.

Roman staat op, reikt naar de stok die tegen het bureau

leunt en loopt naar me toe. Hij leunt behoorlijk zwaar op zijn stok, maar zijn stappen zijn zeker en vrij snel. Er ontsnapt een traan uit mijn ooghoek. Het is hem gelukt, ik wist dat het hem zou lukken.

Hij komt voor me staan en steekt zijn hand op om hem op de deur naast mijn hoofd te plaatsen en me klem te zetten. Hij laat zijn hoofd zakken zodat onze gezichten slechts centimeters van elkaar verwijderd zijn.

'Ik heb je wat gevraagd. Ik heb een antwoord nodig, malysh.'

De dam barst als ik zijn vertedering hoor, en de tranen stromen vrij over mijn gezicht. Mijn onderlip begint te trillen, dus ik bijt erop en til langzaam mijn handen naar zijn gezicht. Ze trillen. Ik aarzel even en leg dan mijn handpalmen op zijn wangen.

'Jij. Bent. Weggegaan,' fluistert hij, en dan slaat hij met zijn handpalm tegen de deur. 'Je hebt me verdomme verlaten!'

'Ik weet het.'

Woede. Zoveel woede in zijn ogen als hij naar me kijkt, zijn kaak staat in een harde lijn.

'Het spijt me dat ik je pijn heb gedaan,' fluistert hij. 'Ik wou dat ik de tijd terug kon draaien en de dingen anders kon doen. Dat kan ik niet, en dat is een feit. Maar ik heb er geen spijt van dat ik die klootzak heb vermoord. Dat is nog een feit voor je. Ik zal het je opnieuw vragen. Wat kan het jou schelen of ik ben neergeschoten?'

Het lukt me niet om van zijn ogen weg te kijken. Hij heeft geen spijt van wat hij heeft gedaan. Kan ik daarmee leven?

Roman klemt zijn kaken op elkaar, reikt met zijn hand naar voren en begraaft hem in het haar achter op mijn hoofd. 'Geef antwoord, verdomme!'

'Omdat ik van je hou, Roman!' Ik druk mijn handpalmen tegen zijn wangen en schud zijn koppige hoofd heen en weer. 'Ik hou van je. Ik kan de gedachte niet verdragen dat je gewond raakt. Je gaat een einde maken aan de oorlog die je begonnen bent, hoor je me? Het maakt me niet uit hoe je het doet, maar maak er een einde aan, of ik zweer je dat ik je zelf zal vermoorden.'

Hij zegt even niets en staart in mijn ogen met zijn vingers op de achterkant van mijn hoofd.

'Trouw met me,' zegt hij, 'en ik zal de oorlog stoppen.'

## Roman

Nina's ogen gaan wijd open bij mijn voorstel. Ze vraagt zich vast af of ik het meen. Ik zal haar hoe dan ook terugkrijgen.

'Je chanteert me om met je te trouwen. Alweer.'

Het is geen vraag, maar ik besluit het toch te verduidelijken. 'Ja, dat doe ik.'

Haar ogen staren in de mijne, en ik hou ze nauwlettend in de gaten. Ze zijn rood aan de randen, en de tranen stromen nog steeds. Ik denk niet dat ze merkt dat ze nog steeds huilt, en ik verlang ernaar om ze met mijn hand weg te vegen. Dit zal de laatste keer zijn dat ze door mij huilt. Dat beloof ik mezelf.

Ik wil dat ze ja zegt. Ik kan echt geen nacht langer doorstaan zonder mijn wilde kat tegen mijn zij gekruld te hebben. Ze heeft op de dag dat ze vertrok mijn zwarte hart meegenomen, en als ze nee zegt, dan kan ze het houden. Er zal nooit meer een andere vrouw zijn voor me.

'Jezus, Roman,' zucht ze en drukt haar handen tegen haar ogen.

Ik staar naar haar met zwarte verf besmeurde handen, en een klein vlammetje van hoop stijgt in mijn borst. 'Je hebt de ringen niet afgedaan.'

'Ik kon het niet.' Ze laat haar handen zakken en snuift.

Oké. Nu komen we ergens. Ik pak haar hand en haal de ringen van haar vinger. Ze komen er te gemakkelijk af. Ze is afgevallen. Ik ga haar wurgen.

'Geef ze terug!' gilt ze en grijpt naar mijn hand, maar ik houd die achter mijn rug.

'Dat zal ik doen. Geef me een paar seconden,' zeg ik, en terwijl ik de stok vastgrijp, laat ik langzaam mijn linkerknie naar de vloer zakken.

Nina staart me aan, haar ogen staan wijd open. Ze huilt weer. 'Shit, schat. Doe dat niet.'

Ik negeer de schreeuwende pijn in mijn rechterbeen en laat mijn linkerknie iets meer zakken. Het is niet de exacte houding die ik voor ogen had, maar het is het dichtste bij op een knie gaan zitten, die ik aankan. Ik hou de ringen voor haar omhoog.

'Wil je met me trouwen, malysh?'

Ze huilt en ademt uit, de tranen stromen nog steeds over haar gezicht, grijpt dan de voorkant van mijn shirt en trekt me omhoog. Het kost me een paar seconden om rechtop te komen, en als ik dat doe, steekt ze haar hand tussen ons omhoog.

'Deze keer kom je niet met de goedkope versie weg, Roman,' snuift ze. 'Ik wil een jurk, groot en donzig en sprankelend. Ik wil een heleboel bloemen, een orkest dat chique muziek speelt, en natuurlijk —'

Ik voel mijn lippen een glimlach vormen. Ik ben zo verdomd verliefd op mijn gekke kleine vrouwtje.

'Ik hou van je,' fluister ik, schuif de ringen om haar vinger, pak haar gezicht en kus haar.

Ik laat mijn handpalm langs Nina's rug zakken, om in haar kont te knijpen, en volg het pad helemaal naar de achterkant van haar hoofd waar mijn vingers vast komen te zitten in verwarde donkergroene strengen. 'Is dit eruit te spoelen?'

Nina tilt haar hoofd van mijn borst en kijkt naar de haarlok tussen mijn vingers. 'Geen fan van groen?'

'Niet echt. Maar als jij het leuk vindt, vind ik het goed. Het is wel verschrikkelijk.'

'Het zal er over een week of zo uit zijn. Ik haat het ook.' Ze haalt haar schouders op en legt haar hoofd weer neer, net boven mijn hart. 'Hoe ga je de oorlog met de Italianen stoppen?'

'Op de gebruikelijke manier. Iemand gaat met een lief en volgzaam Italiaans meisje trouwen.'

'Wat romantisch. En wie zal de gelukkige bruidegom zijn?'

'Dat heb ik nog niet besloten. Waarschijnlijk Kostya.'

'Hij zal vast blij zijn.' Ze geeuwt en sluit haar ogen. 'Hoe gaat het met de fysiotherapie?'

'Ik heb het twee weken geleden afgemaakt. Warren zei dat we het maximale hebben bereikt wat we konden bereiken, dus dat is niet meer nodig.'

'Daar ben ik blij om. Ik weet hoe erg je die sessies haatte. Je bent sexy met de wandelstok, net zoals ik had voorspeld.' Ze glimlacht slaperig.

Ik haal een paar verwarde haarlokken van haar gezicht en kijk dan naar de zijkant van het bed waar mijn krukken tegen de muur leunen. Ik denk niet dat ze die heeft opgemerkt toen we binnenkwamen, omdat we op weg naar het bed bezig waren met het uittrekken van onze kleren. Ze zou het sowieso morgenochtend te weten komen, maar ik vertel het haar liever meteen, dan heb ik het gehad.

'Nina... Ik moet je iets vertellen.'

'Mhm... kan het wachten tot de ochtend?'

'Nee.'

Haar hoofd schiet meteen omhoog, haar ogen staren me aan. 'Wat heb je gedaan?'

'Ik heb niks gedaan. Het is gewoon iets wat je moet weten.'

'Oh, God...' kreunt ze, 'Vertel me verdomme gewoon wat je hebt gedaan.'

Mijn mooie kleine bloem kijkt naar me, haar ogen staan wijd open. Ik haat het dat ik het haar moet vertellen. Ik haat het zo erg dat ik er ziek van word.

'Ik gebruik nog steeds de krukken, Nina. Mijn knie is in de ochtend nog steeds stijf, en ik kan gedurende het eerste uur of zo zonder hen niet lopen.' Ik knars op mijn tanden en ga verder, 'Ik heb ze soms ook 's avonds nodig.'

Ze kijkt naar me, haar ogen staren in de mijne. Ik wil dat ze iets zegt. Wat dan ook.

'En?' vraagt ze eindelijk.

'En wat? Dat is het,' zeg ik.

Haar ogen worden nog groter.

'Holy fuck, Roman, laat me niet meer zo schrikken.' Ze slaat met haar handpalm op mijn borst. 'Ik dacht dat je me iets belangrijks zou vertellen, iets van dat je Igor hebt vermoord toen ik weg was. Jezus, schat.'

Ik staar naar haar. Niet de reactie die ik had verwacht. Teleurstelling, ja. Of op z'n minst wat ongenoegen toen ze besefte dat ze voor de rest van haar leven aan een gehandicapte man vast zal zitten. Is dat niet belangrijk? Misschien denkt ze dat het maar tijdelijk is.

'Nina, je begrijpt het niet. Beter dan dit zal het voor mij niet worden. Het spijt me, malysh.'

Ze leunt voorover tot haar voorhoofd de mijne raakt en plaatst haar handpalmen aan weerszijden van mijn gezicht. 'Ja, dat heb je me al verteld. Ik had je krukken ook al gezien en dat had ik zelf ook al bedacht, schat. En het boeit me niet.' Ze geeft me een kus op mijn lippen. 'Dus je hebt niemand vermoord terwijl ik weg was?'

Ik beroep me op mijn zwijgrecht, en hou wijselijk mijn mond.

'Roman?' Ze knijpt haar oogleden tot spleetjes.

Ik zucht. 'Ik heb Tanush gedood, oké?'

'Ik wist het. Ik...' Ze schudt haar hoofd.

'Hij was degene die samen met Leonid de bom had geplaatst.'

Nina kijkt me aan, trekt haar neus op en knikt dan. 'Hij verdiende het,' zegt ze en gaat weer in haar positie op mijn borst liggen. 'Vermoord alsjeblieft niemand anders vanwege mij.'

Ik luister tot haar ademhaling rustig wordt. Als ik zeker weet dat ze slaapt, haal ik haar kleine hand van mijn borst en plaats een kus op de toppen van haar vingers.

'Ik zal iedereen vermoorden die je pijn durft te doen,' fluister ik. 'Ik zal er alleen voor zorgen dat je er de volgende keer niet achter komt.'

# Epiloog

*Twee maanden later.*

'JE GAAT NIET MET ME MEE OM DE TROUWJURK TE KOPEN, Roman.' Ik staar hem met mijn handen op mijn heupen vanaf de andere kant van de keuken aan.

'Ik zal buiten het pashokje staan. Ik zal niet kijken, maar ik *zal* er zijn.'

'Nee,' zeg ik.

'Ja.'

'Dit is belachelijk.'

'Er is niets belachelijks aan mijn zorgen over jouw veiligheid. Ik kan nog steeds de dag niet vergeten dat Leonid je probeerde te vermoorden. Je hebt geen idee wat dat ene uur niet weten of je gewond of dood was met me heeft gedaan. Ik ga dat niet nog eens meemaken.'

Hij komt voor me staan, tilt me op met zijn arm om mijn

middel en zet me op het aanrecht. Het is mijn favoriete plek geworden.

'Opschepper.' Ik reik naar voren en knijp in zijn keiharde biceps.

'Je houdt ervan als ik dat doe,' zegt hij en gaat tussen mijn benen staan. 'En het zorgt ervoor dat ik mijn nek niet hoef te belasten.'

Ik voel zijn hand aan de achterkant van mijn knie, die vervolgens langs mijn dij tot aan mijn slipje gaat. Hij legt zijn stok op het aanrecht, en dan glijdt zijn andere hand onder mijn rok.

'Ik kom te laat voor het passen.'

'Ze zullen wel wachten,' fluistert hij in mijn oor en opeens hoor ik de stof van mijn slipje scheuren. 'Ik zal de architect moeten vinden die de hoogte van dit aanrecht heeft berekend...' Hij grijpt naar zijn riem, maakt hem los en begint zijn broek los te knopen. 'En ik zal ze een goede fooi geven.'

'Hoe goed?' Ik glimlach, haak mijn benen om zijn middel en pak de rand van het aanrecht vast.

'Extreem goed.' Hij pakt m'n billen en begraaft zich met één stoot in me.

'Roman,' zeg ik een uur later. 'Ik wil het nog een keer proberen.'

Zijn hand verstijfd op mijn rug. 'Nee.'

We hebben geprobeerd om mijn angsten te overwinnen en het lijkt erop dat we iets bereiken. Als hij m'n polsen vasthoudt, word ik er niet meer door getriggerd. Dat hebben we eerst geprobeerd. Toen we het echter probeerden terwijl ik op mijn rug lag, kwamen we op een dood spoor terecht. Telkens als Roman bovenop me probeerde te liggen, zelfs zonder me echt met zijn lichaam vast te pinnen, flipte ik. Het verscheurde me van binnen. Ik wilde voelen dat zijn lichaam de mijne bedekte, maar mijn geest verwerkte de situatie altijd op de verkeerde manier. Ik weet niet wat ik moet doen om mijn verknipte brein niet meer gestoord te laten zijn.

Ik til mijn hoofd op en kijk hem in de ogen. 'Alsjeblieft?'

Roman pakt mijn gezicht vast, zijn blik brandt in de mijne, en ik zie het in zijn ogen. Het zit hem ook dwars.

'Heb je enig idee wat het met me doet, het gevoel dat je nog steeds met angst onder me ligt, terwijl ik naar de paniek in je ogen kijk? Ik word er elke keer doodziek van. Vraag me alsjeblieft niet om je pijn te blijven doen. Ik kan het niet verdragen.'

'Laten we het nog één keer proberen,' smeek ik, terwijl ik mijn best doe om te voorkomen dat er tranen vallen. Ik hou zoveel van hem, waarom kunnen mijn stomme hersenen niet begrijpen dat hij me nooit kwaad zou doen?

Roman zucht en kust mijn voorhoofd. 'Oké.'

Ik draai me op mijn rug, pak zijn hand en leg die op mijn buik waar hij mijn huid begint te strelen. Voorzichtig beweegt Roman zijn rechterbeen over het mijne, en komt dichterbij totdat zijn borst en buik tegen mijn zij aanliggen.

'Alles goed?' fluistert hij en ik knik.

Langzaam komt hij op zijn elleboog omhoog en legt zijn andere hand aan mijn andere kant. Ik haal diep adem en kijk naar hem terwijl hij zich naar een positie boven me toe beweegt, zijn gewicht ondersteund door zijn ellebogen. Mijn ademhaling versnelt en ik zie hem verstijven. Hij trekt zich terug. Ik zie het op zijn gezicht. Nee. Ik laat deze absurde angst niet meer over me heersen.

Ik reik met mijn hand naar voren, zie mijn vingers trillen en leg ze tegen zijn wang. 'Ik wil dat je met me praat, schat.' Ik moet mijn hersenen laten begrijpen dat het Roman is.

'Ik hou van je, milaya. Heel erg veel,' fluistert hij zonder ons oogcontact te verbreken. 'Ik denk dat ik verliefd op je werd toen we elkaar voor het eerst ontmoetten. Je was zo stoer, in die zwarte emo outfit en die neusring. Je stond zo beheerst voor me en je was oh zo boos.'

Mijn ademhaling is nog steeds sneller dan normaal, mijn hand trilt nog steeds, en ik voel de behoefte om weg te rennen, maar ik zet mijn tanden op elkaar en concentreer me op Romans stem.

'Je hebt me betoverd, mijn kleine bloem. Die avond, op het feest waar we elkaar zogenaamd voor het eerst zouden ontmoeten, wilde ik je kussen zodra je me vertelde dat je geen poedel was.'

Ik leg mijn andere hand op zijn borst en voel zijn hartslag onder mijn handpalm. Mijn moeizame ademhaling vertraagt een beetje.

'Geloof je in liefde op het eerste gezicht, malysh?' zegt hij en hij laat zijn hoofd een paar centimeter zakken. 'Ik dacht altijd dat het volslagen onzin was. Ik had het fout. Zo fout.'

Zijn hoofd zakt nog lager, tot zijn neus bijna de mijne raakt. Sluwe ogen staren in die van mij.

'Ik hou zoveel van je, ik zou de hele verdomde wereld voor je platbranden.' Onze lippen raken elkaar bijna. 'Je hebt een monster gecreëerd, Nina, omdat er niets is wat ik niet zou doen. Je hoeft het alleen maar te vragen.'

Mijn handen trillen bijna niet meer en mijn ademhaling wordt weer normaal. Langzaam sla ik mijn armen om zijn nek en trek hem zo naar mij toe, dat die paar laatste centimeter worden gesloten, en zijn mond eindelijk de mijne raakt.

'Verbrand vandaag alsjeblieft niets, schatje,' zeg ik tegen zijn lippen.

Ik voel zijn glimlach om zijn mond en zie rimpels bij de hoeken van zijn ogen. 'Ik zal erover nadenken,' fluistert hij en kust me.

Er drukt een klein gewicht op mijn borst. Roman ondersteunt zichzelf nog steeds op zijn ellebogen, maar zijn voorkant ligt bijna tegen het mijne aan. Ik heb een moment van paniek wanneer ik de positie van zijn lichaam registreer, maar dan concentreren mijn hersenen zich op zijn lippen en ontspannen mijn spieren zich weer. God, wat kan deze man zoenen.

'Meer, schatje,' mompel ik tegen zijn lippen en hij laat een beetje meer van zijn gewicht op me rusten.

'Alles nog goed?'

Niet alleen goed. Perfect. En nu het moeilijkste deel. 'Hand op mijn hals, Roman.'

'Nina.'

'Alsjeblieft.'

Zijn rechterhand beweegt zich langzaam over mijn borst, dan hoger, totdat zijn handpalm mijn hals bereikt. Mijn adem stokt. Mijn handen liggen stil op zijn schouders, en ik sluit mijn ogen.

'Ik ben het maar.' Ik hoor zijn stem in mijn oor fluisteren terwijl zijn vingers de huid van mijn hals strelen. 'Ik zal je nooit kwaad doen. Ik hak liever mijn eigen hand af. Kom alsjeblieft bij me terug. Je weet dat ik niets ben zonder jou, malysh.'

Een traan ontsnapt als ik mijn ogen opendoe en naar hem kijk — mijn grote boze echtgenoot, die me bezorgd gadeslaat.

'Ik hou zo verdomd veel van je, dat het ongezond is,' zeg

ik, druk dan mijn mond op de zijne en wikkel mijn benen om zijn middel.

Roman komt langzaam bij me binnen, hij is nog steeds bang dat ik doordraai, maar ik weet dat ik dat niet zal doen. Ik ben nooit bang geweest dat hij me pijn zou doen, en het lijkt erop dat mijn gestoorde brein eindelijk de boodschap heeft gekregen. Ik beweeg mijn lippen naar zijn oor.

'Ik wil dat je me als een gek neukt, Roman,' zeg ik. 'En als ik daarna nog kan lopen, dan *zul* je de gevolgen onder ogen zien.'

Hij gromt, glijdt langzaam uit me, begraaft zichzelf dan weer in me en laat me kreunen. Ik had nooit gedacht dat ik van het gevoel van een enorm mannelijk lichaam dat zo zwaar op me drukt zou genieten. Romans hand gaat over mijn borst en buik tot hij de plek bereikt waar ons lichaam is verbonden. Terwijl hij op mijn clitoris drukt, draaien zijn meesterlijke vingers eromheen en plagen ze me. Ik pak hijgend zijn schouders vast, terwijl hij mijn poesje en mij blijft veroveren, in en uit me glijdend terwijl mijn hartslag omhoogschiet.

'Harder,' zeg ik moeizaam en krom mijn rug.

Romans hand verlaat mijn poesje en reist langs mijn dij, gaat dan met zijn vingers om mijn knie, trekt mijn been omhoog en over zijn schouder. Als hij weer in me stoot, snak ik naar adem. De sensatie van zijn pik die me zo volledig vult, maakt een puinhoop van mijn hersenen. Hij buigt zijn hoofd om een kus op mijn lippen te drukken en stoot dan zo hard dat ik het hoofdeinde moet gebruiken om me schrap te zetten. Het bed onder me beweegt heen en weer in het tempo van zijn stoten, en een gejammer verlaat mijn lippen. Mijn spieren spasmen, maar hij blijft in mijn lichaam stoten, harder en harder totdat ik met een schreeuw klaarkom.

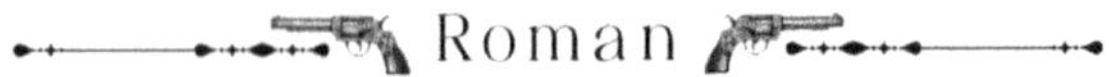 Roman

Ik vind het heerlijk als ze met mijn haar speelt. Natuurlijk zou ik het nooit toegeven. Dat past niet bij het gedrag van een pakhan, zoals Nina het graag zegt.

'Ik denk dat ik het passen moet verzetten,' zegt ze en blijft met haar vingers door mijn haar strelen. 'We zijn drie uur te laat en ik weet zeker dat ze vol zitten. Ze zullen me er nooit tussen kunnen persen.'

'Natuurlijk zullen ze dat doen.' Ik doe een oog open en kijk naar haar. 'Niemand zegt nee tegen mijn vrouw.'

'Nou, technisch gezien ben ik nog niet je vrouw. Of moet ik niet nog niet zeggen?' Haar hand hangt stil en ik grom van ongenoegen. 'Ik denk dat we tussen huwelijken zitten. Deze situatie is bizar.'

'We zullen het snel genoeg rechtzetten.' Ik haal mijn schouders op en sluit mijn ogen weer.

'Roman?'

'Mmm?'

'Ik heb goed nieuws. Ik weet niet hoe je zult reageren, maar draai alsjeblieft niet door. Beloof je dat je niet gaat flippen?'

'Nina, milaya, ik flip nooit. Ik ben een extreem beheerst persoon. Dat weet je. Wat is er?'

Ik voel haar haren langs mijn schouder kriebelen terwijl ze vooroverbuigt en in mijn oor fluistert. 'Ik ben zwanger.'

Mijn ogen schieten open. Het voelt alsof ik door een trein ben aangereden, en er drukt een gewicht op mijn borst, waardoor het moeilijk is om te ademen. Ik grijp haar om haar rug en druk haar lichaam tegen de mijne, en duw haar hoofd onder mijn kin. 'Weet je het zeker? Zeg me alsjeblieft dat je het zeker weet.'

'Ik weet het zeker. Ik heb vanmorgen een test gedaan, omdat ik het ontbijt er al een week of zo weer uit heb gegooid. En mijn borsten doen ook pijn. Ik heb sinds ik terug ben de pil niet meer genomen.'

Ik sluit mijn ogen en hou haar even vast.

'Ik verlies je geen seconde uit het oog,' fluister ik in haar oor. 'Je mag het huis niet zonder mij verlaten. Ik zal tegen de dienstmeisjes zeggen dat ze mijn spullen van het kantoor hier naartoe moeten overbrengen. Ik werk vanaf nu vanuit de woonkamer.'

'Roman! Ben je helemaal gek geworden?'

'Misschien wel. Ik ben gek van geluk en tegelijkertijd doodsbang. En je wilt een gek niet op stang jagen, Nina. Geloof dat maar.'

'Wat is er in godsnaam met die extreem beheerste man gebeurd die je beweerde te zijn?'

'Die is weg.' Ik kus haar op haar hoofd. 'We annuleren het passen en gaan meteen naar een arts voor een controle.'

'Ik wist dat je zou flippen,' zucht ze in mijn nek. 'God, ik hoop dat het een jongen zal zijn.'

'Waarom?' vraag ik. 'Ik zou graag een meisje willen hebben.'

'Ze zal nooit een vriendje hebben als de gekke jij in de buurt is, Roman.'

'Natuurlijk wel. Als ze vijftig is.' Ik beweeg mijn hand achter onze lichamen langs om mijn handpalm op Nina's buik te leggen. 'Ik hou zoveel van je.'

'Ik hou ook van jou, mijn gevaarlijke kotik.'

9 789083 232775